棄婦超搶手

2

風 文創 1170

灩灩清泉 著

風文創 1170

目錄

第十一章

次日，江意惜親自去廚房忙活做那祖孫兩個和花花喜歡吃的菜，遣人去請孟辭墨和老國公來莊子吃晌飯，跟他們說了水珠和周二強的事。

孟辭墨沒有猶豫，立即讓孟青山去辦。

三天後，事情就辦下來了。周家父子就是惡霸，手上有兩條人命，還貪墨主家上百兩銀子。周二強判秋後處斬，兩個兒子發配充軍；水珠揭發有功，判義絕；周家其他女眷及孩子，被大夫人賣去了別處。

江意惜提前讓人給老太太送了禮，完事後水珠及她的奴契便到了扈莊。禮物值幾十兩銀子，而現在的水珠頂多值六兩銀子，江家賺多了。

水珠來到扈莊，都激動得哭了，磕頭謝了江意惜，又扶著肚子說：「我跟這孩子無緣。」她也捨不得這個孩子，可她不願意要。哪怕這個孩子是周二強那個死鬼的，她都願意生下來，從此母子（女）相依為命。可這孩子的父親若是和尚，就是強暴自己的惡僧，她不願意養那種惡人的種。

江意惜明白她的心思，還是勸道：「妳懷孕將近三個月了，此時打胎不僅危險，將來也有可能懷不了孕。」

水珠流淚道：「將來奴婢連人都不想嫁了，還懷什麼孕？這孩子不能留。」

吳嬤嬤以為水珠不願意要周二強的孩子，說道：「不要孩子也好，妳才十八歲，將來日子還長，若遇到好男人，沒孩子好嫁得多。」

於是，江意惜就讓人去縣城請善婦科的大夫來。

隔天水珠住去了村裡一戶人家，喝藥打了胎。

扈莊地方小人多，不好坐「小月子」，吳嬤嬤拿了五百文大錢和兩斤肉、一隻雞、五十個蛋，在村裡一戶人家租了一間房，請那家人照顧水珠。

小月子坐半個月即可，這個錢掙得容易，那家人樂歡了。

九月二十以後，江意惜就沒再見過李珍寶，只能定期讓人送些她做的素點過去。

李珍寶的病情加重了，絕大多數時間都要在熱藥湯裡度過。每年都這樣，天冷加重，天熱好轉。要等到明年開春，她的身體才會好些。愚和大師說她明年可以出庵堂兩個月，應該是在夏天。

一進入十月，江意惜的心就提了起來。

前世的十月初，孟月被她的郡主婆婆用茶盅砸破了前額，孟家與黃家的關係降至冰點。

另外，孟辭墨的眼睛又好了不少，他已經派孟連山去給孟東山送信了，並跟孟老國公謀劃，在接到孟東山的信後就去外地「治療」眼睛，什麼時候開始對外放風聲也商量好了。

這期間，聽江大說，蘇新又跟著趙元成去了一趟百子寺，只在那裡待了兩刻鐘就走了。

江大不敢再靠近百子寺，不知是什麼原因。

江意惜猜測，或許是百子寺這次找的女人，那兩個人渣看不上。

十月初八，是孟辭墨來扈莊治療的日子，江意惜準備了他們祖孫喜歡的飯菜。

孟辭墨帶著孟高山和孟青山來了。他沉著臉，嘴唇抿得緊緊的，眼裡寒意凍人。他看了江意惜一眼，也沒搭理衝他叫得歡的花花和啾啾，直接走進西廂。

這條路他非常熟悉，哪怕閉著眼睛也能準確無誤地走進去。

江意惜直覺是孟月出事了。

吳大伯把孟青山和孟高山請去東廂廳屋喝茶，開著門窗，既能隨時待命，也不會聽到主子不願意讓他們聽到的話；丫頭們也識趣地沒有跟進去倒茶。

只有花花不識趣，屁顛顛地跑進去。

這些下人都是人精，已經看出兩位主子漸生情愫，他們進屋都會自動遠離。

啾啾大叫著「吃肉肉、扎針針，江姑娘」，把孟辭墨來扈莊的目的都嚷了出來。

眾人自動選擇沒聽到。

兩人一進屋，孟辭墨就拍了一下旁邊的茶几，罵道：「那個惡婆子，居然敢打我姊！我祖父已經返京了，他不許我回去，怕我眼睛好轉一事被人發現，壞了全盤計劃。」他又拍了一下茶几。「是我沒用。」

江意惜的心一沈，孟月真的出事了。「怎麼回事？」

「昨天，我姊的下人回府稟報，說黃程的一個小妾不小心滑了胎，那個惡婆子叫我姊去訓斥，硬說是我姊故意使壞，自己生不出小子，還不許別人生。我姊辯解了兩句，她就說我姊不賢不孝，用茶盅把我姊的前額打破了。」

跟前世的橋段一個樣。接著孟大夫人會去找晉寧郡主理論，成國公會找黃侍郎和黃程理論，孟老國公回京城後則是直接揍人，並鼓動孟月和離。

但孟月不僅不和離，還一直覺得孟大夫人好，一切都聽孟大夫人的指揮。

用花花的話來說，孟月就是屬於那種可憐之人必有可恨之處的。

江意惜實在不知道該怎麼安慰孟辭墨，給他沏了一杯茶。「喝口茶靜一靜，想想有什麼法子幫助孟姊姊。」

孟辭墨苦笑道：「我們一直想讓她和離，但顧她聽勸。」又目光炯炯地看向江意惜，眼裡盛滿憐惜，他真怕付氏也那樣對待江意惜。他輕聲道：「我會盡自己所能，不許付氏欺負妳，不讓妳過我姊那種日子。實在不行，我便去外面任職，把妳帶走。」他不怕自己受委屈，可他怕江意惜受委屈。

江意惜可不想去外面。她回望著孟辭墨道：「在外面總比不上在家裡好抓付氏的錯處，那個惡婆子，比晉寧郡主還壞。晉寧是明著壞，而付氏卻是耍陰的，上次差點把你設計進去，多險。放心，我不會任由她欺負。」

只有千日做賊，沒有千日防賊。不把付氏扳倒，她和孟辭墨不可能安心過日子。

孟辭墨很是感動。面前的姑娘美麗、沈靜、冰雪聰明、落落大方，跟那些閨閣女子大不同。「好，我們儘早把付氏的真面目揭穿。我會盡一切努力讓我們的院子如銅牆鐵壁，想辦法抓到她的把柄，讓她不敢輕意招惹妳。我還會請求祖父，我們成親後，在確保家裡徹底平安之前，請他老人家一直住在府裡。」讓老國公住在府裡，主要是為了壓制他爹成國公。

江意惜點頭。這是他的承諾，她相信他能做得到。

兩人對視片刻後，都紅著臉笑起來。孟辭墨皮厚地繼續看，江意惜低下了頭。

稍後，江意惜抬頭說道：「對了，我還有件事要跟孟大哥說。水珠跟我說了一件驚天大事，有關百子寺的……」

孟辭墨聽完後，眼睛瞪得圓溜，又一次忘了裝瞎。「居然有這種事？那些和尚真是……真是褻瀆佛門淨地！該死！」

江意惜道：「不光是和尚，還跟趙元成和蘇新有關……」她又把她讓江大跟蹤蘇新的事情說了。她不好說孟月，只說那次蘇新跟李珍寶打架的時候，他看自己的目光黏糊，回京後還來扈莊附近徘徊過，她就讓江大無事跟蹤蘇新，結果這麼短的時間內就發現趙元成和蘇新去過百子寺兩次，並住了一宿。

孟辭墨的表情嚴肅下來。「好，我知道了，我會跟祖父商議，讓人監視百子寺和趙元成、蘇新。不過，即使抓住了百子寺的罪證，也不能把這件事公諸於眾，否則，只要去百子寺上過香的婦人，不管被害與否，都會陷入萬劫不復的境地；生下的孩子，不管是不是惡僧的，這輩子都完了。百子寺建寺幾十年，在那裡上過香的婦人成千上萬，生下的孩子最年長的也有幾十歲，到時不僅婦人完了，還會殃及兒孫，所以這件事必須保密。查證之後，我會讓人把百子寺連著那幾個惡僧一起燒了，讓那個充滿罪惡的地方和那些秘密永遠消失。」

江意惜也不願意百子寺的事大白於天下，否則不知會死多少人。那些人跟水珠一樣都是受害者，該死的不是她們。

之前，她想著孟辭墨上過戰場，對人命不會太上心，沒想到他還有這種悲憫之心。她點頭道：「孟大哥思慮周全，那些事確實不能說出去。」

為了讓孟辭墨瞭解得更詳細，又把水珠叫了過來。

水珠儘管羞得不行，還是把所有細節都如實講出。

孟辭墨在這裡吃完晌飯，才帶著兩個親兵回到莊子。

次日下晌，孟老國公和孟辭墨一起來到扈莊，他們的臉色都不好。

江意惜最關心孟月的事，問道：「孟姊姊怎麼樣了？」

孟老國公重重地嘆了一口氣，說道：「那個傻孩子，說什麼都不願意和離，說放不下馨兒。她也不想想，若她和離出來，人活著，就能想辦法把馨兒接出來；若她被折磨死了，馨兒就真的只能留在黃家了。那孩子看著溫溫柔柔的，實則擰得緊，也不知隨了誰。」

老爺子似乎一下子老了好幾歲。

江意惜覺得，孟月死活不和離，或許是聽了孟大夫人的話以及下人的蠱惑。她也明白了，像孟老國公這樣強勢的人，外人是打不垮的，能打垮他的只有自家人。

孟辭墨乾生氣，也拿自己胞姊沒辦法。

孟老國公又道：「我已經聽辭墨說了百子寺的事，會盯緊他們的。」他聽說這件事後也是震驚不已。開朝以來，甚至前朝，也沒聽說過寺廟敢如此胡作非為的，居然還跟趙家和蘇家後生有瓜葛。他也同意孫子的處理辦法，百子寺只能私下解決，不能公諸於天下。

兩人心情都不好，不怎麼說話。江意惜就進廚房做他們和江洵喜歡吃的菜，今天傍晚江洵也會來莊子。

十三這天，雨夾雪，天氣異常陰冷。

今天也是孟辭墨來莊子治療的日子，早飯後江意惜就進廚房準備祖孫倆喜歡吃的菜。巳時初，孟辭墨打著傘走進來，臉色特別不好，後面跟著孟青山和孟頂山。

江意惜看他的眼睛閃過一道精光，瞬息即逝，她腦中閃過的第一感覺是——他並非真的不高興，而是在演戲，正強力壓抑自己的情緒。那麼，有可能是他的目力已經完全恢復了！

江意惜也極力壓抑住自己的情緒，看了他一眼，沒言語，直接用手勢請他去西廂。兩個親兵則被直接請去東廂喝茶。

江意惜把茶沏好，剛放在几上，孟辭墨的大手就把她的小手握住。

「我的眼睛完全好了，謝謝妳！」他壓低聲說著，語氣難掩激動。

江意惜欣喜地看著他，眼裡湧上一層水霧，抖著聲音低聲說：「真的痊癒了？太好了！從此以後，沒有人能再傷害你……」說著，眼淚落了下來。這是她前世今生的執念，如今終於實現了，還是在這麼短的時間裡。

「是的，我眼睛好了，我會想辦法掃清一切障礙，讓妳幸福。」他的手用了幾分力。

江意惜這才注意到自己的手被他握著，她望了一眼門窗，外面沒有人經過，沒人看到他們如此，但她還是羞紅了臉，把手收回來，坐去椅子上。

孟辭墨繼續說道：「我昨天晚上跟祖父商量好，等到連山回來，就說他已經跟東山哥聯繫上，東山哥在蜀西找到一位治眼睛的名醫，因為老人年紀過大，不宜長途跋涉，所以我不得不親自去蜀西治病，到明年二、三月眼睛痊癒了就回京。明著是去治眼睛，實際上我是要利用這段時間秘密辦些事。」他捨不得江意惜，可為了將來更好的日子，不得不暫時分別。

江意惜也是萬分不捨，她猜測孟辭墨要辦的不僅有他的私事，還應該有平王的事，只得囑咐道：「孟大哥要多多保重。」

孟辭墨點點頭，又不好意思地抿了抿唇。「我一走，祖父就會找人去江家提親，定下我們的婚事。我眼疾好了這事除了祖父外誰都不知道，此時訂親會容易得多，我爹和付氏想干涉也沒有理由。」

江意惜臉色緋紅。她也知道，若孟辭墨的眼疾好了，孟、江兩家門戶相差懸殊，她又是孤女，成國公和付氏完全有理由反對。他們雖擰不過老國公，但付氏若暗中使壞，讓趙貴妃攛掇皇上或太后賜婚都有可能。

孟辭墨又道：「我希望定在明年四月成親，可祖父說太趕。明天春天我回來，眼疾好了，公務上重新起步，要多忙公務，照顧家裡的時間少，所以最好定在七月或八月，他老人家會請高僧算吉日。」

江意惜顧不得害羞，急急說道：「我也覺得春天太趕。」

前世，她嫁進孟府和被趕出孟府都發生在春天，那個時期對她來說惡夢連連。這一世的幸福，不能從那個時候開始。

看到又嬌羞、又緊張的江意惜，孟辭墨輕笑出聲，溫聲說道：「好，聽惜惜的，不在春天。跟我訂了親後，妳在江家的日子會好過許多，多待些日子無妨。」

江意惜這才注意到他叫自己「惜惜」，臉更紅了。這個稱呼，只有父親在世的時候叫過，親切得讓她想流淚。

蹲在地上的花花喵喵地叫了幾聲。「孟老大好得這樣快，最要感謝的是我。我不止是救眼恩貓，還是你們的大媒人。」

江意惜笑著把牠抱起來放在腿上擼了擼，意思是「我知道，謝謝你」。

之後江意惜又開始給孟辭墨針灸。這次不是治眼睛，而是調身體，樣子總是要做一下。

十八這天午時初，孟家祖孫來到扈莊，還帶來了一車的厚禮。這次孟連山也來了，他昨天晚上才回莊子。

孟家祖孫說著半真半假的感謝話，謝謝江意惜這段時間對孟辭墨的醫治，雖然他的目力沒有恢復，卻也沒有惡化，已經非常了不起了。又說孟東山在蜀西找到了一位治眼睛的名醫，孟辭墨準備半個月後啟程。

孟辭墨居然還當眾給江意惜作了個揖，江意惜紅著臉起身避過。

雖然快和孟辭墨分別，江意惜還是高興，因為計劃都按部就班地實施著。孟辭墨秘密做完他想做的幾件事後，眼睛好了的事就能大白天下了。

老國公又比著大拇指笑道：「江小姑娘治眼睛的醫術實在是高，比那些御醫強多了。」

這次他說的是真心話，可許多人都以為他是為了誇江意惜而誇大其詞。

江意惜趕緊謙虛道：「孟祖父過獎了，小女子愧不敢當。」

吃完晌飯送走孟家祖孫後，江意惜看了他們送的禮物。

八疋錦緞、一件青玉紫檀架大插屏、一雙半人高的五彩瓷花瓶、四套粉彩餐具茶具、一盒東珠、四百兩金子的銀票。

這麼厚的禮，讓江意惜眉眼彎彎。孟辭墨的眼睛好了，自己還發了幾筆橫財，一舉兩得……不對，是人財兩得……呃，好像也不對，應該是孟辭墨人財兩得吧？

十九傍晚，江洵來到扈莊，江大和秦嬤嬤也來了。

江意惜一看江大就有事情，把他領進側屋。

江大低聲稟報道：「二姑娘，昨天下晌蘇新去西大街閒逛，遇到了驚馬，驚馬拉著車一路狂跑，結果蘇新居然不要命地上前攔下。姑娘猜猜，車上坐的是誰？」

「孟月」這兩個字江意惜差點脫口而出，硬生生忍住了，故作詫異地問道：「是誰？」

江大道：「是黃二奶奶，也就是孟家的大姑奶奶！」

這是在製造機會讓孟月和蘇新見面，為下一步私自會面打基礎了。因為有了他們的這次英雄救美，後面要發生的事也就順理成章了。

江意惜終於想通了一直想不通的事——有可能蘇新那夜真的不知道那個女人是孟月，他是被騙進去的；也有可能蘇新看過孟月的美貌後，色膽包天，真以為孟月因為感激而心悅他，她邀請他，自己便去了。

孟家祖孫也在注意蘇新和百子寺，他們肯定已知道這件事了。

若孟月去百子寺求子，他們必定會想明白某些事情。

計劃再周密，但只要做了，就會留下蛛絲馬跡。前世孟家沒人注意，而今生因為她的提醒，便注意了。

江意惜鬆了一口氣。其實她一直在想要如何把孟月跟蘇新有關的事告訴孟辭墨，想了許久只有「作夢」這個藉口。

但之後還有很多需要用「作夢」說出去的事，所以這次由他們自己發現當然更好了。放鬆下來的江意惜也有心思看江洵逗花花和啾啾玩了。星空下，一人一貓一鳥在廊下嬉鬧，逗得江意惜和幾個下人大笑著。

江洵逗著啾啾罵人，啾啾真生氣了，瞪著眼睛，又跳腳、又張翅膀，頭上的羽毛都立了起來，不時罵著「滾」，眾人更是樂得歡。

別看啾啾是隻鳥，脾氣特別大。

次日，江意惜天沒亮就起來做早飯，她想盡可能多讓孟辭墨吃到自己做的飯。做好後天還未大亮，天邊的幾顆寒星眨著眼睛，姊弟兩個一起坐騾車去了孟家莊。

孟家祖孫剛在桌前坐定，還沒開始吃飯。見江家姊弟來了，知道他們是來送早飯的，凝重的臉上才有了一絲笑意。

水靈和秦嬤嬤把食盒中的雞蛋、餅、粥擺上桌。

三個男人在廳屋吃，江意惜一個人在側廳吃。

江洵聽說孟辭墨會離京一段時間，很不捨，聲音都有些哽咽。「孟大哥……」

孟辭墨好脾氣地笑道：「時間不會太久，不管治不治得好，幾個月後就回來。」

老國公鄙視地看了江洵兩眼。「半大小子了，還婆婆媽媽的，將來怎麼跟你爹一樣當英雄？」

江洵聽了，趕緊壓下淚意，挺了挺小胸脯。

飯後，老爺子叫江洵陪他去花房。

江洵回頭看看姊姊，有些納悶。之前老爺子都是叫姊姊陪他去花房，讓自己在院子裡練武的。

老爺子看看傻小子，話說得更明白。「辭墨快要去蜀西了，還得讓江小姑娘給他施施針。」

老爺子明晃晃給孟辭墨和江意惜創造獨處機會，讓兩人都有些紅了臉。

屋裡沒有其他人了，孟辭墨才對江意惜說道：「蘇新救我姊的事，妳應該也聽說了吧？」

江意惜道：「嗯，江大跟我說了。蘇新那種人，若不是事先知道車裡坐的是誰，怎麼可能冒著危險去攔驚馬？」她必須強調蘇新是個色胚才行。

孟辭墨面色冷峻。有人救了孟月，按理應該感激他。但這個蘇新與趙元成相好，他們又同時夜宿過百子寺，救孟月這事就不得不讓人多想了。

「惜惜，我要謝謝妳，若不是妳事先發現趙元成和蘇新、百子寺的不妥，我們也不會注意到他們。那些混蛋，若真敢打我姊的主意，我會讓他們死無葬身之地。我暫時不能離開京城，必須先把我姊的事情解決了才能放心，如今黃府周圍也佈了我們的眼線。」

知道孟辭墨派人保護、監視孟月，江意惜更放心了。

孟辭墨又道：「百子寺又發生了一件事，」他臉色微紅，抿了抿嘴，還是說道：「我們的探子來報，百子寺一個叫無慾的和尚昨天夜裡糟蹋了一個去求子的婦人。婦人是貧苦人家的女人，二十出頭。」

江意惜罵道：「可惡至極！」

孟辭墨嘆道：「可惜我們不能馬上收網，必須要抓住趙元成和蘇新在裡面胡作非為的證據……」

江意惜給孟辭墨施著「養生針」，兩人說著悄悄話。

十月二十三大清早，天剛矇矇亮，天空飄著小雪，孟月坐轎去了外院。她要去百子寺求子，為了心誠，還會在那裡焚香茹素三天。

這些天她的日子並不好過。日前她被婆婆打破了相，娘家人不高興，上門討要說法。只有母親的方法最得當，找婆婆說理；而祖父和父親，一個打了公爹和丈夫，一個罵了公爹和丈夫。如今不止婆婆恨她，連公爹和丈夫都恨上她了。

母親遣人來說，若她能有個兒子，婆婆和丈夫看在兒子的面，或許會改變對她的看法，也是馨兒將來的倚仗。聽乳娘胡嬤嬤說百子寺最靈驗，她請示了婆婆，婆婆非常痛快地答應了。

孟月先上了馬車，胡嬤嬤隨後上車，卻滑了一下，整個人滑下車，臉朝下摔在腳踏板上，鼻子都撞出血了。

孟月心疼道：「摔得這樣厲害，嬤嬤不要去了，回去歇著吧。」

胡嬤嬤無法，只得捂著鼻子，囑咐丫頭服侍好二奶奶。

晌午，孟家祖孫和江意惜就得到了孟月去百子寺求子，還要在那裡住三天的消息。

孟辭墨立即趕去廣和寺，藉口是去求佛祖保佑他此去蜀西能藥到病除，重見光明。

上完香後，他就住去了玉香山下一個離村子有些距離的農家小院，這是前些天租下的。

雖然安排好了人手，但孟辭墨還是不放心，想住在離百子寺不遠處聽消息以及就近指揮。

為了保密，連孟青山和孟高山都不知道這件事，更沒驚動國公府的護衛和暗衛，而是讓孟香和孟沉直接調動老爺子的私兵。老爺子每次打仗一回來就交出兵權，但他在外養了兩百名私兵，這些兵只聽他一人調遣，連成國公都不知道。

江意惜也想去廣和寺，孟辭墨沒同意。

江意惜靜不下心來，就坐在桌前抄經以平復心情。

二十四晌午，廣和寺的孟辭墨和孟家莊的孟老國公先後得到消息，趙元成和蘇新二人去了百子寺上香，一個時辰後，趙元成突然患病，只得回京治病。

晚上，外面颳著狂風，颳得窗紙嘩嘩作響。屋裡燃了兩盆炭還是冷得要命，孟月坐在炕上抄經，身下的炕滾燙，可指尖還是冰涼的。她搓搓手又繼續抄，無比虔誠。

丫頭冬梅端來一碗茶，笑道：「二奶奶喝口熱茶，暖和暖和。」

孟月放下筆，端起茶碗喝了。

一刻多鐘後，孟月就覺睏倦襲來。

丫頭們服侍她洗漱完後上炕，她剛一落枕就睡著了。

等到服侍的幾人都睡熟後，冬梅拍拍胸口的那封信，悄悄出了門。

此時一個蒙面人悄悄潛入院子，在冬梅要睡覺的炕邊丟了小半截香。

一刻鐘後冬梅回來，她先去看了眼孟月，見她睡得熟，才放心地回了自己屋。

不久，兩個蒙面人再次潛入院子，一個女人模樣的人把孟月用被子包好抱著出門；另一個人把冬梅抱入孟月之前睡的炕，再用被子把她蓋嚴實。還有一個人則藏匿在門外的松樹上。

子時，百子寺後的一個小院裡，突然傳出一聲驚恐的尖叫。

幾十個軍士把百子寺控制起來，不許人出去報信。

被打暈的蘇新、送信的丫頭冬梅、另幾個服侍孟月的下人、被打暈的百子寺住持，連夜被帶去山下那個農家小院，孟月已經早一步被送來了這裡。

孟辭墨和孟沉、孟香先提審了蘇新和冬梅。

孟青山和孟高山在一旁服侍，他們現在才知道這事，還有些懵。

蘇新聽說面前的瞎子是孟月的弟弟孟辭墨，非常不服氣，掏出信說：「實在怪不得我，這是黃二奶奶的信，是她邀我——」話未說完，肚子便挨了孟香幾拳，打得他說不出話來。

冬梅被孟沉拎了進來。

冬梅已經嚇軟了腿，先被孟沉打了幾個巴掌，又看到燒紅的烙鐵，沒等問，就全招了。

「大爺饒命、大爺饒命！奴婢沒有想害二奶奶，信是胡嬤嬤讓我送的，迷藥也是胡嬤嬤讓我下的！」

孟香問道：「為何要害我家大姑奶奶？」

「我、我……」冬梅結巴著，羞於出口。

孟青山把燒紅的烙鐵拿到她面前晃。

冬梅見狀，嚇得渾身抖如篩糠，顫著聲音說道：「胡嬤嬤說，二奶奶小時候特別磨人，她的親生兒子病了都不許她回家照顧，兒子死前連面都沒見到，她心裡恨死了二奶奶，一直在找機會報仇。還說她已經投靠了郡主，在幫郡主辦事，等到二奶奶被休回娘家，她依然會是二爺院子裡的管事嬤嬤。而我若辦好這兩件事，就可以給二爺當通房……」

孟沉踹了她幾腳。「說！還有什麼沒交代的？胡婆子到底聽命於誰？她時常跟誰走得近？」

冬梅磕頭如搗蒜。「我說的都是實話，胡嬤嬤就是那麼說的！至於其他，我才調去二奶奶身邊兩個月，都不知情啊！」

孟辭墨瞥了冬梅一眼，又把空洞的眼神移開。這丫頭不像說謊，這套說辭不僅不關付氏一點事，還把晉寧郡主套了進去。

孟月在隔壁屋裡聽到冬梅的話，不禁哭出了聲。她一直親近的胡嬤嬤，為什麼要這麼對自己？

之後又提審了另幾個下人。

最後秘密提審百子寺住持，只有孟辭墨和孟沉、孟香在。

二十五一早，寒風凜冽，天氣陰沈。

江意惜起床後坐立不安，她在等那邊的消息。

晌午，孟青山騎馬來了。他大概講了一下夜審蘇新和冬梅的事、百子寺住持在秘密審問後被處死了，還說世子爺已經帶著人回京。

截至目前為止，事情進行得還算順利。江意惜不知道之後孟月將會如何選擇？胡嬤嬤會不會順利牽出付氏？百子寺還有什麼其他秘密？

二十七晌午，孟辭墨來了扈莊。他的表情並不輕鬆，江意惜猜測事情應該不是很順利。

二人進了西廂後，江意惜急不可待地問：「那事處理好了嗎？孟姊姊怎麼樣了？」

孟辭墨道：「回京城的路上冬梅就死了，她應該是在事前被人下了毒，目的就是不讓她再有開口說話的機會，但她背後的人沒想到我們提前知道了這件事，半夜提審了她，不過，現在死無對證了。胡婆子嘴硬，挨了板子也拒不承認她讓冬梅送信和下藥的事，在施大刑的時候，心疾復發死了。冬梅是晉寧郡主派給我姊的丫頭，這麼一來，表面上的矛頭又指向黃家是主謀。那封信讓人鑒定了，是有人仿寫的。我祖母、父親還有付氏都不願意報官，說怕有礙我姊的名聲，也影響了孟家姑娘。我祖父也不願意，他肯定是怕真的把付氏查出來，影響了孟家聲譽，更怕的或許連我爹也參與進去，所以只能私下自己查。

「我姊對黃家徹底失望，願意和離。黃家不承認指使冬梅陷害我姊，卻又擺脫不了嫌疑，為了臉面也不願意報官，同意我姊帶著馨兒和離。我讓人把蘇新狠狠打了一頓，會瘸一輩子，等時間久了再下暗手弄死他。

「至於趙元成，那天他提前走了，看似跟他無關。還沒等我們動手，百子寺昨天就被燒光，是趙家所為。我祖父已經確定背後主使就是趙家，意圖挑撥孟家和黃家的關係，最終目的是給平王樹敵，因此對付氏，甚至我爹都有了戒心，會暗中調查。不過，祖父和我不願意讓趙家覺察到我們已經注意到他們，所以把一些事壓了下來。」

百子寺的住持自白，糟蹋上香女子是他當住持後開始做的，也就是十五年前。背後金主不僅有鎮南侯府的趙元成、蘇統領府的蘇新，還有衛武侯府的黃志。

江意惜道：「時間緊，用人又要避開成國公府的勢力，這個結果已經非常不錯了。付氏好辦，若發現她不妥，想辦法處置就是了；但若你爹不妥，他可是孟家的當家人、朝廷重臣，若他把整個府帶向趙貴妃和四皇子一黨，就岌岌可危了。」

孟辭墨點點頭。他還是希望父親只是被付氏蒙蔽，而非真的忤逆祖父，暗中占隊英王。不過，因為他們陷害孟月這件事，孟老國公心中的天平已經偏向平王和曲德嬪這一邊。如果一定要在平王和英王、曲德嬪和趙貴妃中作選擇，孟老國公肯定是選擇平王和曲德嬪。而且，通過這件事，孟辭墨在老國公心裡的地位已經超過了他爹，老國公的私兵他能全權調派。這兩件事對孟辭墨來說，還是值得欣喜的。

江意惜又問：「孟姊姊和馨兒會回孟府住嗎？」

孟辭墨道：「嗯，她們暫時住在孟府。」

想到撲進付氏懷裡痛哭流涕的孟月，孟辭墨哀其不爭。但那是他的胞姊，是母親留下的骨血，自己是他最親近的人，他不能不管她。

孟辭墨要去蜀西治眼睛的事已經在成國公府傳遍，他冬月初二就要啟程了。

看著至少會有三個月見不到的心愛姑娘，孟辭墨眼裡滿是不捨。

江意惜聽說他定在冬月初二走，也是滿心不捨，眼圈都紅了。還有五天，他們就要暫時分別了。雖然分別是為了日後更長久的相守，但兩人的心還是酸得緊。

他們互相凝視著，似要把對方嵌進心裡、刻進腦裡。

許久，江意惜才紅著臉低下頭。

孟辭墨笑笑，又道：「我們的事，祖父已經跟祖母、父親、付氏說了，他們……付氏還不同意。」

儘管他把「他們」改成了付氏，江意惜也能猜到付氏是假不同意，孟老太太和成國公是真不同意。哪怕孟辭墨瞎了，也不是自己這個低門戶的孤女能高攀的。

而付氏，若孟辭墨不能娶付氏希望娶的人，娶江意惜總比娶別人好。江意惜在京城的名聲不好、出身低，又因為孟辭羽的事不得成國公和老太太待見。江意惜還沒嫁進孟家，已經討了當家人的嫌，這可比娶那些門第高的姑娘好收拾多了。

孟辭墨又道：「祖父說我的眼睛不好，必須找一個會照顧人又懂一些醫理的女子，他們就同意了。我走後，便會請媒人去妳家提親。放心，祖父已經同意，從妳嫁進我家起，他老人家就會常住家裡。有我，還有祖父，我們不會讓妳受欺負的。我這趟出去，若是順利，付氏在家便不會如以前那樣舒坦了。」

孟辭墨不好說的是，孟老夫人和成國公依然不願意，主要是江意惜和孟辭羽發生過那件事。雖然知道江意惜不是故意的，但還是不願意嫂子和小叔間有這個過往。

付氏最先鬆口，說江姑娘漂亮，是孤女才會照顧人等等。付氏一同意，成國公就不說話了。只老太太一人，又見老國公極力促成此事，只得妥協。

最讓孟辭墨惱怒的是孟辭羽。昨天大晚上的跑去他院子，試圖說服他不要娶江意惜。

「大哥，那個丫頭心思多、膽子大，敢把我拉著一起落水，聽說了對她不利的傳言後，又耍心眼拒婚。這樣的人進了咱家，不僅亂家，還會影響我們兄弟間的感情。」

孟辭墨冷哼道：「感情？我和你有嗎？沒有，就不要攀扯別人。還有，江姑娘不是故意拉你落水，而是被人撞下水。你還真以為你魅力無窮，是個姑娘就想攀扯你嗎？」

孟辭羽被嗆得臉通紅，說了一聲「莽夫」就走了。

若不是孟辭羽離他比較遠，他又「眼睛不好」，他真會一拳頭砸在孟辭羽的鼻梁上。

面前的姑娘還帶著點稚嫩，江將軍在世時把她捧在手心裡疼，將來卻要去自己家面對眾多的不友善，孟辭墨非常過意不去。

「惜惜，相信我，不好的日子不會太久，我會盡一切努力扭轉那種局面。」

自從江意惜決定嫁給孟辭墨那天起，就知道嫁進孟家後的日子不會多平靜。再大的困難她都願意面對，既是嫁定她深愛的男子，也是為了報前世之仇。

江意惜笑道：「我相信。不管多大的困難，我們一起面對。」

外面傳來水靈的聲音——

「姑娘，吳嬤嬤問您做不做鍋包肉？您不做，她就做了！」水靈聰明地沒去西廂門口礙眼，而是站在垂花門前問。

江意惜道：「要做，這就來了。」又對孟辭墨說：「我多做些好帶的乾糧，你走的時候帶著。」

孟辭墨才想起來一事，從懷裡取出一封信說：「我祖父已經跟蔣堂長說好了，江洵冬月初八拿著這封信去京武堂找他。放心，江洵無論武藝還是策論，考上京武堂絕對沒問題。」

京武堂是朝廷專門為學子考武舉而設的學堂。這裡的學子，主要是想考武秀才、武舉人、武進士，即使沒考上，也能直接進軍營當軍官。

京武堂雖然比起國子監差得遠，但由於全國只有這麼一個官辦武學，收的學子人數又少，進京武堂比進國子監還難。進去的條件非常嚴苛，必須是貴族子弟或是五品以上的官家子弟，還要有德高望重的人舉薦，並要通過文武考試，且原則上每家只能進一個子弟。

江家只有江辰年少時進了京武堂，還中了武進士。江伯爺沒考上，江三老爺沒資格。

江洵的父親雖然死了，但死之前是從四品武官。

江意惜頓時喜笑顏開，接過推薦信，道了謝。

江洵考文舉根本沒可能，江意惜也沒本事讓他上國子監，就想著讓他進京武堂。之前她求了孟老國公，沒想到老爺子不僅當了推薦人，還跟蔣堂長說好了。只要進了京武堂，一隻腳就算踏進了軍官行列。最主要的是，江洵從此可以脫離江家了！

昨兒晌飯江意惜親自做了鍋包肉、糖醋魚、花開富貴蝦。

雖然有隻饞貓貓爭嘴，孟辭墨還是吃得心滿意足。

飯後，孟辭墨賴著不走，江意惜也不想讓他走，於是兩人又說悄悄話說到晚上，直到孟辭墨吃完晚飯才依依不捨地走了。

本來說好今天還來吃晌飯，孟高山卻來告知，世子爺被國公爺請回府了。

江意惜聽花花說過牠前主人非常會做點心，便問牠都有什麼？知不知道怎麼做？

花花說前主人做的奶油蛋糕又好吃、又好看，但牠不知道怎麼做。前世食上的主打點心之一就是奶油蛋糕，即使花花知道方子，江意惜也不敢做。

牠說的各式餅乾和沙其瑪倒是能做，跟晉和朝的桃酥和金絲糕相近，好吃又耐放，換個造型及名字即可。她打算多做些給孟辭墨帶著路上吃，這次的料比往常放得都多。

江意惜帶著下人做點心。她知道，即使孟辭墨走之前都沒時間親自來莊子，也會讓親兵來。她做了很多，忙碌得不願停下來。不是她太勤快，而是想用做事填滿無依和無措的心。

冬月初一，孟辭墨還是找藉口來了孟家莊，但他沒去孟家莊，直接來到扈莊。

這次是孟連山趕車，只有他們兩人。

江意惜和孟辭墨進了西廂，孟連山被吳大伯請去東廂喝茶。

孟連山趁吳大伯出去上茅房，水香進來續茶之時，把一個荷包遞給水香，紅著臉說：

「這是我打仗時的斬獲，黃玉狼雕擺件，送水香姑娘把玩。」

水香的臉一下子脹得通紅，猶豫一下後，接過荷包跑出了屋。

孟連山摸著後腦勺，傻笑起來。他跟著主子走南闖北，也見識過了各種各樣的姑娘，但他就是覺得水香姑娘美麗聰明，是他想了很久的妻子人選。他怕如果現在不表白，等回來後姑娘許了人家就來不及了。主子都知道先把心愛的姑娘抓牢，他也得抓牢才行。

西廂裡，江意惜把五竹箱裝的餅乾拿過來，又把她親自做的十副鞋墊和十張帕子、十個荷包送給孟辭墨，衣裳跟鞋子她沒好意思做。

看到這些精巧的物品，孟辭墨笑彎了眼，接東西的時候連著小手一起接下，小手柔軟滑嫩，還有些微涼。

江意惜紅著臉把手掙脫出來。她望向他，那雙眸子由之前的空洞變成現在的灼灼，由之前盛滿憐憫變成現在滿目深情，江意惜既百感交集，又極為不捨，輕聲囑咐道：「孟大哥此行多多保重，萬莫涉險。」

孟辭墨鄭重答道：「為了妳，我也不會涉險。我走後，祖父就會請人去江家說合，妳也會住回江府，不像現在這般自由了。若遇到難事不好找我祖父，就派人找孟家莊的王叔，他會給祖父送信。」他又拿出兩個小錦盒打開，一個裡面裝著一支嵌寶鳳釵，一個裡面裝著一顆大祖母綠。「鳳釵是我娘留下的首飾，祖母綠是我打仗時的斬獲，妳看著它們，便能想到我……」覺得用這兩樣明麗的首飾比喻自己不好，又補充道：「想到我的好。」

祖母綠有拇指的指腹那麼大，晶瑩剔透，璀璨奪目，一看就價格不菲。看品相，祖母綠比嵌寶鳳釵值價得多，但鳳釵是孟辭墨的母親留下的，意義更重。

江意惜笑著點頭，拿起鳳釵說道：「真漂亮。」

孟辭墨笑笑。母親留下的嫁妝和遺物，一大半都給姊姊當了嫁妝，首飾只給他留下幾樣，品相都不算好，這支是最好的了。

晌飯後，江意惜把孟辭墨送上馬車，他們要趕回國公府，明天早上啟程。

此時，他們眼裡只有彼此，沒注意到孟連山多看了幾眼水香，水香的臉羞得通紅，還是一直站在姑娘身後，目送馬車遠行，眼裡滿是不捨。

馬車消失很久後，江意惜還站在院門口望著那條小路。

吳嬤嬤忍不住勸道：「姑娘，這裡風大，莫著涼了。」

江意惜才轉身回屋。

夜色吞噬了最後一絲餘暉，天空又飄起小雪。

江意惜呆呆地坐在炕上，懷裡抱著花花。

花花知道主人心情不佳，乖巧地給她當抱枕。

下人不敢高聲說一句話，連平時聒噪的啾啾也閉著嘴打磕睡。

扈莊靜極了，連江意惜偶爾的嘆息聲都那麼明顯。

花花實在餓狠了，忍不住喵喵叫道：「主人，花花餓。」

江意惜才注意到天黑了，不知什麼時候丫頭進來點上了燈，遂提高聲音道：「吃飯吧！」

飯後，江意惜又充滿了力量。孟辭墨的短暫離開，是為了今後的永遠相守。孟辭墨說得對，等到孟家去提親，老太太肯定會讓她回府住的。

她來扈莊只有半年多，卻積攢下不少家當，必須理一理，什麼能帶回府、什麼要繼續放在這裡。還要給李珍寶多做一些點心送去。

花花聽說主人快回大宅子了，想去林子裡多玩幾天，還想給跟牠玩得好的熊孀跟猿姨帶些糕糕過去。至於虎哥跟豹姨，牠們只吃生肉，滷得再香的肉都不喜歡。

江意惜已經按花花說的樣式做了一個後背包，把小包給牠揹上，裝了一些點心進去，並囑咐牠早些回來，否則就把牠留在莊子裡。

她去庫房轉了一圈，又看了看屋裡屋外的名貴花草，以及廊下的鳥籠。

老太太和大房都貪財，明面上的大件不能帶回去。老太太有喜蘭的雅好，只帶一盆名品蘭花送她，再帶幾盆不算多名貴的放去自己院子裡。啾啾肯定要帶回去，說老國公偶爾想看看牠，別人再想要也要不走。

吳家父子和秦林會繼續留在這裡，水珠肯定不想進江府，再把吳嬤嬤暫時留下……江意惜正暗自盤算著，吳嬤嬤突然悄聲笑道——

「姑娘，水香似乎跟連山管事看對眼了。」

江意惜一怔。「真的？」

「老奴不會看錯，連山管事和水香互相看了好幾眼，眼裡有傾慕。」

江意惜也替水香高興。

水香已經十五歲了，前世再過幾個月就被打死，連親都沒有說。孟連山是孟辭墨的絕對心腹，比孟青山和孟高山都得孟家祖孫信任，前途光明，也特別得江洵的喜歡和尊重。

次日一早，江意惜帶人做了李珍寶喜歡吃的點心，巳時初帶著拎了四個食盒的吳有貴和水靈去了昭明庵。

李珍寶的小院靜悄悄的，柴嬤嬤聽說江意惜快回京城了，讓她在窗外跟李珍寶說幾句話。李珍寶還在泡藥湯，迷迷糊糊的，或許能聽見，也或許聽不見。

江意惜提高聲音說道：「節食小師父，我要回家了，妳好好將養身體。還是之前的話，妳將來的人生，一定會跟花兒一樣美，堅持住，一切都會好起來的。我雖然回了京城，心裡會一直惦記妳，也會讓人定期給妳送吃的來。」

李珍寶虛弱地說：「一言為定……不許忘了我。」

江意惜笑道：「妳也不能忘了我。等妳能見外人了，讓人告訴我，我來陪妳玩。」

「好……記著，把我教妳的……那兩樣小東西帶去京城……送出去。」

江意惜暗笑，都這樣了，還惦記著那兩樣小東西要在京城流傳開。這麼說來，李珍寶此時哪怕再痛苦，也仍是對未來充滿了希望。她笑道：「放心，我一直記著呢！」

柴嬤嬤怕李珍寶太過激動，催促道：「江二姑娘若說完話了，便請回吧。」

江意惜出了小院，去大殿拜佛祖、菩薩，又在昭明庵吃了齋飯，才回扈莊。

冬月初四晌午，瓔珞來了，笑容比之前謙恭多了，呈上江伯爺的一封信。信中說，孟家已去江家提親，老太太和他答應了。雖然還沒拍板定下，但她一個姑娘家卻是不好再自己住鄉下了，讓她馬上回京。

江意惜冷哼，當初把她趕來莊子，如今一封信就想把她召喚回去？

她冷臉說道：「回去跟祖母和大伯說，我來莊子半年，無時無刻不在反省自己曾經做過的事。我覺得我還沒有完全平靜下來，心靈也沒得到救贖，還需要繼續反省，該如何做才不至於給江家丟臉、招禍。」

這次不僅沒給瓔珞賞，連晌飯都沒留。

初五晌午，江三老爺、江三夫人及江洵一起來了扈莊。

江三老爺夫婦滿臉笑意，看江意惜的眼神更熱切了。

江洵也是一臉喜色，笑道：「姊，成國公府請王老侯爺去咱們家說合了，替孟大哥求娶姊姊！真沒想到，孟大哥要當我的姊夫了！嘿嘿……」他這兩天樂得都睡不著覺。

吳嬤嬤等下人雖然已經知道孟世子跟自家姑娘心意相通，但聽說孟府已去提親，老太太又答應了，都喜不自禁，紛紛恭賀起江意惜。

江意惜假裝害羞，低頭扭帕子。

江三夫人笑道：「恭喜惜丫頭了！有了這門貴親，不僅老太太和伯爺，我們都替妳高興。只是，妳不好再繼續住在莊子裡了，必須搬回府去住。」

江三老爺也笑道：「孟世子出身高貴，又頗得老國公喜愛，妳爹在世時也非常欣賞他。雖然有眼疾，卻是成國公府未來的當家人，聽說近日又在蜀西找到一位能治眼疾的神醫。定下這門親事，惜丫頭有福了。我們都知道那件事不僅不怪妳，妳還處理得非常好。至於有些人說話不知所謂，惜丫頭就以大局為重，不要跟她們一般見識了。」那件事當然是指江意惜拉孟辭羽跳湖的事，至於說話不知所謂的人，便是指江大夫人和江意言了。

能結這門親，江家除了江意言外，所有人都很高興。他們知道，孟世子的眼疾不太可能治得好了，若治得好也不會跟江家結親。但哪怕孟世子瞎了，這門親他們江家也是高攀了，於江家有大大的好處。既然江意惜要當成國公府的當家奶奶了，那江家就必須跟她搞好關係，將來她才好成為江家的助力。

兩口子說話都非常中聽，江意惜不好再拿喬，笑道：「我還要收拾收拾，明天再回吧。」

三老爺笑道：「好，讓洵兒留下，明天陪妳一起回府。」

晌飯後，三老爺夫婦便要回京了，水香跟著他們一起回去，先打掃灼園。

江意惜送了三老爺夫婦一疋錦緞和一套粉瓷茶具，笑道：「雍王府送的，謝謝三叔跟三嬸對洵兒的照顧。」

三夫人笑眯了眼。「我們是三叔、三嬸，照顧姪子跟姪女是本分，惜丫頭客氣了！」

江意惜還是讓人把東西抱去了車上。

他們一走，江意惜就把孟老國公舉薦江洵去考京武堂的信交給他。

江洵作夢都沒想到自己能跟爹爹一樣進京武堂學習，喜得一跳老高。他也顧不上逗啾啾玩了，立即在院子裡練起武來。

江意惜又跟吳嬤嬤和水珠說了把她們留下的想法。

水珠非常願意，她不喜歡進江府。

吳嬤嬤道：「姑娘一個人在江府，老奴不放心。」

江意惜笑道：「我哪裡是一個人？還有洵兒、水香他們。放心，江府不敢把我怎麼樣的，等到去孟府時，妳再跟我一起去，況且有富哥明年正月成親，妳也要在這裡張羅不是？還有啊，這麼多花草，嬤嬤要幫我打理好。」

吳嬤嬤方不言語了。

江意惜又讓人去把賀大嬸母女叫來，在村裡收些野味。她賞了賀大嬸二兩銀子，送了賀二娘四朵珠花和一根金簪當添妝，吳有富和賀二娘成親時她不會回來。

這不僅是看在吳家的面子上，她也很喜歡這對母女。

主子如此，秦嬤嬤、水靈、水清等人也都湊著趣，給賀二娘提前添了妝。水珠不需要提前添，她就住在這裡。

之後，江意惜又賞了吳家五十兩銀子，不只是他家要娶媳婦，還是獎勵他們的忠心。

戌時花花回來了。背上的包還在，裡面裝了幾朵猴頭菇，這是牠讓猿姨摘來的。

花花疲憊極了，洗澡都是閉著眼睛的。

擦乾毛把牠放上床時，牠喵喵叫道：「我要去元神那裡休息兩天，不要吵我……」說完就睡著了。

江意惜已經聽牠說過，之前牠每兩個月要休息兩天，現在時間延長，隔幾個月會休息兩至三天，時間不定。

第十二章

次日早飯後，下人搬了七盆花、兩疋錦緞、兩套餐具及茶具、一箱子書、一些野味上車。江意惜拎著裝花花的籃子，江洵拎著裝啾啾的籠子上了車。再加上幾個下人，一共三輛車。

羊媽媽聰明，非常捨不得花花和江意惜、啾啾，送他們送到院門口時，都流淚了。眾人都嘖嘖稱奇。

江意惜笑道：「那裡不好帶你們去。你們在這裡好好生活，以後我們會回來看你們。」

坐在車裡，江意惜百感交集。半年前被趕來莊子，半年後又被請了回去。回去的她，跟當初灰溜溜的她不一樣了，至少那些人不敢再隨意拿捏她。

不一樣的還有身旁的少年，個子又躥高了一截，穿著體面，舉止得當。

走至半路，天空又飄起了鵝毛大雪，天更冷了，路也不好走。

江意惜腳下踩著小銅爐，腿上蓋著褥子，手裡抱著湯婆子，倒是不太覺得冷。

江洵還在默策略，連話都不想說。

下晌未時初，終於到了江府。

江意惜姊弟先回自己院子洗漱，把東西放好，再把還在呼呼大睡的花花放去床上。留下水清照顧花花和啾啾，江意惜則帶著水靈和水香去了老太太的如意堂。

水靈抱著一個大桶，裡面裝著那盆名品君子蘭，這是送老太太的。怕凍壞，用大桶裝著，上面還加了蓋子。

水香拿著一個籃子，裡面裝了幾隻野兔、野雞及一些蘑菇，這是在村裡收的山貨，要送給整個江府。

三房的禮偷偷送了，至於大房，江意惜連一根針都不願意送。

十月中旬，江大奶奶生了個兒子，江意惜沒回來，只讓丫頭來送了五隻雞、一百個蛋和一疋適合小孩子做衣裳的軟綿布。她住在鄉下，也只能送鄉土氣息的禮物，愛高興不高興。

江意惜也知道目前最好不要跟江大夫人過於交惡，但她就是忍不住。

如意堂裡，老太太和江大夫人、江三夫人、江意言、江意柔、江意珊正說著話。

老太太和江大夫人皮笑肉不笑，江意言沈臉扭著帕子，連面子情都不願意做。

老太太氣江意惜拿大，讓下人去接不肯回來，還非得老三兩口子親自去接才回來。

江大夫人不高興江意惜怠慢自己的長孫，不僅人沒回來，送的禮物居然是母雞和雞蛋。這不僅是怠慢，簡直是瞧不起人！雖然三房沒明說，但江意柔有幾樣穿的和用的都是御賜之物，老三兩口子哪有本事弄得到那些東西？肯定是珍寶郡主送惜丫頭，惜丫頭又偷偷送給了三房！她現在才明白，那個丫頭記恨他們長房，所以故意怠慢他們。之所以有這個膽量，肯定是先跟那個瞎子有了首尾！

這還真是傳承，跟她爹娘一個德行，都是不要臉地在婚前暗通款曲！當然，她爹娘比她更猴急，從說親到成親不到兩個月，一成完親江辰就忤逆老太太，硬把扈氏帶去軍營附近住，直到扈氏生了孩子半年後才回家，讓人看足了笑話。男人再離不開女人，女人再離不開男人，也不待這樣的！

江意言不高興的，是江意惜居然又一次攀上了成國公府。雖然孟辭墨是個瞎子，但他是世子，江意惜嫁過去就是宗婦，將來還是成國公府的當家女主人！自己是伯爺的閨女，卻連個侯爺的姪子都攀不上，真不知那個小踐人用了什麼手段！

三夫人母女都是笑咪咪的。

江意珊則繼續當透明人。

如意堂裡的幾人各有心思，臉上陰晴不定。

江意惜穿著洋紅提花錦緞斗篷，衣裳明豔，氣質卓越，她一進屋，微暗的屋子似立時明亮了起來。

老太太看了幾眼江意惜，這個氣度和長相，當然要嫁進公侯之家了。這麼好的一顆棋子，可不能推遠了，她一下子笑了起來，之前的鬱氣也隨之消散，招手笑道：「惜丫頭過來，到祖母這裡坐。」能讓孫女去她旁邊坐，是她給予的莫大寵幸。

江意惜笑著給老太太和江大夫人、江三夫人屈膝行了禮，才走去老太太跟前。瓔珞上前為她解下斗篷後，她坐去老太太身邊，由著老太太拉她的手。
水靈把君子蘭端出來。君子蘭有二十片葉，葉子翠綠肥厚。
江意惜笑道：「這是孟祖父送的，叫圓頭翡翠。」
老太太起身走過去看了一圈，笑道：「老親家會養花兒，瞧瞧，長得多繁盛！」
親事還沒正式定下呢，就已經迫不及待地叫上「老親家」了！江意言翻了個白眼，冷哼聲淹沒在笑聲中。
水香又把山貨呈上。
老太太點點頭，讓人送去廚房。
江大夫人見江意惜回來也只單送了老太太禮物，自家連根針都沒單送！東西在其次，關鍵是不給長房面子！一個孤女，還敢見人下菜碟？她暗哼一聲沒言語，想著自己是當家夫人，想整這死丫頭還不容易？也不需要自己出面，下人就能整得她跳腳。哪怕她嫁出去了，還有一個江洵任自己拿捏不是？
江三夫人笑道：「這花叫圓頭翡翠呀？不知開出的花是什麼樣？」
江老太太頗為老道地說了一下。這個時刻，老太太儼然是一個懂風雅、識情趣的大家貴婦。
江三夫人等人都捧著老太太，讓老太太極是開懷。

天黑以後，江伯爺下衙，眾人去廂房吃飯。

江伯爺還是真心為江意惜能嫁進孟家感到高興的，有了那門貴親，自家總能借著光。他笑著誇了幾句江意惜，見自己媳婦木著臉，不像老三媳婦那樣說著湊趣的話，眉頭不禁皺了皺。

飯後，除了江洵說有要事跟祖母和大伯父商議，其他眾人都陸續離開了如意堂。

江意柔拉著江意惜的手，咬著耳朵講悄悄話。

江意言冷哼一聲。「孟大奶奶還不一定能當上，馬屁就先拍上了！」

江意惜和江意柔都裝作沒聽見，腳步輕盈地向前走去。

廳屋裡，江洵把孟老國公寫的舉薦信交給江伯爺看。他和姊姊商量好了，這事不可能瞞過長輩，就大大方方地告訴老太太和江伯爺。

看完信後，江伯爺眼神深沈地看了江洵兩眼，心裡可謂是五味雜陳。當初長子江晉也想進京武堂，他求了很多人，卻連封推薦信都沒弄到。孟老國公推薦的人，只要不是太孬，都能進得去。看來二房憑著兩個孤兒、孤女，就要起來了。

這件事他不可能阻攔，若江洵有出息了，對家族總是好的。早知道，應該跟他們把關係拉得再近一些的……江伯爺壓下心思，對老太太笑道：「孟老國公舉薦洵兒去考京武堂。」

老太太眼裡立即冒出精光。「真的？」

江伯爺晃了晃手中的信笑道：「舉薦信都寫了，當然是真的。」又對江洵說道：「你小子運氣好，能得孟老國公賞識。好好考，爭取像你爹一樣，去京武堂學習，將來中武進士。」

老太太高興，卻也有些遺憾。若長孫能得孟老國公看重，進京武堂學習該多好？二孫子再強也不是當家人。不過，只要江洵有出息了，對家族總是好的。

她誇了幾句江洵，又對江伯爺說道：「回去跟你媳婦說，這兩天要幫洵兒把飲食調整好，多吃牛肉、牛筋，長力氣。早上的燕窩我就不吃了，給洵兒。初八那天，你請一天假陪洵兒一起去京武堂考試。」

江洵躬身道了謝。姊姊已經跟他說好，從明天起，早飯和晌飯他都會在灼園吃，主要是不放心江大夫人，怕她在飲食裡搞鬼。

江意惜和江意柔還沒到灼園，就聽到裡面傳來孩子的說話聲。「吃肉肉、扎針針，佳人，在水一方，江姑娘……」

江意柔吃驚道：「二姊姊，妳院子裡有小孩？」

江意惜笑道：「不是小孩，是隻會說話的鸚鵡，叫啾啾。」

江意柔感興趣極了，拉著江意惜向灼園跑去。

水清向江意惜告狀道：「啾啾不聽話，一拎牠進屋就罵人。」

十月底以後，都是白天把鳥兒拎出屋，晚上再把牠們拎進屋。今天可能是換了新環境，啾啾興奮得不想回屋。

牠一看到小美人江意柔又興奮起來，撲展著翅膀歡暢叫著。「花兒，北方有佳人，佳人……」

江意柔被逗得呵呵直笑，逗了一陣啾啾後，就讓丫頭去她的屋裡拿來兩個荷包及兩張羅帕。都是她親手繡的，料子質地上乘，繡工精巧，很漂亮。「送給二姊姊，喜歡嗎？」

江意惜領了她的情，笑道：「喜歡，繡得真好。」

正院裡，江伯爺把江洵得孟老國公舉薦去京武堂考試的事跟江大夫人說了。

江大夫人眼睛瞪得溜圓，氣道：「江洵文不成、武不就，就是個扶不上牆的爛泥，他怎麼考得上京武堂？那封信給咱們晉兒用……」想著江晉已經超過歲數了，又改口道：「給文兒用吧，文兒文武雙全，定能考上！」

江伯爺沈臉喝斥道：「沒見識的臭娘兒們！信裡明明白白寫的是江洵，能替換嗎？我告訴妳，二房的那兩個已經翻了天了，不要再想著去欺負他們，把他們越推越遠，不說母親不答應，我也不答應！妳能不能學學老三媳婦？不管真心假意，面子情總要做到！把關係搞好，將來晉兒幾人跟他們總能相互扶持。」

大夫人的眼珠轉了轉，又退一步道：「實在不行，讓文兒跟江洵一起去考吧，他們各憑本事。」

江伯爺氣道：「真是婦人之見！舉薦信上沒提文兒，文兒去了人家就會考他，那還要舉薦信做甚？」

他見周氏嫉妒得滿臉通紅，眼裡盛滿了不服氣，心裡厭煩得緊。說了幾句讓她給江洵單獨開伙食，老太太的燕窩也暫時給江洵後，就起身去了小妾那裡。

江大夫人氣得想把桌子上的茶碗掃下地，見是五彩瓷的又捨不得，起身把角落裡的雞毛撢子抽出來摔在地上，罵道：「去吧，一個狗肉包子，去了也考不上！」

初七早上，江洵過來灼園吃飯。

為了江洵和小饞嘴花花，江意惜特地從莊子裡帶了許多易放的點心、鹹菜、米麵、幾條冰凍海魚及調料過來。

在這裡江意惜不好經常下廚做飯，便由丫頭們做了菜粥、蒸蛋，還烙了餅。

江洵吃的全是灼園準備的飯菜，沒動一口大廚房送來的東西。

大廚房給江洵準備的早飯，一部分裝樣子帶來了灼園，還剩下一些，秦嬤嬤給江洵的丫頭小紅吃了。這也是江意惜跟秦嬤嬤商量好的。

江意惜怕江大夫人犯渾，覺得她一直看不上的孤兒突然要飛上枝頭當鳳凰了，心裡落差太大，不願意如孤兒的意。

江意惜嫁進孟家還不會引起江大夫人特別大的不滿，畢竟是嫁出去的姑娘。可若是一直不被看好的江洵比她的兩個兒子更有出息，那她八成會受不了。

江大夫人膽子再大，也不敢給姪子下劇毒。別說江意惜即將嫁進孟家，哪怕他們還是之前無依無靠的孤兒，老太太和江伯爺也不會容許下毒的事在家裡發生。老太太和江伯爺是涼薄自私，但還沒壞到因為一點利益就殺害至親的地步。江大夫人頂多是下點巴豆之類的藥讓人拉拉稀而已，沒有大影響，只是會讓人體力不濟。所以，也不怕會把小紅毒成什麼樣。

江意惜如此分配也是有備無患，心裡還是希望江大夫人不要真的走到那一步。

她哀怨地看了一眼躺在床上呼呼大睡的花花，她終於想用這個順風耳做點事了，牠卻不爭氣地睡大覺。

下晌，聽秦嬤嬤過來說，小紅拉肚子了，只是拉得不厲害。

飯菜真有問題。

也的確如之前所料，江大夫人並不敢做得太過。

江意惜面沈似水。那個周氏，又壞又蠢又嫉妒心強，是無可救藥了。不過，只放了這麼一點量，一般的郎中看不出來，且小紅只是輕微腹瀉，也不能證明就是飯菜有問題。即使告到老太太和江伯爺那裡，他們不會相信，大夫人也不會承認的。

但這個虧不能白吃，以後得找機會收拾那個女人。

江意惜又想到前世江洵的早逝，不知其中有沒有江大夫人的手筆？畢竟當初她的嫁妝不少，江洵又是她唯一的胞弟，解決了江洵，大房就能拿大頭……

這個懷疑的小火苗一下子竄上來，燒得江意惜胸口痛。

江意惜怕江洵分心，暫時不敢跟他說實話，也囑咐秦嬤嬤不要說。

初八，江洵來灼園吃完早飯後，由江伯爺陪同去京武堂。出了院門，竟看到孟老國公的親兵孟中等在門外。

孟中笑道：「我家老公爺讓我陪江二爺去京武堂。」又指著一匹良種大馬和一匹不怎麼樣的馬說：「這是老公爺送江二公子和小廝的座騎。」

江洵作揖感謝。老爺子會送馬，姊姊已經跟他說過了。

江伯爺也笑著表示感謝。他有些臉紅，家裡還沒有給江洵準備馬，更別說給小廝準備了。即使準備，也不可能這麼好，那匹良種馬一看就跟三弟的座騎差不多。

晌飯前，秦嬤嬤來了灼園。

秦嬤嬤說道：「今天大廚房送的早飯，老奴也吃了一些，還吃得比較多。」

江意惜本是讓小紅一個人吃就好，她和江洵的這幾個下人，除了小紅有可能是江大夫人的人外，其他人都是姊弟倆的心腹，她捨不得讓他們涉險。

見江意惜吃驚地看著她，秦嬤嬤又道：「老奴怕小紅腹瀉是碰巧，想著自己試一試。二姑娘，飯菜真的有問題，老奴剛剛也腹瀉了兩次。連續兩天腹瀉，哪怕不厲害，人的體力也會受影響。大夫人膽子太大、太壞了，連姪子都害！」

江意惜冷哼。「那個惡女人，什麼事情做不出來？」

秦嬤嬤道：「總不能讓二姑娘和二爺在家裡連飯都不敢放心吃吧？」這樣日子是要怎麼過？

江意惜道：「這件事咱們不能找長輩明說，說了大夫人也不會認。無事，我有法子收拾她。」

晌飯後，江意惜不想午歇，坐在屋裡逗啾啾，藉以平復煩燥的心情。

一回來就心煩，看到某些人煩，被困一隅更煩。她想孟辭墨，想孟老國公，想李珍寶，想在扈莊的日子……

這時花花睡醒了，牠跳下床，扯著嗓門喵喵叫起來。「我餓死了！要吃魚，快點！」

水清笑起來，過去抱起牠笑道：「眼角還掛著那麼大兩坨眼屎呢，洗乾淨了再去玩。」

水香和水靈去小廚房給牠蒸魚。

花花洗完臉，就屋裡、屋外、樹上、房頂跑了一圈，看著新環境，稀奇得不得了，喵喵叫著。「太小了，不好玩……」

江意惜抱起牠說道：「這裡到處都是人，不許亂跑。」

江意柔聽見貓叫聲，跑了過來。「花花醒了？」她聽江意惜說了些花花的趣事，一直盼著牠醒呢！

花花喜歡漂亮的小娘子，任由江意柔抱過去擼啊擼啊擼的。

江意惜又讓花花表演了牠的拿手絕活——開門、開抽屜、打滾、拿帕子，樂得江意柔和她的丫頭肚子疼。

申時，江洵還沒回來，江意惜和江意柔一起去了如意堂。

花花很乖地沒擋路。牠在莊子裡就聽主人說過，這裡的兩個中老年婦女特別討人嫌。

江老太太也緊張江洵，手裡一直轉著佛珠，嘴唇緊抿著，表情異常嚴肅。

江意惜意味深長地看了江大夫人一眼，嘴角勾起一絲譏諷的笑。

江大夫人眨了眨眼睛，心虛地想著，這丫頭怎麼變得如此怪異？難道她知道了什麼？哼，即使知道了、猜到了，又能怎麼樣？諒她也不敢把屎盆子往自己頭上扣！想是這樣想，就是莫名的有些緊張，便故作平靜地望了江意惜一眼。

老太太緊張成那樣，眾人都不敢高聲說話。

直到天黑透了，江伯爺才同江洵一起回來，兩人俱是滿臉笑意。

江伯爺跟老太太笑道：「洵兒考上了！哈哈，真沒想到，洵兒的武藝和策略都非常好，得了蔣堂長的褒獎呢！蔣堂長還說，孟老國公親自調教出來的孩子定是不錯，讓洵兒準備準備，這個月十一就去京武堂上學。」他臉上是笑著的，心裡卻酸澀極了。他居然看走眼了，那小子武藝跟策略簡直出乎意料的好，特別是武藝，跟二弟年少時相比也不遑多讓。他即使不願意承認，也不得不承認，他的兩個兒子都差江洵甚遠。且有了孟老國公看重和孟家扶持，那小子前程將不可限量，興許比二弟還強。

江洵先跟江意惜抬了抬眉毛，才給老太太躬身道：「孫兒沒有辜負祖母的期望，考上京武堂了。」

老太太是真的高興，瞧著這個孫子就像看到當初的二兒子。她想著只要早些給這個孫子定個可靠的媳婦，他便不會跟他老子一樣，給自己添堵了。

儘管江意惜知道江洵肯定能考進去，還是高興異常。

江三夫人笑著誇獎了江洵。

江大夫人想裝裝樣子附和幾句，怎奈就是說不出口。

晚飯後，姊弟二人一起回了灼園。

江意惜這才把飯菜被放了微量巴豆的事跟江洵說了，讓他以後對江大夫人及大房幾人要更加防範。

江洵氣得咒罵了幾句。

江意惜想知道江大夫人和江晉那邊的情況，早早把江洵打發走了。

灼園離那兩個院子都不到一里，花花趴在屋裡就能聽到那邊的動靜。

花花喵喵地說了牠聽到的內容——

江伯爺不高興江大夫人不會做面子情，讓她眼光不要那麼小，二房兩個孩子都有出息了，為了她的幾個兒女也要拉近關係。

江大夫人還是不服氣，說江文比江洵強得多，若他同江洵一起去考試也能考上，還埋怨江伯爺浪費了一次好機會。又說江意惜不過是在跟一個瞎子議親，成不成還不一定呢，即使成了，瞎子也不一定能承爵，自家是長房，憑什麼讓二房的孤兒、孤女踩下去等等。江伯爺狠狠斥責了江大夫人不識時務，罵完人就走了。

江大夫人又讓人去把小紅悄悄叫來，問江洵這兩天吃飯吃得好不好？小紅說她也不知道，二爺拿了一部分飯菜去灼園吃，剩下的飯菜她和秦嬤嬤吃了。

江大夫人氣得罵了小紅幾句，還讓人打了她兩個巴掌，說她嘴饞，居然敢吃主子的東西。

江意惜知道，江大夫人這是有苦說不出，只能打小紅洩憤。而且，小紅真是她的人。

末了，花花還聰明地說：「以我跟前主人多年的經驗來看，那江大巫婆不是個好人，肯定還會找事。以後我每天都聽聽她的事，給主人提醒。」

江意惜親了一下花花，說道：「她可不就是個污婆，裡面外面都髒。」

花花翻了個白眼，是巫婆，不是污婆好不好？想著跟古代人說不明白，也就沒費口舌解釋了。

江意惜更加懷疑前世江洵死得蹊蹺了。舉薦信白紙黑字寫了名字的，江大夫人都想讓她兒子借光一起去考，若是沒寫名字，肯定會讓她兒子一個人去考。

前世江意惜要嫁去成國公府，江老太太為了面子，打腫臉拿出八千五百兩銀子置辦了對於武襄伯府來說極其豐厚的嫁妝，再加上扈氏留下的嫁妝，還有孟府給的聘禮，一起陪送給她。當時江大夫人不願意，江意言又吵又鬧還哭了，被老太太和江伯爺罵了才不敢言語。

江意惜被休棄後，成國公府的聘禮也被收回，不算被江大夫人偷偷貪墨的，還是有九千兩銀子的嫁妝。這些嫁妝已經屬於她，但因為她被送去出家，嫁妝便被拉回江府代管。

按理她的嫁妝應該由她的胞弟江洵代管，江洵年紀小才由大房幫忙管理。別說江大夫人及她的兒女，便是江伯爺肯定也不願意那麼多錢財旁落。

這已經不僅僅是貪財的問題，而是前世江大夫人很有可能為此殺了她弟弟。之前，她還是把那個女人想得太好了。

還好她重生回來了，他們孤兒、孤女不會再任由人欺凌。那個周氏，必須要狠狠收拾，機會也快來了……

江意惜沈著臉想心事，花花又喵喵叫了起來，開始轉播江晉院子裡的事了。

「哎呀，江晉沒說話，在跟他的通房嘿咻嘿咻……」

江意惜不懂。「什麼是嘿咻？」

花花眨了眨圓眼睛，咧嘴笑道：「嘿咻就是男人和女人在床上幹那事……」

江意惜才明白過來，紅著臉嗔道：「說什麼呢，討厭！」

次日給老太太請安，江大夫人的眼睛都是紅的，一看就哭過了。

或許是昨天被江伯爺罵狠了，她今天扯著嘴角跟江意惜姊弟笑了笑。嘴角雖笑著，眼睛裡的不甘卻更盛。

看她這樣，江意惜又想起了道高一丈的孟大夫人。相較之下，這個女人好收拾多了。

陪老太太說了一陣話後，眾人出了如意堂。

江意惜讓江意柔去樹下等她，她找江大夫人有事。

江大夫人見江意惜有話跟她說，把拉著她的江意言打發走，又讓兩個丫頭離遠些，這才問道：「二姑娘找我有事？」

江意惜皮笑肉不笑地說道：「因為昨天和前天給我家洵兒開了小灶，大廚房的飯菜就給小紅和秦嬷嬷吃了。結果，她們都腹瀉了。」

江大夫人沒想到這死丫頭竟跟她把話說得這麼直白，壓下氣惱，驚詫道：「小紅和秦嬷嬷也腹瀉了？哎喲，我昨天肚子也不舒服，還有些痛呢！我得查一查大廚房，是買了不新鮮的食材，還是有什麼東西沒洗乾淨。那些婆子，三天不敲打就上房揭瓦了！」

江意惜譏諷地笑笑，倒是推得乾淨。「聽說大伯娘想讓三弟跟我弟弟一起去考京武堂？

哎喲，大伯娘該早跟我說的，我去求求孟祖父，讓他老人家再把三弟的名字添上啊！」

大夫人一驚，是誰偷聽了她和伯爺的話，還告訴了這個死丫頭？她端不住了，沈臉說道：「妳一個姑娘家，怎麼聽風就是雨？我哪裡說過那種話？是誰跟妳說的？」

江意惜笑了笑。「人家好心跟我說了，我怎麼好把人家說出來呢？」臉又嚴肅下來，認真道：「大伯娘，有些下人總覺得我們孤兒、孤女好欺負，老想著踩一腳。我今兒就把話撂在這兒了，日後若誰敢再動我弟弟一下，我定不饒他，不信就試試！」說完，就向站在前面大樹下的江意柔走去。

大夫人很想把江意惜喝住，好好訓斥一頓，可那個死丫頭的話似是而非，太較真反倒讓人覺得自己心虛。她忍下氣，臉色不善地看看自己的兩個丫頭，向正院走去。

江意柔狐疑地問：「大伯娘的臉色看著不太好，怎麼了？」

江意惜便把秦嬤嬤和小紅吃了江洵的飯菜後腹瀉的事說了。「大伯娘說她的肚子也不好，懷疑是廚房哪個環節出了差錯。」讓江意柔把這事傳給三老爺夫婦知道，那兩口子可不傻。

至於大夫人，先讓她和她的心腹玩貓抓老鼠的戲碼。花花想捉一隻老鼠還要跑老遠的路，大夫人身邊可有好多老鼠隨她抓呢！

想到那隻順風耳，江意惜的心情好極了，拉著江意柔去花園裡折蠟梅插瓶。

花園邊上有幾棵蠟梅樹，花朵金黃，上面敷著白雪，人還沒走近就能聞到濃香。

江意柔和江意惜各折了兩把，一把拿回自己屋裡插，一把給母親和弟弟。兩人在岔路口分手，江意柔直接去了三夫人那裡。

三夫人聽了江意柔的話後，臉色沈了下來。

「傻丫頭，惜丫頭是故意向妳遞話呢！她先有懷疑，又讓下人試吃，還敢把話遞到大夫人面前，說明她篤定了是大夫人做了手腳。但這事她不能明明白白地說出來，只能隔山敲虎，讓大夫人收斂些，再透過妳把話傳給我和妳爹知道，讓我們防備。大夫人忍下氣沒有鬧開，也說明了她心虛。」

江意柔有些懵懂地看著三夫人。「這麼麻煩啊？二姊姊直接來跟娘說豈不更好？」

三夫人戳了她的腦袋一下。「翻年就十四歲了，還像個孩子！妳想想，惜丫頭是晚輩，又沒抓到確切的證據，怎麼好明說長輩的不是？人家不是把錯都推給廚房了嗎？唉，孤兒可憐，也難為她了。」臉色又陰沈下來。「大嫂越來越過分了，看著隔了房的孩子比自家孩子有出息就不高興，還敢往飯菜裡下藥，日後咱們還能安心過日子嗎？等妳爹回來了告訴他。」

江意惜從江洵那裡回到灼園後，便抱著花花進了臥房。

花花說，正院裡鬧得雞飛狗跳，大夫人的管事婆子和貼身大丫頭都在詛咒發誓說沒有背叛主子，還互相推諉。說不過、說不清楚的，都挨了打，那天當值的大丫頭也被趕出了府。

江意惜笑出了聲，離間計還是很好用嘛！那幾個下人喜歡捧高踩低，沒一個好東西，活該被收拾。

江三老爺回家後，對江洵能考上京武堂又是一番誇獎。他笑得沒有江伯爺誇張，話也沒江伯爺說得漂亮，但江意惜就是覺得他要真誠許多。

到了十一這天，江三老爺還特地請了一天假，送江洵去京武堂。跟江洵一起住過去的，還有小廝旺福。之後，除了節假日和長假，他們每旬回家住一天。

江意惜把一個裝了五兩碎銀和五十兩銀票的荷包塞進江洵懷裡，看著騎大馬的三人以及裝東西的馬車絕塵而去。她有一種孩子長大了，要展翅飛向無垠天空的感覺，有失落，更多的是高興和欣慰。

從現在起，她就開始想著九天後江洵回家了。這個家裡，也只有她想著江洵了。當然，她更思念已不知身在何處的孟辭墨。

但孟辭墨還有一個孟老國公惦記，而江洵只有她一人惦記。

冬月十四是長房長孫小江興滿月，江府請了些親戚朋友來喝滿月酒。

江意惜第一次看見這孩子，長得白白胖胖的，很可愛，還咧著無牙的小嘴衝她笑。江意惜眼裡盛滿柔情，孩子永遠是最可愛的。

江大奶奶有些生氣江意惜回府後沒有特地去看她，故而冷著臉。

江意惜裝作沒看出來，送了小傢伙一個金項圈和一個金鎖，代江洵送了一對金手鐲。

冬月十九傍晚，天黑透了，外面下著鵝毛大雪。

如意堂裡，眾人陪著老太太說笑，等待三老爺和江洵回家吃飯。

江洵比三老爺早回來。他穿著相當於低級武官的戎裝，手裡還拿著馬鞭，真的像一位少年軍官。只九天未見，黑了一些，似乎更健壯，也更像江辰了。

他還去味得鮮酒樓買了兩隻燒雞回家添菜，話說得也好聽。「這家燒雞軟爛好吃，老祖宗定會喜歡。」實際上是姊姊喜歡吃。

老太太笑瞇了眼，第一次招手讓他坐去自己身旁。

這個殊榮讓江洵不自在也不喜歡，側頭看了一眼江意惜後，還是走過去由著老太太拉著他的手問話。

老太太笑道：「猴兒，難為你出去讀書還想著祖母……」又讓丫頭拿了十兩銀子給他當零用錢。

飯後，老太太和江伯爺、三老爺又把江洵留下說話，直到關二門前才讓他離開。

風雪中，江洵望望灼園的方向，只得向二門走去。

次日早上，江洵去灼園跟姊姊一起吃早飯。

江意惜打趣道：「你成了香餑餑，從昨天盼到今天才把你盼來。」

江洵從懷裡拿出一個荷包，裡面裝了一支銀珠簪，笑道：「這是在京武堂隔壁的銀樓買的，送給姊。」

江意惜笑起來。這個弟弟搞得像出了趟遠門似的，回來還要帶禮物。她道了謝，對鏡插在髮際。

兩人去了如意堂給老太太請安之際，前院的婆子來報，說雍王世子的小廝遞了帖子，請二爺去得福全大酒樓一聚。

江洵跟江意惜對視一眼。他只認識雍王爺和李珍寶，曾經遠遠看過一次李凱，屬於他認識李凱但李凱不認識他那種。李凱要見自己，是不是李珍寶有什麼事讓他傳話給姊姊？

江意惜也是這種想法。

老太太和屋子裡的其他人都羨慕不已，小小年紀的江洵居然跟雍王世子相熟。

江洵回屋換了衣裳，帶著旺福去得福全大酒樓。

得福全大酒樓在羅福大街，騎馬也花了半個多時辰。

李凱在二樓包廂等得心焦。

江洵來了後，給他躬身作揖道：「李世子。」

李凱上下打量了他一眼。這孩子才十三、四歲，個子很高，有一股不容忽視的英武之氣，模樣跟江意惜不算很像。他滿臉堆笑道：「江兄弟，坐。我妹子跟你姊姊極要好，叫我李大哥即可。」

江洵又道：「李大哥。」

小二上了一桌子菜，兩人邊吃邊喝酒。李凱主喝和主講，沒說找江洵有什麼事，只問他一些學裡的事情。

江洵喝得不多。上京武堂之前，江伯爺和三老爺已經開始讓江洵學著喝酒，只是不許他多喝。今天江洵也不敢多喝，因為不知李凱叫他來到底要幹什麼。

酒足飯飽後，李凱遣下服侍的人，神色有些靦腆起來，清了清嗓子才說道：「我妹子身體不好，我不好拿這事去煩她，只得麻煩江兄弟了……」

江洵笑問：「是不是珍寶郡主找我姊有什麼事？李大哥別客氣，她們是最要好的手帕交，若我姊能辦到定會去辦。」

李凱呵呵乾笑兩聲，沈吟了一下，還是說道：「因為我妹子的關係，我跟江二姑娘也算相熟。那個……關關雎鳩，在河之洲；窈窕淑女，君子好逑。我想請江兄弟幫我給江二姑娘帶個話，我對她有意，若她也對我有意——」

江洵紅著臉攔了他的話。「李大哥，我家正在和孟家議親，雖然沒有最後定下，可兩家已經口頭允諾了，不能再答應別人的求娶。況且，男女私下傳話不合禮數，我姊知書守禮，不會做私相授受的事，這個忙我不能幫。」別說這事不合禮數，就是合禮數，他也不會幫這個忙。在他心裡，雖然孟大哥眼睛不好，但人好，姊姊想找父親那樣一心一意對妻子的男子，孟大哥肯定會對姊姊一心一意；而這位李凱，都不知道有多少女人了，居然還敢打姊姊的主意，姊姊真嫁給他就是所託非人了。

李凱沒想到這小子歲數不大，卻迂腐得緊。他也不想想，能跟珍寶玩得好的人，會守禮才怪。真的知書守禮，就不會私下說想找什麼樣的男人，還不許男人有其他女人之類的話。

「江兄弟，我還沒說完話呢，急什麼？孟、江兩家只是議親，還沒有最後定下，就允許有變。你若是不幫這個忙，我只得請媒婆直接上門了，或者請太后娘娘賜婚。一家有女百家求，孟家能去求，我們雍王府也能去求。」若不是妹妹提醒他，必須經過江二姑娘的同意，他早就請父王讓人直接去提親了。如今看孟家捷足先登，別說他著急，連雍王爺都著急。

現在雍王府三代的三個男子都稀罕江意惜。雍王是因為江意惜跟閨女玩得好，想要讓兒子把她娶回家，哪怕自己以後死了，這個嫂子也會對寶兒好。寶兒有些離經叛道，脾氣也不太好，若沒有自己和太后娘娘給她撐腰，怕她吃虧。有個好嫂子，總是多了個對她好的人。

李凱有李珍寶的原因，更因為江意惜長得俊，氣韻別樣，想法與其他閨閣女子不太一樣，讓他一看到就有異樣的感覺。還有一個原因是想做給妹妹看——沒有哪個姑娘是不看男人的權勢和容貌，而把什麼「一生一世一雙人」放在首位的。

李奇也稀罕，與其讓其他女人當後娘，還不如讓江姨當，江姨漂亮溫柔，做的糕糕也好吃。

雖然江意惜的身分不夠當正妃，但他們充分相信，只要搬出李珍寶，皇上和太后都會無條件同意的。

李凱現在特別後悔，若當初自己不跟妹妹說這件事，直接去提親或是請太后祖母賜婚該多好。

江洵知道，若是雍王府去家裡求親，祖母和大伯肯定會選擇雍王府而放棄成國公府。他抿了抿嘴，只得把話說得更直白一些。「李大哥，我姊寧可相公平凡些，也不願意他有其他女人。李大哥出身高貴，許多事身不由己，不說你現在有多少側妃，以後也還會增加，你不能給予我姊想要的。」

李凱用大拇指指了指自己的胸口，很有自信地說：「還是回去問問你姊吧。我是雍王世子，太后娘娘的嫡孫，珍寶的大哥，是我對她有意。」又再次重申。「我求娶江二姑娘是正妃，不是側妃。她跟了我，別說她，就是你也能富貴一生。」跟孟辭墨相較，他還是非常有信心的。孟辭墨是瞎子，而自己身強體健；孟辭墨是國公世子，而自己是雍王世子。他樣樣都比孟辭墨強得多，可江洵這傻小子卻也像眼睛瞎了一樣看不見，真是太可惡了。

江洵還是搖頭道：「我爹娘不在了，我可以替姊姊作主。李世子出身高貴，我姊姊高攀不起。」他覺得自己是男人，就應該擋在姊姊前面。他幫著拒了，李凱即使恨也是恨自己。而且，李凱把姊姊看成什麼人了？私相授受的事情若是傳出去，姊姊的名聲就毀了！

李凱沈了臉，身子向後往椅背上一靠，冷冷地看著江洵。「真不幫忙傳個話？」

江洵堅定地搖搖頭。「不需要傳話，我姊肯定不會答應的。還請李世子高抬貴手，放過我姊。」他抱拳躬了躬身後，離開包廂。

李凱的臉色變了變，提高聲音喊道：「來人！」

在外守著的長隨立即走進來。「世子爺。」

「去隔壁看看，常勝侯家的趙四公子還在不在？」

長隨笑道：「回世子爺，還在呢，奴才剛聽見他們幾人的說笑聲。」

李凱遂跟他低語幾句。

長隨笑著允諾，躬身出屋。

江洵騎馬走至街口時，就遇到京武堂的一個學子趙明朗。這人出身常勝侯府，是學長，武藝非常好，江洵與他並不熟悉。

趙明朗笑道：「江兄弟！難得遇到，走，哥哥請你喝茶！」

江洵一直想結交趙明朗，便笑著一起去了。

江洵和趙明朗一起喝了茶，又在酒樓吃了晚飯，回到江家已經是戌時初，他匆匆向灼園走去。

江意惜此時在隔壁江意柔那裡，四爺江斐也在，幾人被花花和啾啾逗得不時大笑。

江斐只有十一歲，孩子心性。聽說花花和啾啾後，經常跑來胞姊的院子玩。為了討好花花和啾啾，還到處收羅好吃的零嘴和堅果。

啾啾早想睡了，眼睛半睜不睜，牠非常氣不讓牠睡覺的人，不時罵著「壞人」。

「壞人」是到扈莊後學到的新詞。

非常奇怪，罵「壞人」的聲音跟罵「滾」的聲音一樣，是鄭吉的；而其他新學的，諸如「扎針針」、「吃肉肉」、「江姑娘」之類的話，又跟背情詩的聲音一樣，像孩子，應該是牠本來的聲音。

江斐又拿一顆堅果遞進鳥籠。「給你吃的，我是好人。」

小傢伙把頭一偏，睜開眼睛罵道：「壞人、壞人！滾！」

水靈來報，二爺來灼園了。

江意惜見江斐捨不得花花，花花也貪那一口吃食還不想走，就只把啾啾帶回屋了。

江意惜聽江洵說了李凱的話後，急道：「你為何不同意回來跟我說？」

「答應他跟姊姊說，豈不是告訴他姊姊不守禮？傳出去對妳名聲有礙。」江洵就是怕影響了姊姊的名聲，而且還是在孟、江兩家議親的關鍵時刻。

江意惜急道：「什麼守禮、名聲，明知道要吃虧了還講這些，那就是傻子。若你答應告訴我，我直接拒了，就是看在珍寶的分上，他也不敢亂來。可若他不甘被你直接拒絕，惱羞成怒，故意讓江家的其他人來帶話怎麼辦？老太太和大伯知道了，又會平添波折。這麼一整，簡單的事反倒複雜化了。」

江洵原先還為自己的男子漢行為而得意，聽姊姊這麼一說，便又擔心起來。「姊和李珍寶那麼要好，李凱不會這麼做吧？」

江意惜道：「你瞭解他多少，怎麼知道他不會？李凱是個紈袴，又出身皇家，在我們面前高高在上，哪裡肯吃虧？」

江洵著急了。「那怎麼辦？這麼晚了，也不好找他。我明天晚半天再去京武堂，先去跟李世子說清楚，就說我回來後問了妳，妳不同意。」

江意惜看看小老頭一樣的江洵，還沒有真老頭孟老國公開明。小小年紀只想著「名聲」，名聲就是枷鎖，前世壓得她苦不堪言，這一世她根本不在乎了，否則怎麼可能跟孟辭墨私定終身，又跟李珍寶相交甚篤？這個弟弟還要多多歷練。

她不好直說，只得說道：「規矩是死的，人是活的，要懂變通，不能墨守成規。若知道事態發展對我們不利還死守規矩，那便是自尋死路……」

正說著，瓔珞來了灼園，滿臉堆笑地稟報道：「二姑娘，老太太有事請您去商議。」態度特別恭順。

自從孟家來提親，除了江大夫人和江意言，所有主子和下人對江意惜姊弟的態度都比原來好得多。但這次，瓔珞恭敬過了頭。還有老太太的說詞，居然請她去「商議」，她長這麼大還是第一次。

江意惜的心一沈，對江洵說道：「你先回吧，明天按時去京武堂，那件事我會處理。」

說完便跟瓔珞一起去了如意堂。

江意惜篤定李凱不敢直接讓人來跟老太太和江伯爺說親事，因為李珍寶之前特地提醒過他。他若敢不聽，李珍寶知道了鬧出來，雍王爺會毫不留情地收拾他。

可他又氣不過江洵不給他面子，很可能會找江家的其他人帶話。至於其他人先把話傳給老太太，就不是他的錯了。

那個混蛋，把事挑起來後，自己躲在一邊看熱鬧。達成目的最好，達不成目的就當看樂子，他也出了氣。江意惜咬牙暗罵。

今天偏偏三老爺被軍營裡的人叫走，晚飯都沒在家吃。若有個明白人在，有些事也好辦得多。

如意堂東側屋裡，只有老太太、江伯爺和江晉三個人。老太太激動得老臉紅撲撲的，似一下子年輕了十歲。

下晌，江晉又被李凱的下人請去得福全大酒樓說話。

聽了李凱的話後，江晉都快喜瘋了，忙說願意帶話給江意惜。急急趕回府後，又覺得這話應該先告訴父親，再去問二妹的意思。聽說父親在小妾那裡，便遣人把江伯爺請到外書房說了這事。

江伯爺聞言喜不自禁，說婚姻大事自是長輩作主，怎麼能先跟惜丫頭說？於是父子二人便去往如意堂。

老太太聽說後，更是笑得暢快。她知道江意惜跟珍寶郡主玩得好，又治好了郡主的對眼，沒承想還得了世子爺的青眼。

雍王府身體康健的李凱跟成國公府眼睛快瞎了的孟辭墨相比，無論家世還是本人，李凱都強得太多，也能給江府帶來更多的利益！

見江意惜來了，老太太笑得滿臉褶子，招手讓她坐在身旁。

江伯爺笑得真誠，滿意地點著頭。

江晉欠身笑道：「下晌李世子把哥哥請去了得福全大酒樓，嘿嘿，他讓我給二妹帶句話……」他頓住話，笑咪咪地看著江意惜，等著她往下問。

江意惜臉一沈，大義凜然地說道：「大哥，這事你做得欠妥。李世子是外男，我是姑娘家，怎麼能他讓你私自帶話，你就帶話？這於禮不合！」

江晉一噎，老太太和江伯爺也是一愣，這與他們想像的不一樣啊！

江伯爺忙笑道：「惜丫頭說得對，的確不能私自帶話。晉兒已經跟母親和我說了，現在再跟妳說，就合乎禮數了。」

江晉又笑道：「李世子說，他對二妹有意，願意娶妳當正妃。若是二妹願意，他就請太后娘娘給你們賜婚。」
江意惜沈著臉沒言語。
老太太呵呵笑出了聲，使勁捏捏江意惜的手笑道：「哎喲喲，咱們江家要出一個郡王妃了！李世子是皇上的嫡親姪子，太后娘娘的嫡親孫子，惜丫頭有大造化啊！祖宗保佑、老伯爺保佑，咱們江家要起來了！」
江伯爺也嘿嘿笑道：「惜丫頭有大福！」此時，他是真心為家裡要出一個郡王妃而高興，沒有一點泛酸。看來，自己的位置又有望往上挪一挪了。
江晉也高興。有了當郡王妃的妹妹，跟皇上成了親家，他這個未來雍郡王的大舅子也能弄個實缺了。
幾雙眼睛都充滿希冀地看著江意惜，等著她說「我願意」。
江意惜提醒道：「祖母，家裡正在跟孟家議親，你們已經答應了孟家求娶。」
老太太上下看了江意惜一眼，滿意地笑道：「咱們江家閨女貌美聰慧、溫柔賢良、美名遠播，一家有女百家求，孟家能來求，雍王府當然也能來求啊！跟孟家的親事還沒定下，我們還沒有最後答應。」
江伯爺笑道：「沒想到，咱們江家姑娘也有一天能得太后娘娘賜婚，這是天大的榮耀。」
老太太哈哈聲笑得極響，拍著江意惜的手說道：「明天就讓晉兒回覆李世子，說妳願意。」心裡想著，若是惜丫頭嫁給李世子，言丫頭嫁給孟世子，那就更圓滿了。

江意惜看了幾人一眼，搖搖頭說：「我不願意。」

老太太等人一愣，極為不可思議，齊聲問道：「為什麼？」

江意惜回答得很乾脆。「一女不嫁二夫，家裡已經同意我跟孟世子的親事，我就只認準孟世子。你們這樣做是不信守承諾、嫌貧愛富，陷我於不義！」

她的正氣凜然讓另幾人語塞。

片刻後，江伯爺才紅著老臉說：「我們是妳的至親，怎麼會害妳？實在是孟世子的眼睛不好，若他徹底瞎了，怕妳嫁過去受苦。李世子多好，是太后娘娘的嫡孫，將來的郡王爺，身體健康，長相俊俏，有享不盡的榮華富貴。我們這樣做，都是為了妳好。」

江意惜冷笑一聲，沒言語。嫌棄孟辭墨眼睛瞎，當初為什麼要答應？有了更高的高枝可攀，就嫌棄人家眼瞎了？

她沒明說，可另幾人都看出了她的意思。

江伯爺氣得拳頭握了握，就是沒有底氣說出「我們沒有攀高枝」，更不願意說「我們不想攀高枝」。

老太太不高興了，鬆開抓著江意惜的手，提高聲音說道：「我們和孟府的親事還沒正式定下來，就允許有變，也允許別家來求親。李世子尊重妳，才問妳的意思。若他請太后娘娘直接賜婚，妳還敢抗旨不成？」

江意惜看了看老太太，她沈著臉，可混濁的老眼裡依然盛滿了興奮，似乎她馬上就要當雍王府或皇家的親家一樣。

江意惜提醒道：「祖母，這只是李凱的個人意思，充其量算作小兒女間的私自傳話，雍王爺並沒有明明白白表態，怎麼能當真？」

老太太說道：「晉兒去遞個話，說妳同意，這也只是小兒女間的私自傳話，長輩並不知情。等到太后娘娘賜婚的那一天，或是媒人上門提親，咱們再當真。至於雍王爺，所有人都知道他寵愛珍寶郡主，妳治好了郡主的眼睛，又跟她玩得極好，雍王爺肯定會同意的。」

江意惜暗哼。為了榮華富貴，老太太居然願意孫女跟外男私下定情，連「小兒女」的話也好意思說出來！她依然搖頭道：「這是私相授受。李凱不守禮，我卻不能不守禮。祖母時常教導我們要知書守禮，不能壞了江家門風，這麼多年來，我一直牢記在心。」

老太太語塞，氣得閉了閉眼睛。平復了一下心緒後，又苦口婆心勸道：「傻丫頭，這事已經經過了長輩，就不是私相授受了。父母之命，媒妁之言，婚姻大事由長輩作主。這事我們定了，就選李世子。」

江伯爺也說道：「惜丫頭，聽話，這個選擇對妳最有利。」

江意惜依然搖頭，鄭重說道：「祖母、大伯，我認為你們已經同意了孟府的求親，就要信守承諾，不能反悔。」

老太太徹底冷了臉。「長輩們好言相勸，妳卻如此忤逆。都是老太婆把妳寵壞了，養成這副不知天高地厚的性子！莫說了，婚姻大事由長輩說了算！妳就等著太后娘娘賜婚，嫁去雍王府！」

江意惜站起身，冷然說道：「我做不出那種背信棄義之事！若你們要一意孤行，就等著收屍吧！」說完，她扭頭走出如意堂。

她必須要先把他們震住，暫時不敢讓江晉去跟李凱回話，才好趕在江晉之前跟李凱把話說清楚。

這事必須趕快解決！若傳出去被孟府知道，即使孟、江兩家的親事能夠順利進行，也會讓孟家長輩不喜，孟大夫人更會抓著這個把柄興風作浪，平添不必要的麻煩。

老太太氣得頭暈眼花，一下子坐在羅漢床上。

江伯爺也氣得要命，扶住老太太說道：「娘莫生氣，咱們也不能把惜丫頭逼急了。讓她冷靜一下，或許會想通。晉兒也要拖一拖，暫時不去回話。」

他氣得要命，卻還是捨不得放棄跟雍王爺當親家的機會。

第十三章

江意惜回到灼園時，花花已經回來了。

幾個丫頭見主子臉色不好，大氣都不敢出。

江意惜抱著花花進了臥房，讓牠聽如意堂的動靜。

老太太還在罵江意惜，江伯爺溫言勸著她，又說：「明天讓人給三弟帶個信，讓他回來一趟。惜丫頭素來跟他親近，或許能聽他的勸也不一定。」

老太太又問：「你說，惜丫頭在莊子裡這麼久，又幫著孟世子治過眼睛，她這麼死心塌地，會不會跟孟世子已經有了首尾？」

江伯爺忙道：「娘，惜丫頭是咱們江家姑娘，妳老人家想都不要這樣想！他們暗生情愫有可能，首尾肯定不會有！」

老太太也覺得自己嘴快了。若江意惜的這個名聲傳出去，害的是所有江家姑娘，因此她不好再言語。

江伯爺又喝斥著江晉。「今天這事不要說出去，你娘和你媳婦都不能說。若跟雍王府做不成親，跟成國公府的婚事還要繼續議。」

江晉忙道：「是，兒子不會出去說。」

江意惜氣得要命。那個老太婆，想富貴想瘋了，居然敢這麼詆毀她！

老太太和江伯爺短視又急功近利，再加上攪屎棍江大夫人，怪不得武襄伯府會越來越敗落。

江意惜把幾個丫頭叫進來，如此這般吩咐了幾句。

水香和水清都是一臉嚴肅，還有些擔心。「姑娘，可以嗎？」

水靈則是一臉興奮，替主子聲援道：「姑娘最聰明了，怎麼不可以？」說完她就跟著花花快步出了灼園，放輕腳步向後院走去。

一人一貓揀小路和樹下走，聽見巡邏婆子的聲音，就趕緊躲去樹後。

一個婆子隱約聽到有響動，停下喝道：「誰？」

「喵……」一隻貓快速爬上樹。

「死貓！」

兩個婆子罵完，又往前走去。

等婆子走得沒有蹤影了，水靈又從樹後轉出來，衝樹上的花花比了個大拇指。

花花迅速從樹上爬下，帶著水靈向那個地方跑去。

水靈和花花來到後院牆下，花花先躥上牆邊的一棵樹，再從樹上跳到院牆頂，小心翼翼走了幾步，用爪子指了指前面，輕「喵」了一聲，意思是這裡安全。

這是花花和水靈偶爾在莊子裡玩的遊戲。哪裡安全、哪裡不安全，花花先偵察，水靈隨後上。

花花如此厲害，是水靈「訓練」出來的。

江家院牆牆頂跟其他人家一樣，扎了許多鐵釘，若有人想翻牆必定會被鐵釘扎到。但牆頂有一處的鐵釘比較稀疏，有一塊空缺正好能讓人雙手攀住，是花花這兩天發現的。

水靈跳了幾跳，雙手抓住院牆頂端，一使勁，一隻腳踩在了牆頂。她穿的是千層底鞋，釘子傷不到腳。再一躍身體，跳下牆。

她向花花招招手，讓牠回去，自己則往後街的家裡跑去。

花花見水靈跑得沒了蹤影，也跳下牆外，往另一個方向跑去。花花很憂傷，牠沒攆老鼠，可老鼠的智商就是那麼高，一聞到牠的氣味都跑了。

次日卯時初，寒星閃爍，寒風凜冽。武襄伯府後院牆一扇小門打開，幾個倒夜香的婆子拎著桶出了院門。街口停著一輛收夜香的驢車，她們去倒夜香。

這扇小門，只有倒夜香時才會打開。

守門婆子剛要鎖門，就聽到幾聲「吱吱」的叫聲，接著幾十隻老鼠突然湧出來，還有老鼠往她身上爬，嚇得婆子又跳又叫，一下子摔倒在地。她雙手在眼前亂揮著，頭一個想法是防止老鼠抓上她的臉。

此時，一個丫頭模樣的人影從不遠處的一棵樹後快速跑出來，再跑出了後門。

隨著輕微的一聲貓叫，老鼠們如退潮般撤離。

守門的婆子爬起來，除了清輝和樹影，還有樹根下一些沒掃乾淨的積雪，地上什麼都沒有，彷彿她剛才是在作夢。

老鼠呢？那麼多老鼠呢？自家男人時常罵她蠢笨，難道她真的蠢笨？

婆子晃晃腦袋，想不通也就不想了，趕緊把門鎖上。她還要繼續守在門後，等那些倒夜香的人回來了開門。

胡同口停著一輛馬車，趕車人把斗笠取下，正是江大。水靈從車上跳下來，把江意惜扶上車。

坐在車上，身邊有水靈，江意惜才長鬆一口氣。剛才密密麻麻的老鼠哪怕沒爬到她身上，也讓她頭皮發麻，想都不願意多想。

馬車來到離雍王府不遠的一個街口，此時已經辰時末。冷風呼呼颳著，陰霾蔽日，似又要下一場大雪。

街上行人不多，小販高聲叫賣，有賣油條的，賣包子、饅頭、燒餅的，三三兩兩的人或買走，或躲在避風口吃。

江意惜對於這個街景很有些新奇，四處張望。

江大找了一家麵館，水靈又擦了一遍長凳和桌子，才扶著江意惜坐下。對面是一家茶樓，還沒開業。

幾人吃了麵，等到巳時對面茶樓開始營業後，三人便去了茶樓。江大把主子安頓好，才趕著車去雍王府找李凱。

水靈從懷裡拿出一把小銅鏡和一小盒胭脂說：「姑娘頭髮亂了，再補個妝吧？」

江意惜看看越來越細心稱職的貼身丫頭，搖頭道：「無須。」

三刻多鐘後，如花孔雀一般光鮮的李凱來了。

見江意惜穿著丫頭的衣裳，面沈如水，極為狼狽，他不禁樂了起來。

李凱大剌剌地坐在江意惜的對面，笑道：「江姑娘，怎地如此裝扮？偷跑出來的？呵呵，我讓江洵私下帶個話，他還說什麼守禮不守禮的，咱們這是私自會面吧？」

江意惜忽略掉他的諷刺，冷冷說道：「李世子，珍寶郡主跟我說過，她已經同你說了我的想法，也代我明確拒絕你的好意，你還找江洵、江晉是什麼意思？故意使壞找樂子？」

李凱乾笑了幾聲，又故作嚴肅說道：「我妹妹的確說了江姑娘的意思，可我不相信。江姑娘賢名在外，我怕珍寶理解有誤，所以想再次確認一下，哪裡是使壞找樂子？江姑娘錯怪在下了。」

江意惜氣得暗罵一句，平靜說道：「那好，我現在鄭重跟李世子明說，我同珍寶郡主說的每一句話都是出自我本意，她沒有理解錯我的意思。」

李凱挑了挑眉，指尖敲了幾下茶几，問道：「若我說，娶了江姑娘以後我不再動其他女人，妳願意嗎？」

江意惜嘴角滑過一絲嘲諷。「這話，你自己信嗎？你都不信，我怎麼會信？李世子，你出身高貴，俊俏無雙，小女子高攀不上，也不敢有那個妄想。你大人大量，就不要為難我了吧。」說完，江意惜起身向他屈膝福了福。

李凱扯了扯嘴角，似笑非笑道：「江姑娘如此絕情，我很傷心呢！不要生氣，找江晉是沒法子，因為江洵那小子不上道，小小年紀比翰林院那些老頑固還迂腐。怎麼，江晉為難妳了？或者，妳家長輩為難妳了？」李凱一臉壞笑，似乎早已猜到江家長輩願意讓他做乘龍快婿一樣。

江意惜氣得暗罵一聲「混蛋」，卻不能透露出江家長輩妄想攀高枝，那樣自己都丟臉。她嘴硬道：「為難我倒沒有，我祖母卻因為怕得罪高高在上的李世子，犯病了。你這樣，於你來說只是個樂子，可於我們這些螻蟻來說，就是大破天的事。我把話說清楚了，我們家已經先一步答應孟府提親，自當信守承諾。若李世子繼續開這種玩笑，把我家長輩嚇出個好歹，我只得去麻煩珍寶郡主了。」說完，江意惜就向門口走去。

江意惜還沒走出門，李凱的聲音就響起了。

「江姑娘，我不是找樂子，我是真心的。知道妳無意，我就不強求了。咱們好人做到底，這件事妳不要告訴我妹子，她身體不好，生氣會加重病情的。我也會讓人去跟江晉說清楚，就說我父王不同意，之前的約定作罷。」

江意惜回過身，又向李凱屈了屈膝，便開門走了。

看到那個窈窕的身影消失在門後，李凱臉上玩世不恭的神色瞬間不見了。

他對江意惜雖然沒到勢在必得、日思夜想的地步，也早猜到會是這個結果，還是極為失望。江意惜是他遇到的第一個與眾不同又求而不得的女人，偏偏是小妹極要好的手帕交。

他答應不再糾纏，不僅是因為怕妹妹不高興，還因為看到江意惜生氣難過，他的心居然有一絲不忍……這不符合他的個性啊！

江意惜和水靈上了車，江大趕著馬車向江府走去。

水靈還有些懵。「姑娘，這就無事了？」

江意惜閉著眼睛道：「嗯，無事了。」

她覺得，李凱雖然有許多紈袴的壞毛病，但人不算壞，再加上有李珍寶在，還做不出強迫她的事。

天空又下起了雪，大雪紛飛，天色很暗。

到達江府所在的街口時，已經午時末。

江意惜和水靈下了車。

水靈撐著傘，和穿著同款丫頭衣裳的江意惜向東角門走去。

江意惜也撐著傘，傘壓得很低，由於冷，她頭上還包了一條帕子。

水靈對門房笑道：「李大叔，天兒冷啊！」

李大叔笑道：「鬼天氣，冷得要死！改天讓妳哥哥去我家喝酒啊！」

「好嘞！聽我哥說，有朋友送了他兩罈上等『紅上頭』，讓他拿去你家喝！」

李大叔哈哈笑道：「小丫頭嘴快，又把妳哥的老底兒兜出來！」

水靈嘿嘿傻笑兩聲，同江意惜一起進了角門。

這些話雖然是江大教水靈說的，江意惜還是為水靈的進步感到高興。水靈哪裡傻了？之前沒心沒肺看著傻，是因為娘死得早，爹在軍營裡，祖父老了，哥哥又時常不在家，沒人教她而已。在跟了自己以後，吳嬤嬤和水香經常教她為人處世，如今懂事多了。

她們又步履匆匆地向二門走去，守二門的婆子坐在小屋裡，連門都沒出。一路上都沒遇到人，順利回到灼園。

水香和水清正急得不行，見主子終於回來了，才放下心來。

水香說，早上一開二門，江洵就跑來了灼園。

江洵後悔昨天處事不當，想跟姊姊商量一下，他再去找李凱，結果聽說姊姊已偷偷去找李凱了，更加著急。他本想去找他們，又不知他們會去哪裡，就想在這裡等。

水香急得直跺腳，悄聲勸道：「二爺，您在這裡，豈不是把別人的注意都吸引過來了？老太太萬一覺得你連學都不上了，姑娘的病情一定很重，再請個大夫來看診怎麼辦？二姑娘讓你多思多想，做事要慎重。」江洵一聽是這個道理，只得紅著眼睛上學去了。

江意惜有些氣惱，若無故曠課或遲到，是會被罰的。其他書院被罰是挨罵、罰站或用戒尺打，而京武堂被罰，可是要挨軍棍的。那個弟弟，做事總是易衝動。

另外，辰時末那會兒，老太太派古嬤嬤來了灼園。古嬤嬤聽說二姑娘生病還躺在床上，只能站在臥房門口對著架子床上的背影說了老太太的意思，老太太說二姑娘這些天心浮氣躁，讓她在灼園反省思過一旬，抄二十遍《女誡》。

古嬤嬤看到羅帳被撩開一半，二姑娘的身子朝裡躺著，還蓋住大半個頭，別說站起身聽長輩的訓了，連頭都沒從被子裡鑽出來，只「嗯」了一聲，她頓時氣惱不已，覺得江意惜怠慢她，那就是怠慢老太太，沈著臉走了。

水清說道：「姑娘，古嬤嬤的聲音很衝，她定會跟老太太說姑娘的不是，讓老太太罰您的。」

江意惜無所謂，沒發現床上躺的不是她而是水清，已是萬幸了。

等到李凱的意思傳回來，看羞不羞死老太太的那張老臉！

申時初，雍王世子李凱的長隨丁管事來到武襄伯府見江晉。

江晉忙讓人把他請至外書房。江晉已經得了長輩囑咐，暫時不去回話，若李世子派人來問，就說江意惜慎重，還要再考慮考慮。

老太太和江伯爺再想江意惜嫁給李凱，也不敢先答應了，怕江意惜真的尋死。

江晉極是無奈和生氣，覺得江意惜腦子進水了，雍王世子妃不當，偏偏要給瞎子當媳婦！希望她能早早想通，那麼自己就是未來雍郡王的大舅子了！

丁管事落坐，丫頭上茶。

江晉笑道：「慚愧，我妹子慎重，還要再考慮考慮……」

丁管事擺手笑道：「我家世子爺說，那件事作罷。我家王爺覺得貴府正在跟孟府議親，孟老國公為國征戰幾十年，孟世子年少出征，致使眼睛受傷接近失明，我家世子爺若再橫插一腳，會讓功臣寒心。」既推翻之前的約定，又給了江府面子。

江晉眨眨眼睛，怔了片刻才反應過來，哈哈乾笑道：「雍王爺心繫朝廷，好、好。」

語畢，丁管事便起身告辭。

江晉奉上一個裝了二十兩銀錠子的荷包。

丁管事接過荷包，塞進袖籠。

看不到丁管事的背影了，江晉的臉才沈了下來。他心痛沒當上雍郡王大舅子的同時，又感到萬幸不已，若自己先去傳話表示同意後再被拒絕，那江家就成了笑話！萬一被孟家知曉此事，不願意再繼續議親，自家就是竹籃打水一場空，更會成為整個京城的笑柄！

江晉擦擦前額上的冷汗，急忙去了如意堂。

此時，如意堂裡其樂融融，除了被禁足的江意惜不在，該在的人都在。

老太太也聽說李世子派人來找江晉了，還以為李世子著急，讓人來問情況，她不禁暗喜，李世子如此著急，說明他急著想做成這門親！但此時見江晉臉色不好，猜測可能出了什麼變數，遂對眾人說道：「我有些胸悶，你們都回吧，晚飯也在自己院裡吃。」

眾人走後，再把下人遣下，江晉才說了丁管事的話。

這完全出乎老太太的意料！怎麼會變這樣？老太太又羞又氣，手都有些發抖了，抿著嘴巴，一言不發。

江晉低著頭，站在旁邊，大氣都不敢出。

江伯爺和三老爺先後回來。

江伯爺得知後也是覺得不可思議，只隔了一天一夜，怎麼就來了個大逆轉？李世子這是在尋他們樂子？還好惜丫頭拒絕得乾脆，自家沒敢冒然去說願意。

三老爺聽了這些事後，不贊成地看了老娘和哥哥一眼。若惜丫頭不堅決反對，按照他們的做法，真是既丟了道義，又丟了臉面！好在惜丫頭識大體，沒有讓事態惡化下去，甚至失去孟家那門親。

他不好直接說江伯爺，便苦口婆心勸著老娘，但勸老太太的話還是令江伯爺面紅耳赤。他還說，若跟孟家的親事說成了，惜丫頭在江家的日子就不多了，應該要好好彌補他們之間的關係，讓惜丫頭感受到娘家的好，將來也才能多幫扶兄弟姊妹們。

幾人吃了飯，又開導了老太太一陣子後，才各自散去。

江晉先去了江意惜的院子，站在門口說：「祖母和我爹再三考慮，決定就隨了二妹的意，那件事作罷，繼續同孟家議親。」

躺在床上的江意惜輕「嗯」了一聲。

如意堂裡發生的事，花花都給江意惜作了現場直播，她已經知道是怎麼回事。

江晉走後不久，老太太身邊的寶簪又來了，說老太太聽說二姑娘病了，很是心疼，賞了她半斤燕窩和一支嵌寶金釵。

但，卻沒有說解禁的事。這是棍棒、蜜糖雙管齊下嘍？

江意惜不想跟老太太的關係繼續惡化下去，畢竟她也想順利進行跟孟家的親事，更希望老太太能對江洵好一些，因此示意丫頭把她扶下床，當著寶簪的面，向如意堂的方向屈膝表示感謝。

雍王府裡，李凱悶悶地坐在炕上。

李奇時而看他爹幾眼，嘆口氣，時而又低下頭想心事。

李凱皺眉道：「你什麼意思？」

李奇嘟嘴說：「你還說你有魅力，有魅力江姨怎麼不想嫁給你？還是小姑姑說得對，你第一愛吹牛，第二愛吃肉！」他非常憂傷，最想要的後娘沒了，不想要的後娘排了一長串。

李凱氣道：「都怪珍寶，若她不攔著我——」話沒說話，就聽到一聲喝斥。

「你說什麼！你怪我家寶兒什麼？」

隨著話音落下，雍王爺走了進來。

李凱嚇得趕緊站起身，解釋道：「父王，我沒有怪妹妹……」

「本王剛剛聽你說怪珍寶來著！」

「父王，我沒有真怪妹妹。」

雍王爺喝道：「假怪也不行！她是你胞妹，除了我，你就是她最親近的人！你沒有本事娶到對她好的江姑娘，自己還不對她好，算什麼哥哥？你們這樣，我死了都不敢閉眼睛！」

看到父王傷心，李凱忙道：「父王，是兒子說錯話了，以後再也不敢了。我也是真心心疼妹妹的，明天我就去昭明庵陪她，年前再回來。」

雍王爺點點頭，說了真心話。「唉，珍寶脾氣不好，又長得、長得……雖然在我心中是最美的，可不是所有人都會欣賞她的美，我怕她……愚和大師說寶兒在對眼好了後命數改寫，讓艱難的姻緣變順暢。之前我還挺高興的，可現在又有些擔心，所謂『姻緣順暢』只能說明她嫁出去順利，並沒說這個姻緣好不好。我怕寶兒找了個惡男，在我死後受苦……」

他都死了，太后和皇上多半也不在了，他怕閨女沒有倚仗，被人欺負。他很想讓長子娶江意惜，家裡多一個對閨女好的人，可閨女明說了不同意，他也不敢強求。

李凱還納悶父王這幾天怎麼心事重重，原來是擔心這個，忙開解道：「父王，您太關心妹妹，身在局中反倒看不清了。凡是和尚批命，說話都似是而非，不是天意、隨緣，就是或許、可能，所有的話都留了餘地，能說『順暢』，已經是非常不錯了。妹妹一直得愚和大師看顧，這本身就是一種福氣，多少皇親貴戚想見一見大師都難，更別提找他看病了。大師還說過妹妹聰明、有大本事，有福氣又聰明、有大本事的人，怎麼會嫁惡男？退一萬步說，那個男人真敢惡，兒子也不答應啊！」

雍王爺一想，也對啊！愚和大師回報國寺的時間不多，一回來就幫閨女治病，這個福氣可不是誰都有的。

李奇也趕緊表態。「誰敢欺負小姑姑，孫兒也不答應！」

雍王欣慰地點點頭。

次日，江意惜讓水靈去跟江大說一聲，讓他去京武堂看看江洵。江洵昨天遲到了，不出意外，少不了一頓打。

京武堂管得嚴，不許帶吃的進去，至於外傷藥，那裡不缺，因此江意惜什麼都沒給江洵帶。

傍晚水靈帶回消息，說二爺挨了十軍棍，趴在床上養傷。二爺讓二姑娘放心，他無大礙，有旺福服侍，還有三天假。

江意惜心疼得眼圈發紅，但還是覺得江洵應該受些教訓才會長記性。

第二天起，江意惜開始坐在桌前抄《女誡》。她抄得很慢，以平復有些浮躁的心。回江家以來，她的確有些浮躁了。

她前世在庵堂無事就抄經書，這一世在扈莊的幾個月也抄了許多經書，字跡娟秀端正，在女子中屬於少數的好。

孟家和江家的親事，繼續按部就班地進行著。

這期間京城又發生了一件大事——蘇新在京郊被人殺了，還大卸幾塊，手段極其殘忍。有說孟家做的，有說黃家做的，但都拿不出證據。京兆府和刑部同時出動，也沒發現什麼線索。

蘇統領跑去皇上那裡哭訴，話裡話外都說是孟家和黃家做的。皇上寬慰他的同時，也讓他不要信口開河，凡事要講證據。

江意惜當然知道，那件事就是孟老國公和孟辭墨指使人做的。

幾日後的一個上午，江意惜抄完《女誡》，在做繡活。她已經開始悄悄準備嫁衣了，外面穿的由府裡的針線房做，她做裡面穿的。

突然，她聽到水清和一個丫頭的吵架聲，接著是水靈的大嗓門——

「臭嘴再賤，信不信我揍妳！」

水香出去查看，把那個丫頭勸走了，進來後跟江意惜說：「碧兒好沒道理，說三姑娘聽說啾啾非常會說話，想借去玩兩天，水清不同意，她就罵起人來，水靈出去要揍她，被我拉住了。」

三姑娘江意言是伯爺的嫡女，在府裡趾高氣揚，她的丫頭也自覺比其他丫頭高人一等。江意惜充分相信，因為花花只是一隻不起眼的狸貓，若是人們稀罕的貓，江意言肯定也想「借」，還屬於只借不還那種。「我們院子裡的東西，一根針也不要借給她。」

江意言不高興，跑去老太太那裡告狀，反被老太太斥責了一番。

「妳翻年就十五歲了，還那麼大的玩心，因為一隻鳥跟姊姊鬧不和，也不怕傳出去影響說親！」

江意言扯著帕子說：「她是姊姊，她先不愛護妹妹的，怎麼能怪我？」

老太太冷哼道：「不管惜丫頭如何，她招了孟家長輩的稀罕，孟家主動來求親了，妳呢？」老太太怒其不爭地瞪了江意言一眼。二房的孤女都要成為成國公世子夫人了，還差點成為雍王世子妃，而這個伯爺嫡女，說了幾家親都沒說成。這母女兩人的眼睛都長在頭頂上，要找高門大戶。可言丫頭無論相貌、才情、名聲，哪樣都算不上好。

江意言被戳到痛處，跺跺腳，不敢再言語。

臘月初，江意惜解禁，孟家和江家的親事也完成了請期。孟老國公特地請報國寺的住持算了黃道吉日，定於明年六月二十八成親。

武襄伯府終於板上釘釘地成為成國公府的親家。

雖然沒能跟雍王府當成親家，但「失去」了那門親後，老太太更加意識到只有真正抓在手裡的才是最寶貴和實在的，一天沒抓住，就有失去的可能。孟府於他們江家來說，已是高攀了，要知足。

孟府的聘禮禮單也交到了江老太太手上，加起來一共有二萬五千兩銀子。這種聘禮，在整個京城也算是高額。聘禮多，也就說明江家閨女金貴。

江老太太感覺很有面子，跟前來恭賀的人家說了一遍又一遍。

親家都出了那麼多聘禮，自家當然也不能太少。老太太糾結了一天一夜後，決定拿出一萬兩銀子置辦嫁妝，孟府的聘禮、聘金也會裝進嫁妝裡。

這一萬兩銀子裡，江家拿八千五百兩銀子，加上扈氏留下的嫁妝。扈氏的嫁妝有一百五十畝地和一個莊子，再就是幾樣不太值錢的擺件、首飾，老太太定價為一千五百兩銀子。

她的話一出口，江大夫人就哭了起來，江伯爺也不願意。

江大夫人哭道：「婆婆，我家慧丫頭還是伯府嫡長女，伯爺的親閨女，嫁的是伯府世子，公中才給了四千兩銀子！其他姑娘的定例，嫡女三千兩，庶女一千五百兩。惜丫頭嫁公府世子特殊，增加一千兩已經不得了，怎麼能給那麼多？我們是伯府，聽著好聽，卻出的多、進的少，日子艱難啊……」

老太太氣道：「沒見識！惜丫頭將來要當國公夫人，多給嫁妝，才能讓她記得娘家的好，盡心拉拔兄弟姊妹。那平進伯府怎麼能跟成國公府比？他們當初的聘禮只有一萬兩，而孟府拿出二萬五千兩，我們家只準備四、五千兩銀子，妳拿得出手嗎？」又看看臉色不佳的大兒子，問道：「你呢？你不會也跟你媳婦一樣小眼珠吧？」

江伯爺遲疑著說道：「娘說得對，應該給惜丫頭置份不菲的嫁妝。可是，家裡一下子要拿出這麼多銀子，實在有些困難。」

老太太無法，只得說道：「公中出六千兩，我出二千五百兩私房。」

江伯爺很想說「您老人家把當初成國公府感謝江辰的五千兩銀子都拿出來，不就好辦了」，但這話到底不好意思說出口。

江大夫人還是不願意。老太太的私房，留下來也是自己的兒子多分，如今給了那個丫頭，吃虧的依然是自家。可她不敢說不同意，又委屈、又心疼，用帕子擦著眼淚。

老太太氣得腦門痛，罵道：「把妳的小心思收起來！我那五千兩私房銀子是我二兒用命換來的，我就是都給了惜丫頭和江洵，也輪不到妳在這裡哭喪！」

江伯爺不敢再說，皺眉喝斥了大夫人幾句。他想了想，老太太的私房肯定會偏心三房，他倒情願此時老太太多出點私房。至於公中的財物，定例是長房分大半。

這個高層會議的內容，花花又轉播給了江意惜聽。

江意惜冷哼。按理扈氏的嫁妝應該給她和江洵平分，甚至給江洵多留一些，結果他們為了少出錢，都給了她，而前世的她也理所當然地接受了。

前世的她也不是有多麼愛錢，就是沒往這方面想，心裡、眼裡裝的全都是孟三公子。

可憐的小江洵，前世這個家沒有人心疼他，最後還不明不白地死了。

江三夫人在知道給了江意惜那麼多嫁妝後，也有些心疼，覺得比定例高太多，會影響自己兒子以後分家產。

三老爺皺眉道：「那幾千兩銀子就是惜丫頭不帶走，日後分到斐兒身上的也不會有多少。我跟孟世子接觸過幾次，又聽鄭副統領的意思，孟世子可不像表面上這麼簡單。惜丫頭有造化嫁給他，又跟珍寶郡主玩得好，將來若能幫扶一下斐兒的前程，這是多少銀子都買不到的。不要學大嫂的自私短視，讓柔兒姊弟跟惜丫頭兩姊弟多親近，少跟言丫頭混，那丫頭只長年紀，不長腦子。」

三夫人一聽，是這個道理，忙笑道：「是我想偏了。老爺放心，無須我多說，柔丫頭和斐兒也跟那姊弟兩個玩得好呢！」

次日請完安後，老太太留下江意惜，把其他人打發走，又招呼江意惜去她身邊坐下。

老太太拉著她的手說道：「咱們家的日子越來越不好過，但妳從小乖巧，幾個孫女裡，老婆子最疼的就是妳，因此還是說服老大媳婦、老三媳婦，給妳準備了一萬兩銀子的嫁妝。如此，妳的哥哥、弟弟還有幾個妹妹就要吃些虧了，妳要記著家裡的好……」老太太又把怎麼湊的一萬兩嫁妝銀子說出來。

此時的老太太非常和善，看江意惜的眼裡盛滿了寵溺，握江意惜的手滿是暖意。若是不瞭解之前江家情況的人，一定會以為江意惜真是老太太最疼愛的孫女。

江意惜遲疑了一下，還是說道：「祖母，我娘留的嫁妝雖然不多，我卻不好都帶走，總要給弟弟留些念想……」她的話還沒說完，老太太的臉就冷了下來。江意惜硬著頭皮繼續說道：「聽秦嬷嬷說，我娘死之前最放心不下的就是弟弟，還讓我多多疼惜他。後來我爹也不在了，我們這一房，只有我們姊弟兩人相依為命。我這個姊姊之前做得不夠好，鮮少關心他，不能要嫁人了，還把母親的念想都帶走。這樣行不行，我娘的嫁妝裡，我帶走五十畝地和扈莊，再拿兩樣首飾做念想，這些算五百兩銀子，再加上家裡準備的，總共九千兩。這些已經很多了，我非常滿意。我知道，祖母一下子拿出這麼多銀子很為難，孫女記下您的好了，洵兒也會記著祖母的好。」說完，還紅著眼圈起身給老太太屈膝福了福。

她這樣，老太太想說的話也說不出來了。老太太也聽出了她的意思——之前，不只江意惜鮮少關心江洵，他們這些長輩也都沒有關心。

這個孫女嫁得好，江洵也有可能成為孫子中最有出息的人，自己和他們之間的關係，不能再像她跟二兒那樣了。她和江辰是母子，再如何都連著心，可她與江洵他們隔了一輩，推遠了，日後就不容易拉近了。

好事做了一大半，銀子也出了大頭，何苦這時讓她不高興？老太太想通後，臉上又掛滿了笑意，拉著江意惜坐下，嘆著氣說：「祖母老了，孫子、孫女又多，難免有些地方顧及不到。妳爹是我最有出息的兒子，當初白髮人送黑髮人，我差點沒哭死……洵兒跟妳爹一樣有出息，祖母高興著呢！就依妳說的辦，妳娘的嫁妝大半留給洵兒，祖母再多拿一千兩銀子的私房，給孫女準備一份體體面面的嫁妝！」

江意惜謝過。不是她一定要拿娘家這麼多銀子，而是前世這個娘家欠她和弟弟太多了。

老太太又問她，這些銀子要置辦些什麼？當然，老太太只是隨口問問，小姑娘懂什麼，自己手中的那些銀票和田地，以後再私下送江洵一些。

江意惜沒說置辦什麼，還害羞地道：「祖母見多識廣，聽祖母的。」

老太太滿意地點點頭，說了自己的想法。「拿五千兩銀子出來置辦田地和莊子，一千兩給妳當壓箱銀子，其餘的錢買好木頭打家具，再置辦擺件、首飾、衣料、藥材等物。」

置辦的東西跟前世差不多。前世，江大夫人在嫁妝裡做了手腳，說是買了八百畝二等地，實際上卻是八百畝坡地，每畝便宜一兩一錢銀子，這一項江大夫人就貪墨了八百多兩銀子。還買了個鄉下的三進莊子，說是花了近一百八十兩銀子，還說莊子大，裡面有湖和梅園。

江大夫人讓人去給縣衙辦契的人送了禮，書契上寫的是「地」。

前世，江意惜一開始並不知道這件事，因為田地在塘州那邊，離京城兩百多里遠，管田莊的人又是江大夫人派的。還是出家兩年後聽江洵說的，說這事不知怎麼被三老爺夫婦發現了，還鬧了出來。江大夫人只說她也是苦主，被賣地的刁民以次充好騙了，而那個刁民已經不知跑去了哪裡，買地的奴才也死了。

江意惜猜測，一定是江大夫人在跟孟大夫人議親時，孟大夫人給過她什麼暗示，知道江意惜在孟家待不久，否則，給她再大的膽子她都不敢這麼做。

當然，也有可能江大夫人就是把她這個孤女吃順了，覺得哪怕她知道了真相，也不敢鬧出來。

這次江意惜沒有硬賴上孟辭羽，不知江大夫人還有沒有這個膽子？不過，江意惜覺得江大夫人八成還是有這顆虎膽的。

孟、江兩家說親，主要是孟大夫人和江大夫人接洽，按孟大夫人的德行，應該會有所暗示，給江大夫人造成錯覺，再讓江大夫人給自己添堵。

可惜她們兩人商談親事，都是在成國公府，花花聽不到。

若江大夫人還敢像前世一樣，江意惜就要抓住機會好好收拾她了。

江意惜起身屈了屈膝，非常真誠地感謝了老太太。

嫁妝的事定下來後，江大夫人和江晉便開始忙碌。他們兩個主要忙嫁妝，府裡的事務便由江大奶奶和三夫人負責。

一直不高興江意惜的江意言更不高興了，每次見到江意惜都橫眉冷對，好像江意惜奪了她的男人和嫁妝一樣。

花花聽到過她去大夫人那裡罵江意惜的話，說嫁給一個瞎子，瞎子承不承得了爵還不一定，憑什麼給這麼多嫁妝？江大夫人居然喝斥了她。

江意惜從來沒把江意言放進眼裡，那才是個真正的傻棒槌。江意言把江大夫人的短視、貪財、大膽全部繼承下來，還更糟。

江意惜叮囑花花，無事就多聽聽大夫人和江晉的對話，尤甚注意置田等事宜。

臘月十八這天下晌，江意惜正在屋裡做繡活，趴在炕頭的花花突然喵喵叫了起來，說江大夫人跟江晉在商量給主人買田的事——

江晉說，看好了通縣那邊的六百畝地，江大夫人不同意，說那裡的地貴，不如在塘州那邊買。塘州離京城也不算太遠，地價要便宜一些，多買點，說出去也好聽。又讓江晉不要管這事，年後她派管事去。

江晉知道老娘膽子大，又對江意惜得了這麼多嫁妝極其不滿，事先勸道：「娘，小打小鬧的事做了也就做了，頂多被祖母和父親訓斥，可有些事卻是絕對不能做的，否則若被人發現了鬧出去，坐牢都有可能。」

被兒子戳中心事，江大夫人瞪了江晉一眼，罵道：「你把老娘看成什麼人了？老娘活到這麼大歲數，什麼該做、什麼不該做，還用你說？」順便又說了幾句閒話，說孟大夫人和孟府長輩都非常討厭江意惜，只不過礙於孟辭墨苦苦相求，不得不同意。如今孟辭墨的眼睛越來越瞎，去蜀西也看不好的，肯定會徹底變瞎。末了，江大夫人還笑道：「我覺得，那個瞎子應該承不了爵，承爵的人必然會是孟三公子。等到孟老國公一死，那個府就是孟大夫人和孟三公子的。一個瞎子和一個不受待見的瞎子媳婦，在府裡都兩眼一抹黑了，更別說外面了。哼，老太太和你爹、三房都等著惜丫頭以後提攜弟妹，作夢吧！給了她那麼多嫁妝，那些本來都是你和你弟弟的！」

江晉問：「娘，這些話是孟大夫人告訴妳的？」

「當然不是，我是從孟大夫人和那幾個管事婆子的話裡猜出來的……」

江意惜暗哼，孟大夫人又開始給自己挖坑了。她讓江大夫人有這個錯覺，就是想讓自己在娘家的日子不好過吧？而且，江大夫人真的要在塘州買地，不知會不會如前世一樣？

現在聽來，江晉並沒有參與。江晉雖然沒什麼本事，但個性像江伯爺多些，膽子小，太大的壞事不敢做。

花花剛閉上嘴，水清就走了進來，拿了半碗水端到花花面前。

水清笑道：「大嗓門嚎得院子外都能聽到！嗓子乾了吧？快來喝點水。」

花花的確把嘴說乾了，低頭喝起水來。

臘月二十，所有書院放長假，江洵也住回了江府，要等到明年正月二十一才上學。

年味更濃了，江府準備了豐厚的年禮送去成國公府。成國公府也準備了年禮送過來，年禮隨意，讓老太太和江伯爺很有些失望，也讓江意言足足奚落了江意惜兩天。

大年三十，江意惜奉上她給老太太做的一身冬衣、一雙千層底鞋子，又給江伯爺和三老爺各奉上一雙千層底鞋子。當然，這些東西主要是丫頭們做的，她只象徵性地縫了幾針。

她一點也不想給江伯爺做，但孝敬三老爺了，也就要孝敬他。

這也是自江辰去世後，二房第一次過年時給長輩孝敬。前世她一直覺得家裡占了父親大便宜，心裡有氣，連面子情都不肯做。

江意惜如此，還是希望江洵在她出嫁後盡可能得到長輩多一點的關愛，不至於太孤單。哪怕是表面上的，對於還是孩子的江洵來說，有總比沒有強。

三夫人昨天就給江意惜姊弟各送了一身新衣，這也是江辰去世後他們第一次收到長輩送的新衣，不說江洵高興，連江意惜的心都如照進一縷陽光，溫暖多了。

年三十吃了年夜飯後，男人去外院守歲，女人各回各院歇息。

路上，江意柔看了一眼小跑著跟在江意言後面的江意珊，跟江意惜小聲嘀咕道：「若不是江意言討厭，咱們四姊妹就能學別人家玩擊鼓傳花、作詩喝酒，多有趣。若是兩個弟弟能留在內院也好啊，大年夜這麼早就歇下，一點都不好玩。」

江意惜表示認同。有那麼一隻蒼蠅嗡嗡嗡，把好好的姊妹情都攪散了。她捏了捏江意柔的小手道：「去我院子裡逗花花玩。」

大年初一，天還沒亮，江伯爺就穿著朝服，江老夫人婆媳穿著鳳冠霞帔，坐車去了皇宮。

朝廷每年會召開一次大朝會，江伯爺能夠遠遠看皇上一眼，這是他第一得意的日子。每年初一拜年，他能在太極殿外給皇上磕頭拜年，這是江伯爺第二得意的日子。

江老夫人和江大夫人今天也能在慈寧宮外給太后娘娘磕頭拜年，是她們最得意的日子。

三老爺和江文在外院接待來家拜年的人；江晉、江洵和江斐分別去親戚朋友家拜年。江洵會代表江府去成國公府。

今天孟府二爺孟辭閱來江府拜年，讓三老爺十分開懷。

午時末江洵回來，笑咪咪地拿出一個紅包給江意惜，說他給孟祖父磕頭拜了年，又代姊姊給孟祖父磕頭拜年，孟祖父給了兩個紅包。

江意惜笑著接過，紅包裡裝了八顆金瓜子。她問道：「孟祖父今天沒進宮？」

「沒，孟祖父的老寒腿犯了，痛得走不了路。」

江意惜很心疼，想著要做些多加料的點心，差人拿給孟家莊的王管事，再由王管事送給孟老國公。

大年初二，三房跟著三夫人回了娘家；江晉夫婦也回了江大奶奶的娘家。

江家大姑奶奶江意慧要回娘家，江大夫人夫婦在家等他們夫婦。

江意慧算是江大夫人四個兒女中唯一的一個厚道人了，前世江意惜出家後，還去庵堂探望過她一次。只是命不好，生不出孩子，婆家和男人不高興，哪怕給男人抬了幾個小妾和通房，一個小妾生了個兒子，仍然不受婆家待見。

江洵先來了灼園，跟江意惜說話說到晌午，姊弟兩個才去如意堂吃飯。

江意慧和江大夫人的眼睛都是紅的，一看就哭過。

江伯爺和老太太都沈著臉，一副不高興的樣子。

今天只江意慧一個人回來，姑爺郭子非沒陪她，這個女婿如今連點面子情都不給了。

江意言扯著帕子，時不時說兩句江意慧性子太好，郭家那麼不要臉，她就應該鬧起來，誰也別想好過，大不了想辦法和離之類的話，老太太和江伯爺皺眉訓斥了她幾句。

江意惜覺得江意言長這麼大只有兩個字說對了，就是「和離」。若是她勸，她也想勸江意慧和離。此時和離，總比一年後被誣衊差點害死庶子——丈夫唯一的兒子，被休回娘家好。

但看江意慧此時的態度並不願意和離，老太太更不願意讓她和離影響了江家其他姑娘。

前世江家的五位姑娘中，只有江意珊嫁的人家不錯，其他四個嫁得都不好。江意惜、江意言嫁錯還可以說本人犯糊塗，硬要嫁進高門；江意慧是身子不好；而江意柔則是命不好。江意柔的夫婿是三老爺夫婦千挑萬選的，侯門族親，長相俊俏，在御林軍中當差，成親不到一個月卻突發惡疾而亡。江意柔成了寡婦，還招了婆家的恨，說是她剋死了男人。在婆家日子不好過，想回娘家，婆家卻不放人，不知最後怎麼樣了。

江意珊是庶女，江大夫人為了大筆聘金把她嫁給一個商人出身的舉子，聽說公婆厚道，夫妻和睦……

老太太重重的嘆氣聲打斷了江意惜的沈思。

「唉，可惜了，百子寺被燒了。都說那裡菩薩靈驗，慧丫頭多去幾次，興許能得個胖小子。」老太太是真的可惜百子寺被燒，老臉都皺成了一堆。

江意慧搖頭道：「我去過那裡三次，還不是沒求來。」

江意惜看她表面平靜，應該沒有被玷污。百子寺做壞事那麼久都沒被發現，皆因害的都是沒有家世背景的窮人，孟月除外。也正因為孟月，那裡才被端了。

江大夫人道：「那是妳去少了，多去幾次興許就靈驗了。」

江意慧搖頭道：「譚姨娘只去過一次就生了兒子，還是我命不好。」

江意惜的心咯噔一下。聽說江意慧的相公有六個女人，只有一個姨娘生了孩子，而這個姨娘還去過百子寺？這就耐人尋味了。

江意惜又看了江意慧一眼。端莊沈靜，衣裳華麗，舉手投足間自有一番大家奶奶的氣韻。她當姑娘時是武襄伯府嫡長女，嫁的郭子非是平進伯世子。哪怕不得婆家看重，也是頗有身分的世子夫人。她去上香，肯定講排場，會帶許多隨從，還會大筆捐銀子，百子寺的和尚自是不敢輕舉妄動。

而那個什麼譚姨娘，一個小婦，上香帶兩、三個人去就不得了了。更有可能懷孕之前連姨娘都不是，只是一個通房丫頭，去上香頂多帶個自家親戚。有幾分姿色，又不是出身大富之家，那些和尚要找的就是這些女人。那個譚姨娘生的兒子，十有八九不是郭家種。

江意慧及郭子非的另幾個女人生不出孩子不是她們的錯，應該是郭子非身體有毛病。

江意惜記得，前世聽江洵說，江意慧就是被那個庶子的生母設計的。

譚姨娘這樣懷的孩子，還敢那麼橫？興許是覺得百子寺一燒，這個世上就沒人知道那個秘密了吧？

百子寺的那把火，不止燒沒了那裡的罪惡，也讓那些有心病的女人大鬆一口氣。

之前只覺得百子寺害的是窮苦女人，現在看來，也有豪門裡的小婦。百子寺不在了，可它留下的隱患還在……

江意慧對江意惜笑道：「恭喜二妹，找了個好婆家……二妹？」

陷入沈思的江意惜被喚醒，忙笑道：「喔，還好。」

老太太笑道：「妳們一個嫁的是伯府世子，一個要嫁的是公府世子，以後姊妹倆要互相看顧，相互幫襯。」

江伯爺也說道：「極是，惜丫頭嫁進成公國府，有了這門姻親，郭家也會有所忌憚。」

「就一個……有什麼了不起！」江意言小聲嘀咕，「瞎子」二字到底沒敢當眾說出口。

老太太和江伯爺氣得狠狠瞪了她一眼。

江意惜沒理她，以後有的是機會打她臉。

江大夫人又道：「郭家不是說慧丫頭不賢慧嗎？那妳就賢慧些，如果今年再懷不上孩子，就想辦法把那個孩子抱去身邊養。孩子從小養在誰跟前，就會跟誰親。」

江意慧點點頭，她也是這麼想的。

吃晌飯的時候，江意慧和江意惜挨著，這才有機會說了幾句體己話。

江意惜自是勸她要好好愛惜身體，身體好才有一切。知道她的將來，江意惜勸她的所有話都是空話，只有當她面臨困境時幫助她才是真。

旁邊的老太太見了頻頻點頭，她就喜歡孫女和睦。老大媳婦還說二房、三房的姑娘聯手擠對大房的人，哪裡是這樣？明明是言丫頭脾氣太壞，跟其他姊妹處不好關係！

飯後，老太太又要跟江意慧說悄悄話，江伯爺夫婦和江意言沒走，江意惜姊弟和江意珊都知趣地走了。

第十四章

初三一大早，江意惜讓江大帶了四盒她親自做的加了料的點心去扈莊，讓吳大伯拿兩盒去孟家莊給王管事，讓吳嬤嬤送兩盒給昭明寺裡的李珍寶。

吳嬤嬤肯定見不到李珍寶，就請柴嬤嬤帶個話，討要一尊蒼寂住持請給李珍寶的開了光的佛像。

再順便把花花帶去扈莊，花花在江府已經快待傻了，天天蹲在房頂上望天。江意惜不放心牠從這裡直接進山，就讓江大帶出去玩兩天，過兩天再讓江大回扈莊接牠。

晚上江大回來，帶了一尊三寸高的觀世音檀木佛像回來。

這是江意惜有求於老太太，要送她的禮物。

老太太暗示過幾次喜歡江意惜手腕上的沉香念珠。老太太識貨，雖然不知道那串念珠是愚和大師所贈，但就是看出比她所有的念珠好上十倍不止。

江意惜捨不得給。愚和大師可是她前世今生最尊敬和膜拜的高僧，他的東西她怎麼捨得送人？何況還是送給她不喜歡的江老太太。

她只得退而求其次，要一尊蒼寂住持開過光的佛像，求老太太讓她正月十五出門一趟。

有件事，她必須那天要去辦。

一晃到了正月十四，下晌江意惜拿著佛像提前去了如意堂。

老太太聽說這尊佛像是蒼寂住持開過光專門請給李珍寶的，笑眯了眼，趕緊拿進小佛堂請上香案，對著佛像拜了幾拜。

之後江意惜提了個要求。「聽吳嬤嬤帶回的消息，說珍寶郡主的身體很不好，我很擔心，想著明天親自去藥堂買幾味補藥，煲一罐藥膳讓人送去昭明庵。喔，還要孝敬祖母一罐，若祖母喜歡，孫女日後就常常孝敬。」正月初十之前買藥不吉利，但十一過後就無事了。

明天是元宵節。老太太自認為明白了孫女的意思，她是想出府玩玩。

老太太正高興，沒拒絕，還說道：「讓洵兒陪妳去，買了補藥在外面吃頓晌飯即可，莫要等著晚上看燈會，街上亂，天黑前趕回家。也別跟妳妹妹們說，省得她們都鬧著要出去。」

晚上，江意惜悄悄把明天出去買藥和吃飯的事情告訴江洵。

江洵聞言，腦袋立即搖得像個撥浪鼓般。「不行，明天太亂，別走丟了。改天再陪姊出去玩……」接著一陣碎唸。

江意惜皺眉說道：「我十六歲了，又不是六歲，怎麼會走丟？去不去？你不去，我一個人帶水靈去。」

江洵只得妥協，並決定把江大、水靈、旺福幾人都帶著。當然，還要把喜歡看熱鬧的花花也帶著。

江洵走後，江意惜靠近花花的耳朵，悄聲講了明天會發生什麼事、牠要如何做……

花花瞪大了眼睛，用一隻小爪子捂著嘴說：「還有這事啊？那得幫忙，必須幫忙！」又提出條件。「我幫了那麼大的忙，得再讓我進山裡玩幾天……」

次日，江意惜怕江意柔小姑娘早早來找她，急急吃完早飯，就帶著花花和水靈去了外院。同江洵會合後，去外面坐馬車。今天由江大趕車，旺福和他一起坐在車外，兩個主子和水靈坐在車裡。

江意惜去藥堂買了補藥後，點名去羅福大街上的得福全大酒樓吃烤鴨。

雖然還是白天，街上的行人和車輛也比之前多多了，車走得很慢。

花花用一隻爪子掀開車簾，看著人們穿著喜氣的衣裳，樹上、樓外皆掛著一串串燈籠，欣喜地喵喵叫著。「好喜氣、好熱鬧……」

一個賣糖葫蘆的小販叫賣著走來。「糖葫蘆～～又甜又香的糖葫蘆～～」

花花喵喵叫道：「我要吃！」

江意惜叫停了車，買了三串糖葫蘆，她和江洵、水靈各一串，她那串餵花花。

花花快速地伸著小粉舌頭舔糖葫蘆，牠只吃外面的糖，舔完後江意惜就把中間的山楂丟了。

到了羅福大街，已經午時末。

江洵下車後，江意惜換上男裝——一件青綠色緞子棉長袍，腰間鬆鬆地繫了根帶子，外面披了件暗青色斗篷。頭髮打散，在頭頂挽了個髻，用簪子束好，再戴了頂玄色瓜皮小帽。

這一身行頭都是江洵的，長袍捲了個邊還是能穿。

她雖然穿著男裝，但誰也不會真把她看成男的，因為太水靈俊俏了。

水靈也換上了男裝，衣裳是江大的。她本就身材高大，再加上五官較為硬朗，不注意真會把她看成年輕後生。

本朝男女大防不嚴，上京城時興貴女穿男裝逛街或是看戲。雖然看得出是女的，但她們就是喜歡這樣打扮。

她們一下車，江洵和江大都樂了起來，連連誇著「俊俏」。

江洵和江大在前面開路，以免行人衝撞到她們二人。

此時許多人都已經吃完飯去街上遊玩，他們要了一間二樓小窗朝南的包廂。

進了屋，江意惜讓江洵點菜，她則抱著花花走去窗前打開小窗。

窗外是得福全大酒樓後的南福胡同，斜對著一家戲園，被剛搬來京城不久的雙紅喜戲班租下。

雙紅喜戲班雖然才來京不久，但因為有幾個非常不錯的戲子，一來就打響了名氣。門口立著一塊大牌子，上面寫了幾個大字——

彩雲卿「桃園驚魂」。

左邊一列小字寫著——

告別演出，最後兩場。

「桃園驚魂」是王生冤死後魂魄不散，託夢給侯爺之女霞娘，霞娘幫王生報仇雪恨的戲，也是彩雲卿最拿手的幾齣戲之一。

江意惜抬頭望天，陽光燦爛得讓人睜不開眼睛，藍天上沒有一片雲彩，大風呼呼颳著，似能把房頂掀翻。

這條街上的房子大多是木質結構，布莊和酒樓就有四家。由於今天是元宵節，樹上、門前掛了許多燈籠，再加上這個鬼天氣，一把火燒起來，哪裡救得下來？

江意惜的目光又滑向那塊大牌子。

彩雲卿！

這個名字江意惜有印象，不只是因為前世的記憶，前不久江晉也提起過。

江晉跟老太太說，彩雲卿是武旦，唱腔、扮相和身手都非常好，比慶福戲班的白玉嬌、吉祥戲班的玉常香等戲子都好得多，受許多人追捧。只不過年紀大了，今年已二十六歲，唱過正月就不再唱了，會安心帶徒弟或是嫁人，所以江晉想在過年時請彩雲卿來家裡唱堂會。

老太太不願意，說過年是全家團聚，叫個戲子來算什麼？等到四月江伯爺過壽再說。

江意惜知道，若不出意外，這個戲班今天下午就會走水，整個戲班被燒，彩雲卿在逃跑的時候救了文王的女兒李嬌郡主，文王知恩圖報，想娶彩雲卿當側妃，但皇上不同意，於是就把彩雲卿安置在外面當了他的外室。

後來查明，是慶福戲班的班主嫉妒雙紅喜戲班一來就搶了他們的客源和金主，買通雙紅喜戲班的人放了一把火。

只是沒想到，這把火不只燒掉了雙紅喜戲班，還燒傷了微服來看戲的二皇子文王李紹及其六歲的獨女李嬌郡主，甚至燒死了三十幾人，燒傷了一百多人，並燒毀了包括得福全大酒樓在內的半條街。其他地方看燈的人聽說羅福大街發生火災，燒了半條街，嚇壞了，人們都往家裡趕，結果又發生踩踏事件，踩死、踩傷多人，還有許多孩子丟失。

這件事當時鬧得非常大，皇上震怒，處置了許多官員和五城兵馬司的人，判縱火犯和幕後指使者極刑。

這麼大的災難，前世朝廷公佈了詳細的調查結果。

水火無情，江意惜之所以敢來冒這個險，就是因為她知道案發時間，知道縱火人最先點燃的是戲園倉庫、在哪幾個角落倒了油。作案的只有兩個人，其中一個琴師是跛子。只要花花提前找到地點，把江洵和江大引去，就能抓住縱火犯，阻止火災發生。

自從重生後，江意惜對上蒼充滿了感恩，她覺得既然知道了這次事件，就應該阻止，救下這麼多人命和財產，也算她對上蒼的報恩和回饋。

還有一樣，她怕江洵真的是早死的命。

上蒼有好生之德，若江洵救了多條人命，希望他能得上天眷顧，餘生順遂。

幾人吃完飯已是未時，江意惜又提議去戲園子看戲。

江洵心裡老大不願意。姊姊哪怕穿著男裝，也看得出是俊俏的小娘子，怎麼能去那種地方？他噘嘴說道：「祖母說了，大伯的壽辰會請戲班去府裡唱堂會。」

江意惜很堅持。「我還沒進過戲園子，想進去看看。也有姑娘女扮男裝進戲園看戲，就我知道的，望平侯府的幾個姑娘就去過好多次了。」

江洵無法，只得如了姊姊的意，又親手把她的斗篷帽子給她戴上，再壓得低低的，滿臉嚴肅地囑咐道：「去晚些，坐在最後面，別人走之前先離開。去那些地方的男人大多不穩重，姊姊的好樣貌別被他們瞧了去。」

江意惜心裡好笑，還是痛快地答應了。

江大和水靈都想去看戲。

江大搓著手笑道：「我聽幾個哥兒們說過，彩雲卿唱得好，長得俊，身手也好，翻跟頭比武生還索利。」

水靈眉開眼笑地說：「奴婢還沒看過戲，今天可算是行大運了！二爺放心，哪個臭男人敢多看二姑娘一眼，奴婢打得他滿地找牙！」

來到戲園門口，江意惜把手腕上的念珠取下，藏在袖子裡的手邊轉念珠邊在心裡唸著佛。

江洵交錢拿了號牌後，幾人進了園子。

戲園不許貓狗進，江意惜還沒到戲園門口，花花已經爬上圍牆翻過去了。

一進戲園大門，就是一個大院落，左側有一個戲臺，天氣好的時候可以在外唱戲；正前方的大房子是戲院，天冷在裡面唱；右邊則是一排廂房。

戲已經開場，除了園子門口有兩人賣號牌和收錢，庭院裡空無一人。站在外面，能聽到隱隱的唱戲聲和鼓樂聲，一切是那麼的平靜祥和。

戲院裡很暗，最前方的戲臺有半丈多高，彩雲卿正在臺上唱戲。濃墨重彩下，雖看不出她的真實樣貌，卻也能看出她非常漂亮。她翻了幾個跟頭後站好，耍了幾下手中的寶劍，下面就傳來叫好聲和鼓掌聲。

最前面一排是幾張桌子，桌上有瓜果、點心、茶水，幾個人坐在桌前看戲。那裡面應該有文王李紹及李嫣郡主。

見最後兩排還有幾個空位，江意惜幾人就坐在最後一排的最邊上。

一刻多鐘後，花花跑來晃著江意惜的腿。牠不敢叫，怕被人發現了趕出去。

江意惜彎身把牠抱起來，用斗篷包著，低下頭。

花花貼著她的耳朵，用極輕的聲音叫著。「那兩個點火的人來了，快讓江洵、江大跟我走。」

江意惜把花花放下去，對江洵耳語道：「花花好像發現了什麼情況，都快急哭了，你快跟去看看，莫讓牠跑丟了。」她不能跟去，她去了水靈也會去，再加上江洵和江大，一行人目標太大。

江洵知道花花是絕頂聰明的貓，再加上少年人的好奇，他對看戲又不感興趣，因此沒有任何猶豫就貓腰跟著跑出去。

江大想阻止，見主子已經跑了，也只得跟出去。

不到一刻鐘，外面就傳來嘈雜聲，接著是幾個人的大喊聲——

「走水啦、走水啦……」

其中一個是江大粗獷的大嗓門。

這幾嗓子嚇壞了所有人，眾人都尖叫著起身向外跑去。

江意惜和水靈離門最近，最先跑出來。

戲院裡有一百多人，全一窩蜂地往門口跑去。光線暗，桌子、凳子被撞翻，有人被撞倒在地上，後面的人再踩過去，一時間哭爹喊娘聲此起彼落。

戲臺上的幾個戲子也嚇傻了，有兩個往後臺跑，有幾個跳下臺，橫衝直撞地向前跑。

文王喜歡享受平民的平凡生活，微服出來時從不帶暗衛，帶的下人也不多，今天就只帶了兩個護衛、兩個長隨、一個服侍閨女的乳娘。

突然的變故把他嚇壞了，被一個護衛架起來往外跑之際，差點就被從戲臺跳下的戲子撞上，另一個護衛趕緊一把將戲子推開。

文王想去抱李嬌，看到跳下臺的戲子已經把抱著李嬌的乳娘和另幾人撞倒在地，在要踩上乳娘身上之時，彩雲卿快速抱起乳娘懷裡的李嬌往外跑去。

文王身不由己地被一個護衛半拖半抱著往外跑，另一個護衛則推搡開擋住文王路的人。

眾人跑到外面後，看到戲院後面及旁邊的幾處房頂冒著煙，有人拎著水桶在救火。

不多時，江大和江洵把兩個男人用戲服五花大綁，拖來前院。

戲班的人跑上前詢問怎麼回事。

江洵說道：「我們找茅房時找錯了地方，看到這人鬼鬼祟祟往角落裡撒油，就躲起來看他要幹什麼？誰知看見他後面還跟了一個人在點火！」

江意惜暗樂，聰明小子，不好把花花說出來，編了這個理由。

一個班主模樣的人有些狐疑，指著其中一個被綁的人問道：「王跛子，說，為什麼要放火？」

王跛子是拉京胡的，三十幾歲，又瘦又跛。他嚇壞了，抖著身子哭道：「我沒有放火，這小子胡說！」

幾個戲班裡的人跑過來，氣喘吁吁地說道：「我們聽到動靜跑過去時，屋裡的戲服已經燒了起來，這位大哥和小兄弟在救火，看見我們過去，他們才去把那兩人抓住。還好發現得及時……」

王跛子和另一人哭著不承認，說這幾把火是抓他們的兩人點的。

班主有些懵，想讓人把江洵和江大抓起來一起問，畢竟這兩個人他不認識，更不相信。

此時，戲班裡的一個老人跑過來，指著江洵和江大說道：「最先救火的是他們！若不是他們，咱們真的完了……」他有一種劫後餘生之感，說到後面還哭了起來。

文王也是嚇出一身汗，喝道：「讓京兆府來抓人審訊，把幕後真凶找出來！還有，這裡的人都有嫌疑，一個都不許跑！他娘的，差點把本王燒死！」他又看了一眼被乳娘護在懷裡的閨女，一陣後怕。若真發生火災，閨女被燒傷可怎麼好？他再看一眼彩雲卿，若不是她出手，閨女沒被燒傷，也被踩傷了。這個女人不僅人美，心也美，身手更好。

李嬌嚇壞了，抽抽噎噎地哭著，被乳娘抱在懷裡哄。

乳娘女扮男裝，此時異常狼狽，頭上的帽子掉了，一綹頭髮垂下來，臉上還有一道青痕。她也快被嚇死了，若不是那個戲子幫忙，小主子受傷，自己罪過就大了！她是最後幾個跑出來的人，腿似乎受了傷，現在還疼。

文王李紹生母位分低，死得早，從小不受重視，跟只比他大兩歲、倍受寵愛的太子大哥沒法比。他愚笨、不學無術、行事荒唐，最大的喜好就是偷偷跑去各大戲園子看戲，皇上最不喜歡的就是這個二兒子。

文王已經二十六歲，有一個正妃、兩個側妃，都無所出，只有一個侍妾生下李嬌這麼一個女兒。對於這個獨女他自是寵愛無邊，偶爾會把閨女打扮成男娃帶出來看戲。

前世，李紹和李嬌雖被人護著跑出來，兩人還是受了傷。文王燒得不算嚴重，就是右肩被燒傷了一塊；李嬌被彩雲卿護在懷裡極力保護著臉，傷了左臂、左手；彩雲卿的後背燒傷了；李嬌的乳娘沒跑出來，燒死在裡面。

因為有文王的護衛、長隨幫忙維持秩序，場面不算亂。五城兵馬司的人聽見動靜，也跑進來維護秩序，保持現場，等待京兆府來人。

戲班班主請文王進屋坐，文王擺擺手，問江洵發現有人蓄意放火的前後經過，再時不時瞥幾眼彩雲卿。

彩雲卿哪怕妝容厚，也能看出她害羞了。她低下頭，又偶爾會抬頭看文王一眼。

江意惜也第一次看清楚了文王，二十多歲，長得白胖圓潤，鼻子有些蒜頭，一副憨相。他們如此，讓江意惜想起花花說的「從前的李珍寶」——看對眼了。

光天化日下，又有人認出這些看戲的人裡還包括李尚書府的三老爺、黃郎中府的二公子及三姑娘、錢老侯爺的弟弟錢二老太爺及年輕小妾。

江意惜記得，前世的錢二老太爺及其小妾都被燒死了，黃三姑娘燒傷了半邊臉。

江意惜看著四周，突然看到花花從一個角落裡躥出來，跑過來一下子跳進江意惜懷裡，江意惜用斗篷把牠包裹住。

花花鑽出小腦袋看熱鬧，最後目光定格在不遠處的李嬌小姑娘身上，衝她做著鬼臉——瞪眼、閉眼、一瞪一閉、慫鼻子、張大嘴、抖鬍子。

李嬌看著小貓樂起來，也不知道害怕了。

不一會兒，李嬌掙脫乳娘的懷抱，走到江意惜的面前，近距離看貓貓。

李嬌笑道：「好可愛的貓貓！姨姨，能讓貓貓跟我玩一會兒嗎？」

這話說得多有禮貌啊！江意惜對小姑娘的印象非常好，也更加慶幸這麼可愛的小姑娘沒被燒傷。

花花一聽，也沒等江意惜答應，就掙脫她的手臂跳下地。

江意惜見花花想跟李嬌玩，也就隨牠。花花跟著前主人活了六十幾年，活成精了，比江意惜還能分辨得出人的善惡。

花花往李嬌腳下一躺，露出小肚皮求擼擼。

李嬌高興地蹲下身去摸。

乳娘趕緊伸手制止。「姐兒，別擾著您了。」在外面不敢喊「郡主」，而是叫「姐兒」。

李嬌躲開她的手，輕輕摸了摸花花。

花花又開始打滾、作揖、翹屁屁、張開爪子使勁舔……

小姑娘被逗得格格直笑。

江意惜對緊張的乳娘笑道：「花花很乾淨，也不會撓人。」

乳娘已經看出江意惜是個小娘子，穿得好、長得俊，一看就是大戶人家的姑娘，也沒再阻止李嬌跟花花玩。

一人一貓玩得高興，把黃三姑娘、彩雲卿及兩個小戲子都吸引了過來，看著笑，彩雲卿的笑聲尤其動聽。

江意惜覺得，彩雲卿過來不是為了看貓，而是為了李嬌。

幾人逗著小貓樂，跟那邊緊張的氣氛形成鮮明的對比。

李嬌的乳娘又謝了彩雲卿，若她沒幫忙把小主子抱走，小主子被踩到，自己就罪大了。

聽說文王差點被燒死在戲園，京兆府動作迅速，檢查了那兩人撒油的地方及幾處已經燒起來的房屋。把那兩人帶回京兆府的同時，也讓江洵、江大及許多人去問話和作證。文王讓人把李嬌送去皇宮，他要跟去京兆府。

本來他是準備看完戲直接進宮陪皇上和太后吃晚膳，誰知出了這事。

這件事大，他得親自看著京兆府查案，一定要把真凶抓出來，看看主使者是真的想燒戲院，還是想燒他。雖然覺得後一種可能性不大，畢竟自己誰的路也沒擋，還陪襯得太子哥哥和那幾個有宏願的弟弟特別優秀，但仍不得不防。

李嬌捨不得花花，摸著牠的小腦袋說：「我要走了，你好乖好乖，好捨不得你喔……」

花花也慫著鼻子，喵喵叫兩聲，意思是「妳也好乖，我也捨不得妳」。

李嬌見狀更捨不得了，眼裡含著淚水，比剛才差點被燒死還難過。她抬眼望著江意惜問：「姨姨，以後我還能跟花花一起玩嗎？」

江意惜對李嬌的印象更好了，這孩子沒有許多小貴女的毛病，喜歡什麼就必須搶到手。她點點頭說：「只要妳父王同意，我沒意見。」這事她說了不算。

李嬌被乳娘抱走了，眼睛還一直盯著花花，直至上車。

文王看到閨女喜歡那隻小貓，只呵呵笑了幾聲，也沒說把那隻貓搶了。即使搶了江意惜也不怕，花花認人，再跑回來就是。不過，江意惜對文王的印象更好了兩分，不強占民脂民膏，哪怕是一隻貓。

文王又看了彩雲卿幾眼，才上了自己的馬車。

戲班班長也看到了文王的眼神，喜得鬍子都抖了起來。

江洵過來囑咐了江意惜幾句，才跟著一群人走了。

文王把江洵叫上了自己的車。

江意惜和水靈由旺福陪著，去寄車行取車。

彩雲卿幾步上前叫住了江意惜，她已經知道抓縱火犯的江公子是這位姑娘的弟弟。她屈了屈膝說道：「若沒有江小公子仗義出手，不僅我們戲班完了，還不知要死多少人。江姑娘今天定是沒能好生聽戲，若姑娘願意，奴為姑娘唱兩齣最拿手的折子戲。」

聲音悅耳動聽，萬福的動作像在戲臺上一樣優美。

江意惜笑道：「長輩在家等我呢，改天吧。」

彩雲卿遂道：「不管什麼時候，哪怕奴不再登臺，只要江姑娘想聽，奴就給姑娘唱。」

此時戲班裡一個上了年紀的男人也上前朝江意惜作了個揖，躬身笑道：「我家班主說了，以後，只要是江小公子、那位江兄弟，還有江姑娘和身旁這位姑娘及小哥兒，你們來戲班聽戲，都分文不取，還自有茶水、零嘴奉上。」

水靈和旺福樂不可支，道了謝。

道路兩旁的燈籠已經點亮，街上的行人更多了，人人都面露喜色。

馬車走得非常慢，江意惜把念珠取下在手裡轉著。佛祖保佑，她真的救了這麼多人……

水靈還在想著彩雲卿的話傻樂。「姑娘，改天去聽彩雲卿的戲，讓她單唱。」

江意惜看了一眼憨丫頭，說道：「跟江大說清楚了，可以去雙紅喜戲班看別人唱戲，但萬不能讓彩雲卿給他單唱，文王或許已經看上彩雲卿了。」

水靈驚訝地「喔」了一聲。文王將來的女人，單獨給哥哥唱戲，那可是找死啊！她又崇拜地看了江意惜兩眼，自家姑娘就是聰慧！

回到家已是暮色四合，天邊只剩下最後一絲金光。

風依然很大，吹得枯枝嘩嘩作響，府門前的燈籠在風中飄搖著。

江意惜急急回院子把衣裳換了，梳好頭髮來到如意堂。

老太太和江伯爺的臉陰沈得能扭出水了。
江意言滿眼興奮，就等著江意惜挨罵或是受罰。
老太太氣道：「大過年的，還讓一家老小等你們歸家吃飯！江洵呢？野在外面不回來了？」
江意惜道：「洵兒去京兆府衙作證了。」
這話驚了眾人一跳。
「怎麼回事？」
「江洵又惹禍了？」
江意惜紅著臉，講了自己因為好奇心使然，拉著江洵去看戲一事……
眾人原先還驚詫江意惜膽子忒大，敢女扮男裝去看戲，還敢當眾說出來。雖然許多貴女都會女扮男裝去看戲，但這是私下的，誰也不會傻到當著長輩的面大大方方說出來，除非長輩特別開明。後來聽到有人故意縱火，被江洵和江大當場抓住，阻止了火災發生，看戲的竟還有文王父女及許多家官員親屬，眾人更驚訝了，顧不上抓江意惜的錯，讓她再仔細講一遍。
完全弄清情況後，三老爺捋著鬍子笑道：「洵兒這次可謂立了大功一件！今天天氣反常，戲園又與其他房屋連成片，一旦著起火來根本救不下，不知要燒毀多少房子、燒死多少人，若再燒……傷個王爺、郡主，不知有多少人要倒楣了。」他差點口誤，忙把「燒死」改成「燒傷」。

江伯爺一陣暢快的笑。「洵兒越來越出息了！戲園子裡有文王和郡主，今天又是元宵節，這事肯定會直達聖前。」

老太太想得更多。自從上年老二給江意惜託夢以來，這丫頭就好運連連。先是結識珍寶郡主和雍王爺，再得孟家祖孫賞識而聘給孟辭墨當媳婦，現在連偷偷摸摸去看個戲，都能讓江洵立下如此大功，救了文王郡主及官員家眷。難不成，真是老二在天之靈保佑著她？

想著老二時刻在天上看顧著女兒，老太太的心肝顫了顫。

她笑著把江意惜招呼過去，讓她坐在自己身邊，把事情再講仔細些，沒有一句怪罪江意惜私自去看戲的話。

江意柔也感興趣極了，問小郡主長什麼樣？黃郎中家的閨女穿什麼衣裳等等。

江晉興奮得站起身又坐下，坐下又站起身。若是大火把彩雲卿燒死或燒傷，那真是天妒紅顏了。

江大奶奶知道他的心思，臉冷了下來。

飯後，江伯爺和江三老爺去外書房等江洵。

江洵是戌時末回來的，由京兆府衙的馬車直接送回來，他一進門就被請去了外書房。

第二天天還未亮，江意惜就起床燉素食藥膳，燉了一大鍋，兩罐讓江大送去給李珍寶和孟家莊，一罐送給老太太，大房和三房各一罐，江洵也來灼園吃。

除了大房那一罐，所有藥膳裡加的都是經過處理的料。

下晌，成國公府突然來了一個婆子，說孟老太君聽說江意惜女扮男裝去戲園子看戲後非常生氣，請江親家嚴加管束，再讓江意惜在家抄《女誡》五遍。

不用說，這肯定是孟大夫人攛掇的。

抄就抄，江意惜無所謂。讓孟大夫人跳，最好再跳高一些，狐狸尾巴才容易露出來。

江老太太卻當成一件大事，把江意惜叫去如意堂訓斥了幾句，讓她要貞靜賢淑，萬莫令婆家人嫌棄。

江大夫人更像得了聖旨，專門派了一個婆子來灼園訓斥江意惜。

兩天後，縱火案件水落石出。是慶福戲班班主嫉妒雙紅喜戲班搶了他們的客源和金主，讓人收買了雙紅喜戲班的一個琴師放火。覺得大白天會很快把火控制住，嚇跑看戲的人即可，沒承想火還沒燒起來，人就被抓住了。

京兆府的人看過點火和撒油的地方，都是一陣後怕。當日天乾物燥，風又極大，若沒有人及時發現，讓這幾個地方同時燃起來，根本救不了！而且，那天是元宵節下晌，燈籠多、行人多，走水了影響的可不止是羅福大街。

五城兵馬司也是一陣後怕，若發生大火，第一個脫不了干係的就是他們。

戲班的人和附近商家當然就更害怕了。

皇上也後怕。大年十五出現重大火災，若再多死些人，連帶自己的傻兒子和孫女都被燒死的話，或許會有人認為是天子不仁，導致上天發怒啊！皇上氣得把文王罵了個狗血淋頭，還用茶盅砸破了他的頭。太氣人了，他被燒死就算了，還把六歲的閨女帶去！自己怎麼就生了這麼個缺心眼的？皇上越看二兒子不順眼，也就越可憐那個小孫女，怎麼會攤上這麼一個不著調的糊塗爹？

火雖然沒燒起來，但這件事極其惡劣，因此班主被斬，兩個縱火犯流放充軍。江洵則出了名，成為了智勇雙全的救火小英雄。

正月十八上午，京兆府最先送來獎勵，給江洵一百兩銀子、江大二十兩銀子。之後是雙紅喜戲班班主上門，奉上六百兩銀子給江洵，另送給江大五十兩銀子。

下晌，皇上的聖旨和賞賜到來。江洵跪在最前面，江家其餘主子跪在後面接旨。皇上嘉獎了江洵，還說「虎父無犬子」，賜玉如意、金如意各一柄，賞二百兩銀子，另賞江大五十兩。

接著，是文王府的謝禮和五城兵馬司、京武堂的獎勵。

文王府送了江洵八疋錦緞、一套上好的文房四寶，另送江大兩疋錦緞。

五城兵馬司獎勵江洵一百兩銀子、江大二十兩銀子。

京武堂也獎勵了江洵一把好刀、一把好弓及一副上好馬鞍。

從收到第一筆獎勵起，老太太就讓人把錢物都拿到如意堂，說錢物等到晚上江伯爺回來分，聖旨等到吉日請進祠堂。

江家沒分家，明面掙的錢都屬於公中。但江洵得的這些不是奉銀，而是獎勵和謝禮，若長輩慈善些、大方些，都讓江洵留著也就留著了。晚輩做了好事，別人都知道給獎勵，自家人不獎勵還扣下，有些說不過去。

老太太和江伯爺肯定不會這麼大方，若是之前，他們最有可能把京武堂的獎勵和文王送的文房四寶留給江洵，其他全部充公；而現在，江意惜要嫁進成國公府，江洵在京武堂，又立了這麼大的功，跟之前的孤兒、孤女不可同日而語，當家人肯定會考慮他們姊弟的感受。

特別是老太太，在救火那件事後，對江意惜姊弟更好了。不是做面子情，而是眼神裡都透了些暖意，跟看大房、二房的孫輩一樣。

不管老太太基於什麼原因，江意惜都願意看到這種變化。

江意惜跟江洵悄悄商量，只要給江洵留下一半以上，都認了。若是太過分，江意惜會想辦法讓他們把多的吐出來。這不是計較錢財的問題，而是表明一種態度。

江意惜手上有不少財物，其實並不把這些錢財看在眼裡。但是，之前江辰得到的撫恤金和孟府送的謝禮都充了公和被老太太扣下，連孟辭墨私下送江洵的銀子也被老太太拿了去。最後，還是便宜了大房。

前世老太太和大房占盡了江洵的便宜，這一世不能再讓他們壓榨江洵。

江洵本來就聽姊姊的話，當然點頭同意。

他抱起花花笑道：「等我拿到獎勵，給你打最漂亮的金項圈，再讓人去菜市買最貴的魚！」又對江意惜道：「姊不去看戲，我就立不了大功，我若得了銀錢，分姊一半。」

江意惜笑道：「我有錢，那些錢你自己留著，莫亂花。」

晚上，江家其樂融融地吃過晚飯後，老太太獨把江伯爺留下來。

江意惜知道他們要討論分錢物的事，想早些回去讓花花轉播，可江洵、江斐、江意柔幾人都跑去了灼園玩。

啾啾精得很，一看他們天黑還跑來影響自己歇息就不高興了，還沒等他們進屋就先趕起了人。「滾、滾！壞人！出去，回家……」

只要是罵人，牠都會用鄭吉的聲音，而其他的話則是牠本來的聲音。只不過，低沈略沙啞的聲音罵出「壞人」二字，總有些違和。

牠這樣，江意柔和江斐就更喜歡逗牠罵人，牠一說「壞人」，那姊弟二人就大樂不已。

江斐逗著花花和啾啾。

江意柔則跟江意惜撒著嬌。「二姊，下次妳再女扮男裝出去看戲，也把我帶著。聽大哥說，彩雲卿唱得可好了！我給妳做兩個香囊，再給二弟做一雙鞋子。」

江意惜笑道：「好，到時咱們偷偷跟祖母請假。不過，彩雲卿唱完最後兩場戲後就不會再登臺了，讓別的戲子唱。」

只要能去戲園子看戲，江意柔都願意！

鬧了一陣後，瓔珞過來笑道：「奴婢剛才去外院找二爺，秦嬤嬤說二爺或許在這裡。老太太和伯爺有事，請二爺去如意堂。」

江洵和江意惜對視一眼，便去了如意堂。

東側屋裡，炕上擺了半炕的東西，炕几上擺了幾個盒子，裡面裝滿了銀錠子。

老太太和江伯爺都笑咪咪地看著他。

老太太笑道：「小小年紀，還沒有當差，就開始為家裡掙錢了。我和你大伯商議過，你抓那兩個壞人也是拚著命去抓的，連皇上都嘉獎你，所以我們就破個例，那些什物都給你，銀子給你留一半，另一半充公。」

江伯爺又笑道：「一共有一千兩銀子，你留五百兩。皇上的賞賜老祖宗也稀罕，就留一柄金如意，玉如意歸你。」

江洵在心裡暗暗給姊姊比了大拇指，果然如她所說。

這是可接受的範圍，江洵躬身謝過。

他把八疋緞子分別送老太太兩疋，大房、三房各一疋。

江洵抱著銀子，兩個婆子抱什物，一起去了外院。

回了自己屋子，看著半炕的東西，卻沒有一樣適合送姊姊。這些緞子都好，卻偏老氣，只適合男人和中老年婦人做衣裳。

次日一早，江洵拿著玉如意和一百兩的銀錠子來到灼園。

「姊，這些銀子妳拿去，自己喜歡什麼買什麼。」

江意惜笑道：「姊不缺錢，不要。」

「不是錢的問題，是這些錢意義重大。」

江意惜想想也是，買些東西，就是弟弟立功送自己的。她接受了銀子，玉如意沒接，這個榮譽應該他自己留著。

對於這個分配結果，江意惜還算滿意，就江老太太和江伯爺的格局及心胸，能做到這一步已經不錯了。

江大又去前院給江洵磕了頭，還讓人帶話給水靈代他向二姑娘磕頭。

他沒想到，跟主子去看個戲居然被皇上賞賜了，還一下子掙了這麼多錢。從昨天晚上起，去他家說媒的就有好幾批，今天早上又去了好幾批。

哪怕他還是有些跛，但那個他只敢在夢裡想的姑娘，或許有希望了……

晚上三老爺回府後聽說了分配獎賞的事，心裡有些埋怨。孩子立了這麼大的功，長輩應該獎勵才是，怎麼還能扣下皇上的賞賜和衙門的獎勵呢？也不怕傳出去招人笑話。

但留都留了，他也不好多說。

他回自己院子後，讓丫頭送了一條銅把雕花的馬鞭給江洵，以示鼓勵。

江洵非常喜歡這條鞭子，去三房給三老爺夫婦作揖道了謝。

二十這天，是江洵和江斐的最後一天長假，他們都悄悄跟老太太請假，想帶各自的姊姊出去玩一天。

三房的兩個孫輩老太太都喜歡，江洵又才為家裡掙了榮譽和銀子，就讓他們去了。

這件事已事先告知了三夫人。三夫人見閨女都快急哭了，又聽說是他們幾人單看，而不是在戲院內跟男人們一起看，這才同意了。

下馬車之前，江意惜、江意柔和兩個丫頭都換上男裝。

此時是巳時，上午戲園裡沒有演出，幾個戲子在戲臺上排練，更多的戲子在院子裡吊嗓子、翻跟頭，熱鬧極了。

看門的人認識江洵，也得了班主的吩咐，躬身把他們請去廂房。

江洵說道：「他們是爺的姊姊和弟弟，想聽幾段戲。」

那人躬身下去。

戲班班主親自過來問安，讓人上了好茶，拿了些蜜餞、瓜子之類的零嘴來，又笑道：

「彩雲卿已經不登臺了，只能在這裡給公子和姑娘們唱幾嗓子。」

江意惜笑說：「既然她已經不唱戲了，就換別人吧。」

班主擦了擦汗，鬆了口氣。他已經看出一些門道，心裡也不願意彩雲卿再出來唱戲。

不一會兒，進來三個拉琴的，最後進來一個青衣和一個老旦。他們都穿著戲服，化著妝。

江洵和江斐喜歡看武戲，不喜歡「哼哼嘰嘰」的文戲，但江意柔喜歡，他們也不好換人，只眼睛時不時地飄向窗外那些翻跟頭的人。

唱了三段折子戲，也到了午時，江意柔還沒看夠。

江意惜笑道：「好了，以後再聽。」

江洵拿出五兩銀子賞那些人。

幾人剛走出戲園大門，就看到一個老熟人——李嬙的乳娘。另外還有兩個文王府的人。

乳娘跟江意惜笑笑後，進了戲園。

江洵也有心眼了。「文王府對下人不會這麼好吧？還讓他們現在出來看戲？」

江意惜跟他耳語道：「應該是文王現在不方便出門，遣人來跟彩雲卿說點什麼，或是送點什麼。」

江洵了然地點點頭，他也想起那天文王看彩雲卿的眼神。

進入二月，天氣回暖，園子裡的那幾株紅梅開得更盛。

想到快要回來的孟辭墨，江意惜心裡溢滿甜蜜。等孟辭墨回來，他的眼睛就「好了」，不需要再辛苦裝瞎子，不知孟大夫人會有多失望？還有李珍寶，聽說現在已經可以在屋裡走動幾步了。

只一樣，李珍寶交代的事情她還沒有辦好。

江意惜在尋找時機，想在貴女多的地方把東西推出去才能一鳴驚人。

貴女多的地方，當然是花宴了。時間最近也最著名的有兩場，就是紅梅宴和桃花宴。

正月底晉寧郡主主持的紅梅宴已經舉辦過了，因為孟月的關係，江意惜不會去黃府，晉寧郡主也沒有給江意惜發帖子。

三月中，宜昌大長公主會舉辦桃花宴。基於鄭吉和孟老國公祖孫的關係，也會給江意惜發帖子。雖然那裡是江意惜的傷心地，但為了完成李珍寶交派的任務，江意惜捏著鼻子也得去。

二月初二這天下晌，江意惜正在繡花，花花無聊地在跟啾啾說著話，吳嬤嬤來了。

江意惜讓吳大伯悄悄跟蹤江大夫人派的陳二去塘州，打探買地的情況。

吳嬤嬤說，吳大伯從塘州回來了，陳二管事在塘州昌縣買了八百畝坡地，每畝四兩九錢銀子。還買了一個帶花園和梅林的莊子，花了一百兩銀子。

江意惜冷笑。地和莊子跟前世的一樣，而前世書契上的價格是——八百畝二等地，每畝六兩銀子；莊子一百八十兩銀子。

等江大夫人把書契給老太太後，若書契有假，再說。

聽說吳嬤嬤的兒媳婦懷了孕，江意惜也替他們高興，又賞了她家十兩銀子。

次日，吳嬤嬤回莊子的時候，江意惜做了些點心讓帶給李珍寶和孟家莊，還讓花花跟去玩幾天。

吳嬤嬤走後，江意柔過來同江意惜一起做繡活。她給江意惜做的香囊已經做好，正在給江洵做鞋子。

江意惜瞥了一眼，嗔道：「男孩子的鞋子，幹麼做那麼複雜？」

江意柔嘟嘴道：「我這是第一次給二弟做東西，當然要做好些！」她同江洵今年都是十四歲，但她要大兩個月。

這時寶簪來報，說老太太請江意惜去如意堂。

江意柔也在灼園，卻只請江意惜。

江意柔好奇地問：「寶簪姊姊，祖母叫二姊姊有什麼事？」

寶簪笑道：「奴婢也不知。不過，鄭少保府的趙嬤嬤來了。」

鄭少保府？江意惜有些茫然，她與姓鄭的都不認識。

她知道，鄭老少保是鄭老駙馬的弟弟，官至少保。青壯年時跟孟老國公一同廝殺疆場，基本上都是孟老國公的副手。十幾年前受了一次重傷便沒再打過仗，如今掛了個少保的虛銜。他有個兒子是西大營副統領，江三老爺的第二大上峰。鄭副統領偶爾會去孟家莊作客，江洵也見過。鄭老少保還有個身分，就是啾啾原主人鄭吉的二叔。

江意柔也知道鄭副統領是爹爹的大上峰，極是羨慕地看了幾眼江意惜。

江意惜換了見客的衣裳，同寶簪一起去了如意堂。

如意堂裡，有一個陌生婆子坐在錦凳上與江老太太說笑著。

江意惜給老太太屈膝見了禮。

老太太指著陌生婆子笑道：「這是鄭少保府的趙嬤嬤。」

江意惜笑道：「趙嬤嬤。」

趙嬤嬤起身，上下看了江意惜一眼，笑道：「果真好相貌，江老夫人會調教人。」

這話說得江老太太笑眯了眼。

趙嬤嬤呈上一張帖子。「這是我家大姑娘給江二姑娘下的帖子，梅溪詩社二月初四聚會，請江二姑娘參加。」

二月初四就是明天。

鄭大姑娘，芳名鄭婷婷，芳齡十四歲，也是上次江意惜在點心鋪被人議論時，幫著解釋的那位姑娘。她說因為有後生議論江意惜長得比「京城四美」還漂亮，被羅三姑娘和蘇二姑娘嫉妒，故意撞江意惜下湖。

江意惜頗為納悶，自己連話都不曾跟她說過，為何邀請自己參加詩會？但想著正好可以推出李珍寶的東西，又見江老太太一臉的興致盎然，便笑著接過帖子。

趙嬤嬤走後，老太太非常大方地送了江意惜一根質地上乘的玉簪，讓她跟那些貴女結交好，以後有機會把三個妹妹也介紹給她們。

「好。」江意惜乖巧地答應。

江大夫人等人陸續來到如意堂，聽說江意惜被鄭少保的孫女鄭大姑娘邀請參加詩會，別說幾個小姑娘羨慕嫉妒了，連江大夫人都無奈又無語。想當初她想讓江意言在桃花宴上露個臉，可是託了許多人情、送了許多厚禮才去成的。

江大夫人說道：「當時我帶著幾個姑娘一起去參加桃花宴，明兒也讓惜丫頭把幾個妹妹帶去吧。」

老太太皺眉道：「當初是桃花宴，人多些、少些都無妨。可明天是小姑娘的詩社聚會，惜丫頭又是第一次被邀，不好多帶人去。等惜丫頭跟她們熟悉後，再帶妹妹們去玩吧。」

第十五章

次日早飯後，江意惜好好打扮了一番。她穿著淺金淺紅二色撒花緞棉褙子，淺杏色馬面裙，靚藍出風毛斗篷，單螺髻上戴了兩支玉釵、四朵珠花。

鏡中的美人簡約清新、美麗大方。拚華麗，她比不過那些貴女，所以就往清麗脫俗上打扮，這也符合她的氣韻。

收拾好後，拿了幾串李珍寶教她編的手鏈裝進荷包，便帶著同樣收拾得漂漂亮亮的水香和水靈出門坐上馬車。

江意惜知道李珍寶的心思，希望在她回京之前，讓人知道她心靈手巧，跟傳言大不一樣。李珍寶看著沒心沒肺，實則通透得緊。

到了鄭府角門，又坐小轎直接去了後花園中的雪梅軒。

雪梅軒是一棟兩層小樓，建在梅林之中。

屋裡已經有五位姑娘，其中一名正是鄭大姑娘鄭婷婷。

鄭婷婷上前拉著江意惜的手笑道：「江二姊姊可來了，我們正等著妳呢！」非常熱情。

江意惜笑道：「鄭妹妹。」因為上次點心鋪的事，江意惜對鄭婷婷心存感念。

鄭婷婷依次介紹道：「這是崔文君崔大姑娘，這是趙秋月趙五姑娘，這是薛青柳薛二姑娘，這是我二妹鄭芳芳。」

幾個姑娘中，崔文君最大，十五歲，鄭芳芳最小，十二歲，其他三位姑娘都是十四歲。

她們都叫江意惜「江二姊姊」。

這幾個姑娘俱是長得花容月貌、明眸皓齒。不過，長得最好的還是鄭婷婷，不僅漂亮，還有一股英氣，個子也偏高，有一種別樣的美。看到她，江意惜又莫名其妙地想到啾啾的前主人、她的堂叔，那位氣壯山河的鄭大將軍。

江意惜也依次招呼她們。「崔妹妹、趙妹妹、薛妹妹、鄭二妹妹。」

她們幾人雖然都出身名門，門第比江意惜高許多，但江意惜如今是成國公世子的未婚妻，最關鍵的是同神秘的珍寶郡主玩得好，或許也還有鄭婷婷的功勞，總之她們至少表面上對江意惜很友好，不像那次在桃花宴上，所有貴女都不用正眼看江家姑娘。

在本次社長鄭婷婷的倡議下，幾位姑娘一起出了雪梅軒。

外面又飄起了小雪，丫頭們趕緊給各自的姑娘披上斗篷。

雪中賞梅，別有一番滋味。

在白雪的襯托下，枝頭的紅梅更加傲然奪目。風一過，陣陣幽香襲來，沁人心脾。

姑娘參觀了一圈，就回雪梅軒各寫了一首詠梅詩。江意惜相信，這些詩八成是昨天甚至更早前姑娘們就想好了。她亦是如此，昨晚就想了一首，雖然不算出彩，總能應付過去。

她寫詩的才情一般，但字寫得極好，是這幾位姑娘中寫得最好的。

江意惜的一手字也讓幾個小姑娘對她刮目相看，武襄伯府的姑娘居然還有這個才情。

崔姑娘的詩得了第一名，鄭芳芳最後一名。鄭芳芳是小孩子，又是庶女，一副無所謂的樣子。

通過小姑娘的談話，江意惜才知道，已經有兩個「京城四美」超過二十歲，所以還要補進兩個，目前崔文君、鄭婷婷，還有黃程的堂妹黃三姑娘最有希望。

入選「京城四美」的條件當然是長得美、才藝高、名聲好、出身好。另外還有一個條件，就是十四歲以上。入選後，等到超過二十歲便自動退出，又會經由才藝比賽選出新人補上。

本來晉寧郡主想在黃府舉辦的紅梅宴上選出新人，不僅讓紅梅宴更出彩，自家姑娘也能占主家之利。可宜昌大長公主爭取到了「選拔賽」，她的目的當然是為了鄭婷婷。

做完該做的，就有姑娘等不及發問了。

「江姊姊，聽說妳跟珍寶郡主極熟？」

江意惜點頭。「嗯。」

「聽說珍寶郡主的眼睛不太好……」

人家不好說得太直白，江意惜也就裝傻了。「還好。」

「據說珍寶郡主長得……不太一樣。」到底不敢明說「醜」。

江意惜笑道：「每個人都長得不一樣，就如梅花、桃花、荷花、水仙，各有風姿和手彩。珍寶郡主很可愛呢，懂得多，尤其懂欣賞，聲音也好聽。她的身體已經比之前好多了，天熱時還能出來玩。」

「據說珍寶郡主的脾氣有些大，吵起架來連男人都不是她的對手……」

這明顯是在說那次李珍寶跟趙元成幾人吵架的事。

江意惜解釋道：「也不是她脾氣大，實在是那幾人欺人太甚。特別是那個蘇新，說的話很過分，擱誰誰也氣不過。只要不惹著珍寶郡主，她的脾氣很好的，不會隨便生氣，否則我也不會跟她玩得那樣好了。」

雖然江意惜的話不能完全滿足小姑娘們的好奇心，但知道這些也能小小滿足一下了。

江意惜似才想起來，從荷包裡拿出五條手鏈，笑道：「小玩意兒，送給妹妹們。」

手鏈的編法奇特，顏色各一，上面還串了幾顆小珠子。珠子也不一樣，有珍珠、沉香木珠子、水晶、玉扣、翡翠扣。東西不貴重，但絕對漂亮別緻，討小娘子喜歡。

幾個小姑娘驚訝出聲，各拿了一條。

「呀，太漂亮了！」

「好美，好別緻！」

「絡子還能這樣編啊？」

江意惜笑道：「這是珍寶郡主教我編的，小珠子也是她送我的。」

崔姑娘笑道：「珍寶郡主手真巧。」

「是啊，沒想到她在庵堂裡能鼓搗出這些東西。」

「天天待在庵堂，除了治病、唸經，也要找些事做，否則會無聊死。」

李珍寶在小姑娘們的眼裡更神秘了，也相信了李珍寶「懂欣賞」的話。

這些話由江意惜口中說出來，又看見了這些東西，姑娘們便相信是真的。之前雍王爺和雍王世子沒少說過李珍寶的好話，什麼長得俊、冰雪聰明、溫柔賢淑等等，牛皮吹上了天，除了太后娘娘相信，皇上表面相信，沒一個人信。

特別是李珍寶和趙元成幾人打了架後，雖然眾人不敢明面上議論，但李珍寶「醜」和「潑」的名聲比之前更甚了。

吃完晌飯，姑娘們又請教起絡子的編法，江意惜非常有耐心地教她們。

這種手鏈半個月後就在京城貴女中悄然興起，一個月後在京城興起，特別得小娘子喜愛。李珍寶的形象也有了一些些反轉，原來珍寶郡主這麼心靈手巧啊，真是傳言不可信啊不可信！當然，這都是後話了。

幾位小姑娘剛學會這種編法，特別感興趣，也不想賞梅了，讓鄭婷婷拿更多的繡線出來編。

鄭婷婷便讓丫頭去針線房拿了一針線簍的各色繡線來。

看姑娘們編得專心，鄭婷婷給鄭芳芳使了個眼色，就悄悄拉了江意惜的衣裳一下。

江意惜看出來了，鄭婷婷找她有事，她跟著鄭婷婷去了另一間屋。

鄭婷婷輕輕把門關緊後，小聲說道：「江二姊姊，都說妳幫珍寶郡主治好了對眼，」不等江意惜否認，又趕緊道：「我小妹有些斜視，妳能幫忙醫治嗎？」

昨天江意惜聽老太太和三夫人講過鄭家的家庭情況。

雖然鄭老駙馬是兄長，但他的兒子鄭吉比弟弟的兒子鄭松還小兩歲。

鄭老夫人已經去世，她同鄭老少保只有一個嫡子鄭松，兩個庶子帶著家眷在外為官，三個房頭也就分了家，鄭老少保同嫡長子一家在京城生活。

鄭松鄭副統領有五個子女。

嫡長子鄭玉，現在跟著堂叔鄭吉在邊關，上年十八歲就當上了遊擊將軍。這個官可不是家裡給的，而是打仗掙出來的。為了建功立業，他十五歲就私自去戰場投奔孟老國公和鄭吉。

次子鄭名是庶子，今年十四歲，在國子監讀書。

嫡長女鄭婷婷，頗得宜昌大長公主喜歡，大半時間都在公主府陪大長公主解悶。

次女鄭芳芳是庶女。

三女鄭晶晶，今年剛七歲，也是嫡女，由於身體不好，鮮少出現在人前。

卻原來，鄭晶晶身體不好是斜視。

如果不算很嚴重，江意惜自認能治好。前世她跟著師父學醫，學的主要是治療眼疾和化血塊，其他病有所涉獵，卻都不如治眼疾精湛，但她還是謙虛道：「我只是喜歡看醫書，後得一個婆婆指點一二，能不能治好，不敢保證。」

鄭婷婷笑得眉眼彎彎。李珍寶的對眼都能治好，小妹的病應該也能治好。她笑道：「麻煩江二姊姊去看看我妹妹。」她拉著江意惜出了屋，對那幾個姑娘說：「我鞋子弄髒了，回去換鞋子。妳們玩，讓江二姊姊陪我回去一趟。」

幾位姑娘忙著編絡子，頭都沒抬，朝她揮了揮手。

鄭芳芳笑道：「大姊自去，我在這裡陪姊姊們玩。」

花園東邊是一片比較密集的屋舍，她們向那裡走去，來到一個大院子裡，直接進了正房。

鄭夫人帶著小閨女，一直等在東側屋。

鄭晶晶嘟著嘴，她不喜歡見客。

鄭夫人謝氏無奈地看了小女兒一眼，又嘆了一口氣。

大兒子不管不顧地跑去邊關，大女兒多數時間住在宜昌大長公主府，這些年來只有小女兒晶晶一直陪伴著她。

令她揪心的是，晶晶的眼疾越來越明顯，請遍了御醫和民間大夫都沒治好，晶晶也因為這個病不喜見人。她逐漸長大，懂事後更加自卑，再過幾年就要說親了，可怎麼辦？

後來聽說珍寶郡主的對眼被武襄伯府的二姑娘治好，她又有了希望。

她曾在桃花宴上見過江二姑娘，由於長相出眾，她至今還記得那個小模樣。雖然出了拉孟三公子落水那件事，但婷婷說，是羅家姑娘和蘇家姑娘使壞撞她的。

江意惜隨著鄭婷婷走過廳屋，去了東側屋。

羅漢床上坐著一位中年貴婦及一個六、七歲的小姑娘，小姑娘沒看她們，小腦袋斜向一邊。

鄭婷婷笑道：「娘，這位就是江二姑娘。」

江意惜屈膝道：「小女意惜見過鄭夫人。」

謝氏招手笑道：「好可人的姑娘。」

江意惜走上前去，謝氏拉著她的手，一個丫頭捧上一只錦盒當見面禮，水香上前接過。

謝氏指著旁邊的小姑娘說道：「這是我的小閨女晶晶。晶晶，叫姊姊。」

鄭晶晶看了江意惜一眼，又把小腦袋扭向一邊，沒搭理她。

江意惜知道，不是小姑娘對自己有敵意，是因為眼睛不好而自卑，她不以為意地笑笑。

鄭婷婷拉著妹妹的手，柔聲哄道：「珍寶郡主的眼睛比妳的還厲害，就是這位江二姊姊治好的呢！不信妳問問。」

鄭晶晶這才看向江意惜。

左眼睛在看她，而右眼好像在看另一邊，這的確是「斜視」無疑了。師父還起了另一個名，叫「指東打西」。

鄭晶晶眼裡先是閃過一絲驚喜，後又搖搖頭。「那麼多人都沒治好，我不信她能治得好。」

江意惜笑道：「在我看來，鄭三姑娘的眼疾不算嚴重，應該能治癒。」

這孩子的「斜視」算是比較嚴重的，牴觸情緒也很大。但經歷過對李珍寶的治療，江意惜完全有把握治好。為了讓孩子配合，她才如此說了。

鄭晶晶的眼裡一下子盛滿喜色，問道：「妳真的能治好？」之前的所有大夫，都沒有誰敢說一定能治好。

江意惜笑著點點頭。「前提是鄭三姑娘要配合，不怕扎針，不怕藥湯苦，還要堅持做按摩。」

鄭晶晶使勁點著小腦袋。只要能把眼睛治好，她什麼苦都能吃！

謝氏樂得合不攏嘴，笑道：「謝謝，伯母先謝謝妳了。我們府同孟府是世交，我家老太爺跟孟老國公是過命的交情，我大兒跟孟世子玩得好，孩子的堂叔更是孟老國公一手調教出來的……」拉拉雜雜，說了許多孟、鄭兩家的關係。「妳是辭墨的未婚妻，以後叫我伯母即可。」

江意惜先給小姑娘做按摩。這種按摩每天要做兩次，就教鄭晶晶的乳娘做。

她又開了幾副藥，說好每五天做一次針灸。今天沒帶銀針和灸條，明天再開始做針灸。

小姑娘不好出門，只得江意惜每五天來鄭府一次。

做完這些，江意惜告辭，同鄭婷婷一起出門。

出了正院，江意惜才小聲說道：「晶晶的眼疾比較嚴重，我說不嚴重是想給她希望，讓她配合治療。我也是第一次治斜視，能否完全治好我真的不敢說。不過，在晶晶面前，你們也必須說鼓勵的話，她還小，有希望才願意配合。」哪怕她覺得自己能治好，也要這麼說。

鄭婷婷點點頭。她就說嘛，所有來看診的人都說妹妹的眼疾嚴重，怎麼只有江姑娘說不嚴重？想到妹妹眼裡的希冀和願意扎針的承諾，她覺得這位江姑娘真的是冰雪聰明、玲瓏心肝。她使勁捏了捏江意惜的手，笑道：「謝謝江二姊姊。」又從丫頭手裡接過一個錦盒。「這是內務府做的珠花，伯祖母賞我的。」這是送手鏈的回禮。

江意惜道了謝，水香接過。

來到雪梅軒，幾個小姑娘還在低頭編絡子，時不時看看誰編的好。又玩了一陣後，才告辭各自回家。

送走客人，鄭婷婷回到正院悄悄跟謝氏說了江意惜的話。

謝氏雖然也有些失望，但江意惜的這種話更可信，也更讓她充滿希望。

鄭婷婷又問道：「娘，這次妳裝病，大哥就能調回京城嗎？」

謝氏嘆道：「這次不止大長公主、駙馬爺、妳祖父給妳堂叔施壓，我也讓人送了信去。

我就這麼一個嫡子，媳婦還沒找，總不能一直不讓那個逆子回來吧？當初妳堂叔那麼不聽話，還不是娶了媳婦才——」覺得說了不該說的，趕緊閉了嘴。

鄭婷婷眼裡閃著亮光，問道：「叔叔娶了媳婦才怎麼樣？娘繼續說啊！」

她偶爾會聽到一點大長公主的報怨，覺得叔叔不回京有不願意明說的原因。

謝氏皺眉嗔了她一眼，教訓道：「姑娘家家的，說些什麼話？早些回去陪大長公主，明兒早些來。晶晶第一次治病，妳要陪著她。」

鄭婷婷嘟了嘟嘴，只得起身離開。

回去的路上，江意惜看了鄭夫人的見面禮，是一支銜珠嵌寶赤金累絲鳳頭釵，上面嵌了六顆紅寶石、三顆藍寶石，嘴裡銜著的東珠有食指指腹那麼大。

這麼貴重。這可不是單單的見面禮，也是治鄭晶晶眼睛的謝禮。

江意惜頓時覺得鳳頭釵異常沈重。病還沒治好，謝禮就先送了。

她讓車夫拐個彎去藥堂，又買了一套銀針和艾條。

回到江府已經暮色四合，如意堂裡坐滿了人。

老太太笑問：「在鄭家，玩得還開心嗎？」

江意惜笑道：「嗯，很好玩，賞了梅，作了詩，還吃了烤肉……」

除了給鄭晶晶看病，江意惜都說了。聽說連崔次輔的嫡女崔文君都在，眾人豔羨不已。

江意惜又把珠花拿出來，送江意言、江意柔、江意珊各兩朵。

聽說是內務府製造的，都喜歡。只有江意言，眼裡閃過一絲喜色後，又是一臉嫌棄。

若不是為了給江意珊兩朵，江意惜根本不會拿出來給江意言。

晚飯後，老太太單獨把江意惜留下，江意惜才說了鄭家請她給鄭晶晶看病的事，又把鄭夫人送的見面禮給老太太看了。

老太太笑得極是開懷，鄭重說道：「一定要想辦法給鄭三姑娘把眼疾治好。那樣，妳三叔的前程就更好了。」

江意惜又囑咐老太太，萬不能把這件事傳出去。

老太太道：「當然不能傳出去，得罪了鄭家，對妳三叔前程不利。特別是不能讓周氏知道，她的嘴不牢靠。」

江意惜還沒進院子，就聽見啾啾的大嗓門。「江姑娘、江姑娘，花兒、花兒……」

江意惜走去啾啾面前笑道：「今天我去了你前主人的叔叔家……」

耳房裡的秦嬤嬤聽了，縫衣裳的手抖了一下，針扎在手指上，痛得她「哎喲」一聲。

水清心疼道：「娘，看看您，又把手扎出血了。您今天是怎麼了？都扎了十幾次手了！好了好了，您別做了，我自己慢慢做。」水清要給花花做幾件小衣裳，把母親叫來幫忙，可不知道母親今天是怎麼了，一直心不在焉的樣子。

秦嬤嬤沒理閨女的唸叨，走出屋笑道：「二姑娘冷了吧？快進屋暖和暖和。哎喲，姑娘如今越來越出息了，能跟貴女們一起作詩。不過，老奴聽說貴女的脾氣都不好，還愛使陰招，姑娘少跟她們來往，別再像上次那樣被坑了。」

江意惜笑道：「鄭大姑娘很好，爽利大氣，沒有歪心思。」

秦嬤嬤抖了抖嘴唇，不好再說。她一直以為自家姑娘家世低，不會跟豪門大戶有交集。後來姑娘跟孟世子訂親，她就擔心極了，今天姑娘居然還去了鄭家……

江意惜看出秦嬤嬤的緊張，知道她擔心自己，又笑道：「嬤嬤無須擔心，我吃過一次大虧，跟那些貴女打交道知道分寸。」

進了屋，又讓水香拿一條手鏈送去給江意柔。

江意柔十分喜歡，跑來問如何編。

次日辰時末，江意惜帶著水靈坐馬車去鄭少保府。

以後要經常去鄭府，不好說看病，只說鄭三姑娘身體不好，不能常出門，她喜歡江意惜，鄭夫人就請江意惜經常去鄭府玩，那些人愛信不信。

除了知道真相的老太太和江伯爺，江家其他人還真不信。

三夫人和江意柔樂極了，不管江意惜去鄭府做什麼，只要跟鄭府把關係搞好，她們都樂見其成。

江大夫人和江意言都不高興，氣江意惜這個孤女攀上了高枝，能經常去跟那些貴女玩。江大夫人想到自己私下得了那麼多銀子，江意惜將來的結果也不會好，便阻止了江意言去如意堂找老太太說理。

江意惜特地帶了一個奇特的小鴨子玩偶，拿去逗晶晶小姑娘開心。

這種玩偶是李珍寶畫出來，讓婆子做出來的。李珍寶編絡子、畫畫都好，但針線活慘不忍睹。學著縫針，不僅針腳不勻，經常扎手，還曾經把手上的布和自己的衣裳縫在一起。

李珍寶讓江意惜幫忙推出的兩樣小東西，就是不一樣的手鏈和不一樣的鴨子玩偶。

坐馬車到鄭少保府需要半個時辰，到達後，換乘小轎直接去了鄭晶晶的小院，鄭夫人和鄭婷婷都等在這裡。

江意惜給鄭夫人屈膝見了禮，就把小鴨子玩偶交給鄭晶晶。

小鴨子嫩黃，搧著一對小翅膀，翹翹的闊嘴張著，裡面還有一條鮮紅的舌頭。

鄭晶晶笑眯了眼。「呀，原來鴨子這麼可愛啊，跟圖上畫的不一樣呢！以後我再也不吃鴨子了。」她只看過圖上的鴨子和餐桌上的鴨子，還沒看過活的鴨子。

謝氏笑出了聲。「這鴨子玩偶可真俊！跟鴨子長得不一樣，但一眼就能看得出來是鴨子。」

江意惜笑道：「這是珍寶郡主教我做的，她想的東西都很精巧又稀奇古怪。」

謝氏瞥了一眼鄭婷婷手腕上的手鏈，嘖嘖讚道：「難怪太后娘娘和雍王爺那麼寵珍寶郡主，的確是冰雪聰明。讓針線房多做幾條，拿去給大長公主殿下瞧瞧。」

江意惜瞧了謝氏一眼，這才是精明人。傳到大長公主那裡，就會傳到太后娘娘那裡。太后娘娘高興，大長公主和鄭老少保就會高興。

鄭晶晶更喜歡江意惜了，不知道該怎麼誇她，就拉著她的袖子說：「江二姊姊很美呢，跟我大姊一樣美。」

江意惜理了理她前額的劉海。「晶晶也美，等到姊姊把妳的眼睛治好，就更美了，比我和妳大姊還美。」

鄭晶晶眼裡閃過驚喜。「不是騙我的？」

江意惜篤定地點頭。「當然不騙妳。」

趁小姑娘高興，開始給她施針。她哭了幾聲，又扭了幾扭，身子才老實下來。

施完針後施灸，再看著乳娘給她做按摩，已到了午時末。

謝氏母女留江意惜吃晌飯。

看見桌上有鴨子帶絲湯，鄭晶晶心疼得眼圈都紅了。

「那麼可愛的鴨子，怎麼能殺了……」

謝氏樂壞了，讓人把鴨子湯撤下，又讓人去廚房捉一隻真鴨子過來給鄭晶晶看。

江意惜走後，這件事迅速在鄭府傳開，連外院的鄭老少保都聽說了，還讓人把惹哭小孫女的小鴨子玩偶拿去給他看。
少保雖然是從一品，卻是虛銜。除了重要朝會和有事，鄭老大人平時不上朝。
他也樂了，鴨子還能做成這樣。都說珍寶郡主粗鄙潑辣，看來傳言不可全信。或許她潑辣是真，但心思靈巧通透，這樣的人不可能粗鄙。

回府後，江意惜直接去了如意堂，只有老太太一人在。
老太太笑著把江意惜招呼過去，指著炕几上的幾個錦盒笑道：「這是崔府送的，這是趙府送的，這是薛府送的。」
昨天江意惜送了那幾位姑娘手鏈，今天送回禮了。
老太太十分得意，崔次輔府、鄭少保府、常勝侯趙府、薛御史府都跟自家互贈禮物了。再加上之前的雍王府、文王府、成國公府，江家同時跟這麼多高門相交，自她嫁進江府以來還是第一次呢！江家兩代敗家沒落的命運，到自己這裡終於結束了？
江意惜把錦盒打開，都是姑娘們喜歡的小玩意兒，一小瓶自製茉莉香露、一柄漂亮團扇、一個精緻小香包。江意惜笑問：「祖母喜歡哪樣？」
老太太笑出了聲。「這些都是小娘子喜歡的東西，老婆子拿這做甚？妳留著玩。」
沒有利益衝突，又看到江意惜的未來可期，老太太還是非常慈祥的。

回了灼園，江意惜把江意柔叫過來，讓她挑一樣。
江意柔喜歡茉莉香露，江意惜就送給了她。
小姑娘很高興，拿出自己十分寶貝的水晶手串硬塞給江意惜。
直到屋裡沒人了，花花才喵喵告狀道：「江意言罵妳呢，江大巫婆說妳是秋後螞蚱，先讓妳蹦躂幾天！」
江意惜冷哼。「還不知道誰是秋後螞蚱呢？」

二月初九這天，江意惜再次去給鄭晶晶做針灸。
鄭晶晶迎出了屋。「江二姊姊，我一直等著妳呢！」
江意惜牽著她的小手走進屋，拿出一大盤玫瑰水晶糕。
點心漂亮，又有一股特殊的香味，小姑娘一下子吃了兩塊。
「好吃，比伯祖母給的御膳房的點心還香！」
謝氏和鄭婷婷也各吃了一塊後，謝氏不讓再吃，除了給小姑娘留下兩塊，鄭副統領兩塊，其餘都孝敬給老太爺和大長公主、老駙馬了。
大長公主府離鄭府很近，只隔了兩條街，讓人給他們送去。
吃得很高興的小姑娘自覺地趴去榻上，讓江意惜給她施針。
鄭婷婷笑道：「伯祖母非常喜歡那個小鴨子玩偶和手鏈，說小珍寶心靈手巧，江小姑娘也心靈手巧，更難得的是江小姑娘還會治眼疾。昨天，她老人家拿著小鴨子玩偶和手鏈進宮孝敬太后娘娘，太后娘娘極是喜歡呢！伯祖母說了，讓妳下個月去參加桃花宴，她老人家要賞妳。」

這是正式邀請自己參加桃花宴了？江意惜開心地答應，心裡卻一點都不想去見宜昌大長公主。她要什麼賞？她更不喜歡那鬼桃花宴。

當初，江意惜拉著孟辭羽掉下湖後，據江大夫人說，宜昌大長公主發了好大的脾氣，還把江大夫人叫去嚴厲斥責了一番，說江意惜不知廉恥，小小年紀就勾漢子，為了攀高枝攪了她辦的桃花宴！還派婆子專程過來江府斥責江意惜，只是那時江意惜昏迷中，婆子在門口斥責半天，她一句都沒聽到。

或許後來聽鄭婷婷說了實情，江意惜又拒絕了成國公夫婦為孟辭羽的求娶，大長公主才對江意惜的印象有所改變。

雖然宜昌大長公主罵自己是在不知情的情況下，江意惜還是不願意見大長公主。說她不知廉恥、勾漢子，多難聽啊！

這個想法江意惜當然不敢直說出來，一個是怕，一個是有所求。

江家長輩都希望她能透過鄭婷婷參加桃花宴，再把三個妹妹帶去。為了江意柔和江意珊，她也必須幫這個忙。

上年因為她落水，幾個妹妹都沒玩好，還受了不小的驚嚇。而且，這種花宴的確是相看別人或是被別人相看的好時機。

江意惜走的時候，謝氏送了兩隻香扒雞，說是他們府廚娘最拿手的一道菜，軟嫩脫骨，極得老人喜歡，每次大長公主和駙馬爺來作客，必會點這道菜。

聽說宜昌大長公主已經邀請江意惜參加下個月舉辦的桃花宴，別說老太太高興，連江大夫人都高興，到時幾個江家姑娘都能跟著一起去。

老太太和江大夫人、江三夫人開始商議著給幾位姑娘打首飾、做衣裳。

三夫人抿著嘴笑。上年江意惜送的那幾塊妝花緞，她已經領著江意柔去蘇雲閣繡坊請頂級繡娘做了兩套春衫，就是等著這個時候穿。

江意言也有大夫人私下準備的衣裳。

只有江意惜和江意珊穿針線房做的衣裳。江意珊是無法，江意惜是不想把自己打扮得太出眾。

鄭府送的香扒雞大受歡迎，老太太尤其喜歡，說比酒樓裡的燒雞好吃得多。江意惜覺得，老太太這麼喜歡，好吃是一個原因，最關鍵的是，這雞是鄭少保府指名送她的。

江意惜笑道：「祖母喜歡，以後我再討要。」

老太太笑眯了眼，假意嗔道：「妳去討要，人家還不得笑話老婆子嘴饞！」

眾人捧場地大笑幾聲。

宜昌大長公主邀請江意惜參加桃花宴，還會賞她的消息，像一陣春風，很快傳遍了全府。秦嬤嬤聽說後愁得要死，想著明天去一趟扈莊，跟吳大哥商量商量。

藉口當然好找，就說她想兒子秦林了。

江意惜聽說她明天要去扈莊，又連夜熬了補湯，分別送給孟老國公和李珍寶。還給李珍寶寫了封信，說了那兩樣東西如何招人喜歡。

次日一早，江洵和秦嬤嬤一起來了灼園，秦嬤嬤拿走補湯，江洵留在這裡吃早飯。看到越來越能幹的姊姊，江洵笑得眉目舒展。

秦嬤嬤到了扈莊，吳嬤嬤和吳有貴分別拿著湯去昭明庵和孟家莊。

秦嬤嬤悄聲跟吳大伯講了宜昌大長公主邀請江意惜去桃花宴，還要賞她的事。

「我擔心得覺都睡不著！姑娘才跟孟世子訂親，可不要那件事揭出來，親事也鬧黃了。」

吳大伯沈思片刻，低聲說道：「我覺得不會被人看出來。姑娘長得像姑奶奶多些，即使有那麼一點像那個人，可天下相像的人多了去，誰也不會往那方面想的。只要我們不說，誰都不會知道。反倒是妳，不要在姑娘面前露了馬腳。姑娘聰慧，不要別人沒發現，反讓姑娘生疑了。」

秦嬤嬤覺得是這個理，點了點頭，可依舊愁眉不展。
吳大伯又開解了她幾句。
吳有貴回來了，笑道：「正好老國公在孟家莊，他讓我告訴二姑娘，接到孟世子的信了，孟世子下個月初就能回京。」
幾人都高興起來。
吳嬤嬤從昭明庵回來，說珍寶郡主的病好多了，三月底就能出來。
秦嬤嬤帶回的兩個消息都令江意惜高興。
一晃到了二月底，又有兩件令江意惜高興的事。
一是鄭晶晶的眼睛有了些許好轉，哪怕不算很大，也讓鄭家人高興。二是那幾樣手鏈的編法和小鴨子玩偶在京城流傳開來，珍寶郡主心靈手巧的好名聲已經傳了出來。
這些傳言傳進了雍王爺耳裡，他開心極了。怎麼江小姑娘的話比他的話還好用？他賣命傳了那麼多年，反不如江小姑娘的幾句話和幾串手鏈、一個玩偶。
他賞了江意惜兩小罐徽州雲山瓜片，讓婆子特地給江府送去。
孫子李奇聽說了，吵著要去姨姨家吃糕糕，看花花和啾啾。
正鬧著，文王領著閨女李嬙來了。
文王解禁，近段時間不敢去戲園子看戲，雍王府的戲班不錯，在京城非常有名，就找來了。文王自家也有個戲班，但他不願意天天只聽自家戲班的戲。

雍王看看傻姪子留了一條疤的前額，覺得他不僅癡情，還腦子壞了。一個外面的戲子怎麼能當側妃？當皇子的侍妾都不行！也難怪皇上哥哥幾次動手打人，恨不得打死他。

雍王取笑道：「咱們皇家還出了個癡情種，難得啊！」

文王摸了摸前額，呵呵笑道：「彩雲卿雖然是伶人，但她有情有義，心腸好。」

雍王很想說「你說反了，戲子無情」之類的話，看看孫子和姪孫女在場，又忍住了。

李嬌聽李奇說想看的貓貓也叫花花，居然是她曾經看到的那隻貓貓，且姨姨家還有一隻很會說話的鳥兒，當下也鬧著要去。

雍王就讓下人帶著兩個孩子，跟隨那個送茶葉的婆子和一群護衛去了武襄伯府。

李奇、李嬌兩個孩子和婆子被直接請到了如意堂。

面對兩個小貴客，江老太太喜極，連連請上座。

李奇嘟嘴道：「我們不坐，我們要見江姨，要看花花和啾啾。」

李嬌也點著小腦袋。

老太太只知道啾啾是鸚鵡，不知道花花是誰，笑道：「好，這就讓人去叫。」她可不願意兩個小貴人去灼園。

雍王府的婆子又把茶葉呈上。「這是我家王爺賞江二姑娘的……」笑著說了珍寶郡主的名聲如何好，雍王爺如何高興。

聽說如意堂來了兩位小貴人，江家主子都來了。

江意惜聽說雍王府的小世孫和文王府的小郡主來了，還指名道姓要看啾啾和花花。她知道，若是把兩個小東西都帶去，老太太肯定不會放他們來灼園玩，那兩個孩子也玩不好，就悄聲跟花花說了一句話，接著花花一下子就躥上了房頂，無論江意惜和水清怎麼勸都不下來，江意惜只得帶著拎了啾啾的水清去了如意堂。

啾啾一見人多就興奮，跳著腳叫道：「扎針針、吃肉肉！花兒、花兒！所謂佳人，北方有佳人……」

逗得眾人哄堂大笑，老太太的眼淚都笑出來了。

兩個孩子也是笑得前仰後合，圍著啾啾逗。

老太太讓江意惜把兩罐茶葉拿回去，她再想要，也不好意思當著外人的面扣下一罐。

江意惜當然看出了老太太的心思，很上道地孝敬了她一罐。

兩個孩子逗了一會兒啾啾，又吵著要花花。

啾啾自覺被怠慢，又開始罵人。「壞人！臭花花！滾，軍棍侍候！」

變成了男人的聲音，眾人笑得更歡。

江意惜戳了牠的小腦袋一下。「不許罵人。」又對兩個孩子笑道：「花花待在房頂上不下來。」

兩個孩子都翹起了嘴。

老太太只得說道：「帶著他們去灼園玩吧。」

江意惜便一手牽一個孩子，給江意柔使了個眼色，一起去了灼園。

江意言見江意柔去了，也想跟去，掙扎了半天，還是好強戰勝好奇，不屑去。

花花正蹲在房頂望天，見小奇奇和小嬌嬌來了，一下子從房頂跳了下來。

相較於淘氣的小男娃，花花更喜歡香香軟軟的小女娃。牠給李嬌作揖、抱她的腿、舔她的手，樂得李嬌見牙不見眼。

「花花好乖，比哈哈還乖……」哈哈是文王妃的狗。

李奇極為不忿，罵花花是「花心大蘿蔔」，這種話當然是跟他小姑姑李珍寶學的。

李嬌抱起花花，可花花有些重，大概八、九斤，她只得把花花放在榻上摸。小姑娘手很輕，花花舒坦得直哼哼。她也不願意冷落在罵人的啾啾，讓人把鳥籠拿上榻，時不時就跟啾啾說兩句。

李奇表達了想吃玫瑰糕糕的想法。

此時沒有做玫瑰水晶糕的食材，正好有一些杏花酥。這些杏花酥是江意惜留給自己和江洵吃的，用的糖經過了特殊處理，口味非常好，對身體更好。

江意惜拿出來招待他們，兩個孩子都愛吃。

有了好吃的，李奇就顧不得玩了。

李嬌則是自己吃一口，再餵一點給花花和啾啾。

一貓一鳥也屬於「隔鍋香」，自家人餵牠們，感覺一般，李嬌一餵，就覺得香得上了天，一個不停地甩尾巴，一個不停地跳腳喊「花兒」。

申時末，乳娘提醒道：「天兒晚了，郡主和哥兒該回了。」見小主子翹起了嘴，又哄道：「聽話，以後還能出來玩。不聽話，以後王爺就不允了。」

兩個孩子只得回去。

李奇不見外，對江意惜說道：「姨姨，妳家糕糕好乇，我祖父和爹爹都喜歡。」然後用「妳懂得」的眼神看她。

李嬌也趕緊道：「我父王也喜歡！」臉紅了，還有些不好意思。

江意惜只得把剩下的杏花酥一人給他們分一半，還剩一塊，給誰都不好，就留盤子裡。

李奇見了，拿起來掰成兩半，他和李嬌一家一半，還笑道：「姨姨再做。」

李嬌看了一眼望著她的花花，問道：「我以後還能來跟花花一起玩嗎？」

江意惜笑道：「當然能了。」又補充道：「只要妳父王和母妃同意。」

李嬌很想說「母妃不管我，只要父王同意便可」，但還是聰明地沒說出來。

三月初一上午，宜昌大長公主府桃花宴的帖子便送到了江府。江家四位姑娘的名字都在上面，請她們三月初十去宜昌大長公主府參加桃花宴。

老太太笑瞇了眼，覺得大長公主府的人就是會辦事。

幾位姑娘又開始說穿什麼衣裳、戴什麼首飾，連高傲的江意言都說了幾句。

下晌，吳嬤嬤突然來了灼園。

吳嬤嬤眉眼帶笑，悄聲稟報道：「姑娘，孟世子回來了！他的眼睛好了，能看到了！」

江意惜喜極，問道：「他瘦了嗎？」

吳嬤嬤道：「我也沒看到孟世子，是連山管事來說的。說是孟世子回來的消息還保密著，現在住在孟家莊，想見見姑娘。」她又笑看了一眼水香，低聲道：「或許是趕路辛苦，連山管事瘦多了。」

水香紅了臉。

江意惜便起身，去如意堂跟老太太告假。

今天是初一，初五要給鄭晶晶針灸。明天去莊子，可以在那裡住兩天。她早就想去扈莊了，現在正是花兒長勢最旺的時候，她想去給花兒澆些「肥」。

老太太午歇剛起來。

江意惜說道：「祖母，吳嬤嬤從莊子過來了，說珍寶郡主的身體好些了，雖然不能出屋，但能走路、能說話。她想我了，讓我去看看她，我想著明天去扈莊住兩天。」

珍寶郡主想江意惜，老太太當然不能攔了。「去吧，住兩天就回來，不能耽擱給鄭三姑娘看病。」

次日卯時末，江意惜就帶著吳嬤嬤、水香、水靈和花花、啾啾坐著吳有貴趕的騾車，向城門駛去。

馬車一出城，江意惜的心情更加雀躍。草長鶯飛，野花遍地，麥田裡綠浪滾滾，遠處山上綠意盎然。郊外的春天，遠比城裡更肆意。

巳時末到了扈莊。花花一見大山就興奮，沒等馬車停下，就從車窗裡跳出去，往孟家莊狂奔。牠想大山，更想孟辭墨，先去見孟辭墨一面再進山。江意惜已經跟牠說好，明天晚上必須回來。

吳大伯喜得趕緊讓吳有貴去請孟辭墨。

吳有富媳婦賀氏已經出懷，給江意惜說準備了什麼食材。

她也知道孟辭墨喜歡吃什麼，準備的都是孟辭墨喜歡的。

江意惜去廚房看了一圈，假意嚐了嚐滷鍋裡的味，趁人不注意時，從袖籠裡取出裝糖和鹽的小瓷瓶，加了一點料進去，然後才進屋梳洗，又補了妝。

她沒讓水香服侍，還隱晦地說：「妳頭髮亂了，衣裳也髒了，去拾掇拾掇。」

水香紅了臉，還是回自己小屋梳洗。

江意惜收拾好後，先去西耳房給江辰和扈氏的牌位上了香。

大門響起來，接著是吳大伯的大嗓門——

「來了、來了！」

吳大伯把院門打開，斗笠壓得低低的孟連山趕著馬車進來後，他再把院門插上。

孟辭墨從馬車上面下來。當初即使能看見，他也沒敢仔細看外院，此時他環視了一圈，才向垂花門快步走去。

正房門口站了一位姑娘。姑娘美麗明豔，秋波似水，正殷殷地看著他。

一別幾月，終於又看到這如花容顏。這一次，他能大大方方地看。

她穿著雨過天青色繡花半臂，淡粉色中衣和同色長裙，頭上戴了支鳳頭釵，正是離別之前他送她的。

「惜惜。」孟辭墨輕喚一聲，進了垂花門。

江意惜也迎上前幾步。

那雙眸子明亮得如夏夜中的星辰，炯炯有神地望著她。如瓷片一樣光滑粉嫩的嘴唇衝她笑著，溫暖和煦得似能把寒冰融化。

糾纏了她兩世的那個惡夢，永遠一去不復返了。

江意惜的眼裡湧上一層水霧，水霧氤氳中，那個身影越走越近。

兩個人相距兩步的時候，都不好意思再邁出一步。

孟辭墨又喚了一聲。「惜惜。」

江意惜輕聲笑道：「孟大哥回來了，眼睛好了？」

「好了。能看見妳、護著妳了……」孟辭墨知道外院有一群下人看著他們，不好意思再說話，率先向西廂房走去。

江意惜跟進去，沒有關門。

丫頭都識趣地沒進去倒茶。

孟連山站在垂花門口，不知該不該進內院。

吳大伯當然不能讓主子和孟世子兩人單獨在內院，便把孟連山請去了東廂。

孟辭墨走過廳屋，直接去了之前針灸的南屋，在圓桌前坐下。

江意惜把茶盅放在他面前的桌上，剛要縮回手，就被孟辭墨抓住。

孟辭墨先看了十指蔻丹，如珍珠般瑩潤飽滿。再把手心翻過來，手心粉紅細嫩，上面有幾條淺淺的掌紋。

江意惜不好意思再由他握著，紅著臉想縮回手。

孟辭墨抓得更緊，輕聲道：「別，再讓我看看。」他又抬起頭來看江意惜的臉。

杏眼水潤，小臉酡紅，如俏生生的花朵。孟辭墨再也忍不住，站起身把江意惜擁進懷裡。聞著誘人的馨香，感受著柔軟的身體，孟辭墨心跳過速，呼吸更沈。長這麼大，他是第一次如此貼近一個姑娘。他感覺到自己身體有所變化，嚇得趕緊把身子向後移了一點。

江意惜的臉埋在他的頸窩處，堅實的肩膀和溫暖的懷抱讓她捨不得推開。低沈的聲音在她耳邊響起，溫柔的氣息吹得她耳朵發癢。

「想我嗎？」

江意惜很誠實地回答。「想。」

孟辭墨悶笑兩聲，用側臉輕蹭著她的頭髮。「我也想妳，想妳的聲音、想妳的笑、想妳的指尖……有一次我睡著了，感覺有指尖在我頭上移動，我以為我又來了扈莊，妳在給我做按摩。我高興地睜開眼睛，卻原來是一隻蜘蛛在我臉上爬。我失望得不行，卻還是捨不得馬上把蜘蛛拍開，在牠要爬進我嘴裡時，才把牠撥開……」

江意惜笑出了聲。她抬起頭，伸出手，指尖在他眉毛上、臉上、鼻梁上、嘴上輕輕游移著。

日思夜想的臉就在眼前，孟辭墨低下頭，親在她的唇上。嘴唇濕潤、溫暖，如花瓣一樣滑嫩香甜……

不知過了多久，外面傳來吳大伯招呼水香進去續茶的聲音，孟辭墨和江意惜才嚇得清醒過來，趕緊鬆開手，各自後退一步。

兩人同時向窗外看去，還好小窗只隙了條小縫，外面即使有人路過也看不到裡頭。

江意惜的臉更紅了，低頭坐去桌前。

孟辭墨也坐下拿起茶盅，先聞了聞再啜一口，極為享受的樣子。「好茶。在外面的幾個月，我不僅想妳，還想妳做的飯、沏的茶。」

看到他的嘴唇染了自己的口脂，還一本正經地品著茶，江意惜又輕笑出聲，欠身用帕子把他的嘴唇擦乾淨。
孟辭墨也伸出手，把江意惜抹在嘴唇外的口脂擦淨。
互相收拾善後，兩人相視一笑，低下頭。
片刻後，孟辭墨抬頭問道：「這些日子，妳在家裡還好嗎？」
江意惜說道：「我很好。你呢，出去還順利嗎？」
說到正事，孟辭墨的表情嚴肅下來，脊背也不自覺挺直了。
「我出去的這幾個月，收穫頗豐。孟頂山那個雜種，真的是奸細，我落馬就是他搞的鬼！只是牙太硬，沒撬出多少值價的大料。但即使這樣，我爹也夠喝一壺的了，因為他是我爹給我的，我祖父氣得要命，肯定會好好收拾我爹。我還找到了我姊之前的乳娘林嬤嬤，妳一定想不到，我娘還沒死，我爹跟付氏就有了首尾，兩次。那對……」到底沒好把「狗男女」罵出口。孟辭墨氣得頓了頓，才又道：「付氏人前端莊賢慧，實際上就是個不要臉的蕩婦！哼，以後她敢折騰妳，咱們就拿她的把柄折騰她！另外，我出京前跟平王的人聯繫上，幫他辦了兩件事。五天前回京，先去見了平王。」
給平王辦了什麼事他沒說，不過，他私下站隊平王已經旗幟鮮明，孟老國公知道長孫的態度而沒有阻止，說明他也傾向了平王。
江意惜最關注的還是付氏。付氏漂亮嫵媚，可跟「二曲」之一的曲氏比還是差了一截。她之所以打敗曲氏憑的不是美貌，更不可能是賢慧，那就一定是「妖嬈」本性嘍？偏偏成國公就喜歡那一口。

前世，付氏看江意惜的眼神都是冰冷且充滿鄙夷的，連江意惜自己都覺得拉男人落水不體面，付氏恨她有理由。而且付氏純潔得像湖裡的白蓮花，所以才更不待見不自愛的女人。

沒想到，真正不要臉、不自愛的人是付氏！

江意惜忍不住罵了一句。「壞女人，如此不自愛，偏還裝得一本正經！」

第十六章

東廂裡，吳大伯跟孟連山說了幾句話後，要去上茅房，便叫水香進來給客人續茶。他不知道，自己的一嗓子叫笑了廚房裡的人，還叫停了西廂屋裡的旖旎。

水香正在廚房忙碌，聽到吳大伯的叫聲瞬間紅了臉，裝作沒聽見。

水珠等人笑著打趣著水香。

吳嬤嬤笑道：「快去吧，莫怠慢了客人。」

水香聽了，才紅著臉把手擦淨走出去。

水香一進東廂，孟連山就起身從懷裡取出一個荷包，紅著黑臉遞給她。

「送水香姑娘。這是我在蜀地買的蜀繡帕子和珠簪，很、很別緻好看。」

孟連山挺憂傷的，主子給江姑娘買東西能大大方方地買，還能大大方方地送，而自己，要偷偷摸摸買，還要偷偷摸摸送。

不過，他比東山大哥、青山、高山都幸運，姑娘是自己看上的，東山大哥的媳婦是主子指的。他還能給喜歡的姑娘送東西，而青山、高山喜歡的姑娘還不知道在哪個犄角旮旯呢！

水香紅著臉接過荷包，鼓足勇氣問道：「連山大哥在外面還好嗎？」

聞言，孟連山咧著大嘴樂起來。「好，比在邊關打仗輕省多了。」

水香續滿茶水後，從懷裡取出一個荷包放在桌上，就紅著臉跑了出去。看不到姑娘的影子了，孟連山才反應過來桌上的荷包是姑娘送自己的。

他拿起荷包看，緞面，藍底鑲著黑邊，繡著幾竿青竹、一叢紅花。放在鼻下聞聞，泛著隱隱幽香。荷包裡還裝了一條帕子，帕子上繡了三片碧色荷葉、兩朵粉紅色並蒂蓮。

孟連山笑眯了眼，翻過來、倒過去地看。

直到吳大伯的腳步聲傳來，他才趕緊把荷包塞進懷裡，坐去桌邊喝茶。

水香先去自己屋裡拿出荷包裡的東西看了又看，才鎖進箱子裡，回去廚房幫忙。

該給鍋包肉和糖醋魚備料了，這兩樣菜是姑娘最拿手的，吳嬤嬤不敢輕意做，她讓水靈去問姑娘。

水靈坐在灶口前燒火，嘟囔地說：「我知道，妳們都當我憨，這些會讓孟世子不高興的事盡讓我去做。」

吳嬤嬤幾人都笑起來。

水珠笑道：「水靈的心眼越來越多了！傻妹子，吳嬤嬤對妳有多好，我們都看出來了，妳還沒看出來嗎？不好的事，她肯定不會讓妳做。」

水靈想想也是，便站起身走到垂花門口。

內院裡靜極了，連聒噪的啾啾都噤了聲，只偶爾從東廂傳來兩聲吳大伯和孟連山的低語，西廂裡連聲音都沒傳出來。

水靈終於明白什麼叫「悄悄話」了，就是說得再多，別人都聽不見。

她不想叫他們，又怕吳嬤嬤和吳大嫂把孟世子最喜歡吃的菜做壞了，只得硬著頭皮喊道：「姑娘，吳嬤嬤問您，鍋包肉和糖醋魚是不是您親手做？」

江意惜答道：「要做。」

孟辭墨笑道：「我祖父想吃妳做的菜，會來吃晌飯。」

江意惜便去了廚房。

孟辭墨走出西廂，站在廊下看滿園春色。芬芳馥郁、花團錦簇，這裡的花似乎比孟家莊的花還要茂盛豔麗。祖父稀罕惜惜的原因之一，還有這一手侍弄花草的本事。

孟連山和吳大伯見孟辭墨出來了，也從東廂出來，孟連山來到主子身邊，吳大伯躬躬身去了外院。

孟辭墨看了孟連山一眼，臉色微沉。

孟連山一個哆嗦，覺得自己幹了壞事被當場逮到一樣。

孟辭墨皺眉道：「男大當婚，女大當嫁，挺正常的事，偏你搞得鬼鬼祟祟！」他剛才聽江意惜說了孟連山和水香的事。他原先還納悶，為什麼自己去繡坊、銀樓買東西，出來後，孟連山都會說好像有東西丟了要回去找，卻原來是跑回去給姑娘買東西了。

本來今天孟辭墨是讓孟東山陪著過來的，想讓惜惜見見他。不知孟連山想了什麼辦法，代替孟東山來了。

孟連山的臉一下子脹得通紅，結巴道：「世、世、世子爺不怪我？」

「這是好事，怪你做甚？江姑娘也覺得水香嫁給你不錯。」聲音冷清，眼裡卻沒有惱色。見孟連山臊得滿臉通紅、手足無措，搖頭笑道：「羞成這樣，連姑娘都不如，虧你跟了我這麼久。」

孟連山知道主子這是同意他和水香姑娘的事了！他哈哈笑了幾聲，又一跳老高，跑出垂花門。

他來到廚房門口，先看了一眼正忙碌的水香，然後對江意惜笑道：「謝謝江姑娘！」說完，給江意惜躬了躬身，直起身後，又看了一眼水香，便又扭身跑進垂花門。

除了江意惜，另幾個人都莫名其妙。

江意惜笑著解釋道：「我跟孟大哥說了連山大哥和水香的事，孟大哥也同意了。」

廚房裡又傳來吳嬤嬤等人的笑聲和恭賀聲。

江意惜幾人正笑著，門又響起來，是孟老國公和孟中、孟里來了。

江意惜趕緊把手擦乾淨，出去給老爺子見禮。

老爺子笑看了幾眼江意惜，進了垂花門，結果被庭院裡的花色驚詫到，這裡的花居然長得比他園子裡的花還繁茂！要知道，當初還是他教江小姑娘侍弄花草的！這或許就是她與花有緣吧？

老爺子對孟中說道：「回府後記得提醒我，辭墨的院子要擴大。以後我長住府裡，要把孟家莊的一些珍品搬回府，放一部分去辭墨那裡，讓江小姑娘幫我養。」

孟中躬身應是。

江意惜紅著臉低下頭，孟辭墨則笑得燦爛。

眾人說完話，才聽到籠子裡的啾啾在罵人——

「壞人、壞人！滾，出去，軍棍侍候！」

聲音極其幽怨，似要哭出來。

老爺子哈哈大笑。「這是鄭吉的聲音！話說得那麼幼稚，老頭子我像是又回到了他穿開襠褲要糖的時候……」

孟辭墨和孟中幾人樂出了聲。

江意惜見啾啾頭上的毛都立了起來，眼睛瞪得溜圓，知道此時牠是真生氣了，趕緊給眾人搖搖頭，意思是不能再取笑牠。孟辭墨一來，小傢伙就拚命說著好聽的話，但那時誰都沒注意牠，也沒搭理牠，於是牠不高興了。江意惜趕緊拿了些牠愛吃的滷雞蛋黃和堅果哄牠。

老國公低聲跟孟辭墨說：「剛剛得到消息，鄭玉調回京城了。」

孟辭墨雙眉一挑。「鄭玉要回來了？他會去哪裡？」

老國公道：「應該是御林軍。」

兩人對視一眼。

孟辭墨的嘴角勾了勾。鄭玉去了御林軍，自己若是再去了五團營，許多事就好辦多了。

江意惜把啾啾哄好，飯菜也擺上了桌。

孟家祖孫依然在西廂吃；孟中和孟連山幾個下人由吳大伯陪著在東廂吃；江意惜一個人在上房吃。

孟辭墨給她帶的禮物已經拿了進來，是蜀地產的首飾、胭脂水粉、梳篦、竹枕、團扇，裝了一大盒子。另外還有一套筆墨紙硯，是給江洵的。

東西不多，但精巧漂亮，江意惜尤其喜歡那對竹枕和繡了雙面蜀繡的團扇。

飯後，祖孫兩個都沒走。

老爺子閒不住，同江意惜一起坐在院子裡拾掇花草。

孟辭墨一個人站在窗前，視線隨著那個麗影移動而移動。在他眼裡，那個麗影比所有的花都美。

次日，江意惜同吳嬤嬤、水珠幾人一起烤點心，又煲了一罐菌湯。

今天孟辭墨不會來，他又出去辦事了，兩天後直接回京城。

吳嬤嬤婆媳和水珠開著水香的玩笑，羞得水香躲進屋裡不好意思出來。

上午巳時烤好點心，讓吳有富送兩盒給孟老國公，江意惜則帶著拿點心、菌湯的水靈和吳有貴去了昭明庵。

阡陌小路彎彎曲曲，地裡的麥子綠流滾滾，忙碌的鄉人跟吳有貴打著招呼，遠處群山連綿，樹林那邊的飛簷翹角依稀可見。

再次走上這條小路，江意惜覺得心曠神怡。她喜歡莊子裡的生活，就如喜歡這溫暖、自由又帶著香氣的春風。只一樣，病殃殃的小珍寶讓她心疼。

來到昭明庵，香客依然很多，他們直接去了李珍寶的禪院。

柴嬤嬤和賀嬤嬤站在外面侍候，見江意惜來了，還拿了這麼多吃食，都笑彎了眼。

柴嬤嬤悄聲道：「節食小師父也極想江姑娘呢！江姑娘稍候，蒼寂住持正在給節食小師父針灸，針灸後要泡藥湯。等蒼寂住持針灸完我問問她，看節食小師父泡了藥湯後能不能見客？」還自作主張說送蒼寂住持一盒素點。郡主說，江姑娘做的素點，王府廚子都趕不上！

江意惜答應了，先去大殿燒香拜佛。

等到吃完齋飯再去小禪院，李珍寶正在泡藥湯。

柴嬤嬤笑道：「蒼寂住持同意節食小師父見客兩刻鐘，只是要等到申時後，江姑娘請先去廂房坐坐。」

江意惜笑道：「我看花園裡的杏花開得正好，去那裡看看再回來。」

等到申時，江意惜隨著素味進了禪房。

李珍寶斜靠在羅漢床上，濕漉漉的頭髮垂下，臉色蒼白，比之前瘦了，長高了一截，五官也長開了一些，眼裡含著笑意，嘴卻要哭不哭地癟著。

江意惜上前幾步拉著她的手，說道：「珍寶，終於又看見妳了，妳長高了。」

「江二姊姊，我好想妳。」

「我也想妳……」江意惜坐在她旁邊。

李珍寶的頭枕在江意惜腿上，急不可待地訴起了苦。「姊姊，我好難受，感覺這幾個月暗無天日，真想一死了之……可又不能死。我捨不得父王，他對我極好；還有皇祖母，我知道她對我有多好；還有大哥、奇奇……日子太難熬了，我就想想我和姊姊在一起的快樂時光，姊姊讓我知道我也能這麼快樂，只要堅持下去，度過劫難，將來的日子都會這麼好。真的，我們在一起的日子是我有生之年最快樂的……」聲音變輕。「前世都不曾有過……」

前世，她心裡裝的都是對父母的恨和怨，想最多的是如何氣他們、如何叛逆。她不討長輩和老師的喜歡，沒有一個真朋友。有討好她的同學，不過是想跟著她蹭吃蹭喝，甚至挑唆她做不好的事……只有爸爸對她好，這還是在死之前她才想明白的。

那十七年，她有美貌，有愛她的爸爸，生活在科技高度發達的現代社會，卻活得渾渾噩噩，連笑都是假的。

這一世她終於知道親人的可貴，慶幸的是還有這麼多真心喜歡她的親人，甚至喜歡得不同尋常。但是，他們並不瞭解她，她說的話他們都當是孩子話，只有江二姊姊懂她。她的心裡話，也只願意跟江二姊姊說。

江意惜用手輕輕抹著她的背，聽她低低絮語，等她說完了，才說道：「珍寶勇敢，最黑暗的日子挺過去了，就是光明。有那麼多事等著妳去做呢，妳要快些好。喔，還有那個不一樣又有趣的良人，正等著妳去找他呢！」

李珍寶笑出了聲。「不是我去找他，是他來找我。」臉又皺了起來。「唉，我到現在還沒來月信，急死人了……」

「節食小師父！」柴嬤嬤不得不制止這個話題，嗓門都不自覺粗了起來。其實她也很憂心，郡主的身體不好，從小到大都泡在藥湯裡，不知何時才能長大成人？可這種事再著急也不能當眾說出來啊，羞人！

江意惜笑著點了點李珍寶的蒜頭鼻，又說了把那兩樣東西給了誰、如何傳出去。還特地說到把小鴨子玩偶送給鄭晶晶後，小姑娘覺得鴨子太可愛，再也不吃鴨子的事。

李珍寶聽得眼睛亮晶晶的。她也聽父王和哥哥講過如今京城對她的傳言，卻沒有這麼詳細。

兩人似乎才說沒幾句話，柴嬤嬤就說時間到了。

江意惜儘管不捨，還是不敢逗留。

李珍寶說道：「蒼寂住持說，我身體恢復得不錯，比往年都好，這個月底就能出禪房，五、六月可以回京。江二姊姊，我能參加妳的婚禮，高興吧？唉，可惜這裡不興伴娘。」

江意惜也替她高興，說道：「月底我再回扈莊一趟，給妳做好吃的，妳過來玩。」

李珍寶喜道：「我饞韭菜炒蛋、香椿炒蛋、滷蛋、蒸蛋、鹹鴨蛋……」
素味趕緊悄聲提醒李珍寶。「節食小師父，這裡是庵堂，不能說那些東西。」
李珍寶不情願地閉了嘴。
江意惜對著她的耳朵悄聲笑道：「放心，我會給妳做的更多！」
江意惜出了禪房，柴嬤嬤又送上兩食盒王府廚子做的素點。
回到家時，花花還沒回來。

小傢伙是在次日凌晨回來的，江意惜氣得戳了幾下牠的小腦袋，讓丫頭起來給牠洗澡。
早飯後，江意惜等人回了京城江府。
未時初到家，江意惜先把素點心和在村裡收的野味拿去如意堂，跟老太太說了幾句李珍寶的情況及月底會再去扈莊，才回灼園。
她剛洗漱完，江意柔就來了。
江意柔拿著一支嵌玉金釵、幾朵珠花，是府裡統一給姑娘們參加桃花宴買的首飾，她幫著把江意惜的領了。
「昨天大嫂買回來的。我看有一支很特別，是蓮花型，玉雕花也要大一些，但三姊第一個搶走了。哼，她們一定是先說好的！」
江意惜笑道：「就江意言，頭上頂顆夜明珠也沒人稀罕。」

江意柔一想也是，胸中的鬱氣才散去。

次日，江意惜按時去了鄭府，還給他們帶了一些在鄉下收的山貨。

鄭晶晶小姑娘有自信多了，拉著江意惜的袖子說：「我娘說，等到明年，我就能去參加桃花宴了！」

江意惜笑道：「不用等到明年，今年夏天的荷花宴妳就能參加。」

小姑娘美得不行，又拉著鄭夫人的袖子撒嬌道：「娘，妳聽到沒有？趕緊給我準備漂亮的夏衫，我還要在眉心處點顆朱砂痣！」

鄭夫人樂得一迭聲地答應。

針灸完，吃完晌飯，鄭婷婷把江意惜拉去了她的院子。

她拿出兩套春衣笑道：「這是我娘讓府裡針線房給江二姊姊做的，別嫌棄。」

一套是淺碧色提花褙子，配鵝黃色印花絲羅披帛、月白色馬面紗裙；一套是紅色繡花半臂、白色繡花中衣，配淺粉色百褶長裙。面料都是錦緞、妝花羅之類的，極是華麗好看。

鄭婷婷沒有明說這是為江意惜參加桃花宴所備。若江府的衣裳她不滿意，可以穿鄭府的；若江府的衣裳她滿意，這兩套衣裳可以平時穿。

江意惜知道她們的好意，道了謝，笑道：「衣裳真漂亮，我很喜歡。不過，唉，妳也知道上年我在桃花宴上出的事……」她不願意打扮得過於出挑。

鄭婷婷說道：「羅依和蘇梅上次做的確實過分，我娘讓我少跟這些心思不好的小娘子玩，我都不理她們了。還有崔姊姊、趙妹妹、薛妹妹，我也跟她們說好了，只跟妳玩……」她又不好意思地看了兩眼江意惜，拉著她的手說道：「江二姊姊，是我不好，之前我跟羅依玩得好，沒馬上把她們的事告訴伯祖母，讓妳受委屈了。後來我說了，伯祖母和嬸子都說錯怪妳了，妳是好孩子。我伯祖母特別不高興羅依和蘇梅，罵她們揣了那要不得的壞心思，害了妳，還把她老人家的桃花宴攪壞了。」

江意惜笑道：「我感謝妳還來不及，怎麼會怪？若不是妳仗義執言，我還頂著那麼大的罪過，讓大長公主不喜呢！」

鄭婷婷笑道：「我伯祖母看著威嚴，其實最最和善。只是，唉，吉叔守邊，鮮少回家，她老人家膝下只有璟弟，嬸子身體又不好，家裡冷清，伯祖母就愛找些事打發時間。每年的桃花宴是她最看重的事之一，被攪壞了，心裡有氣，才讓人去訓斥妳……呵呵，她現在不僅不怪妳，還說妳聰慧，要賞妳呢！」

江意惜聽孟辭墨說過，鄭吉的獨子鄭璟今年十四歲，在上國子監。鄭吉的夫人何氏身體不太好，鮮少出門。宜昌大長公主思念兒子，常常哭泣，還因此罵過孟老國公，也沒少求皇上強制把鄭吉調回來。

但鄭吉是繼孟老國公之後最厲害的大將，比他叔叔鄭老少保還強得多，他願意守邊，皇上巴不得，怎麼可能強行把他調回來？

雖然解釋清楚了，江意惜還是打定主意不穿這兩套衣裳去桃花宴。一是她不會搶江家另三位姑娘的風頭，尤其是江意柔的；另一個是不願意礙某些人的眼。

好料子孟家祖孫和李珍寶也沒少送，她只做了幾套衣裳在家穿。重活一世，那些屬於小娘子的虛榮心和好勝心早沒了。

兩人說笑一陣，江意惜才回家。

江意柔特別喜歡鄭府送給江意惜的那條絲羅披帛，讓丫頭把三夫人請來商量。那是貢品，繡坊肯定沒有，但可以買顏色和花色類似的面料回來做。

這是鄭府送的成品，江意惜不好送給江意柔。

江意惜也特別希望江意柔能在這次桃花宴上被哪家人看上，錯開前世的那家人。

參加桃花宴的貴婦人，不僅要為自己的兒子、閨女尋摸好人選，也會為姪子、姪女或關係好的族親尋摸。江意柔的出身不太可能嫁進高門大戶當嫡子媳婦，但有可能當庶子媳婦，或是族親媳婦。三老爺夫婦愛女心切，不會願意讓她當庶子媳婦，怕婆婆苛待，寧願她嫁去仕途較好的族親家裡。

幾人說笑一陣後，去了如意堂。

江大夫人已經在那裡了，正跟老太太說得高興。

老太太向江意惜招手道：「喏，妳的田地跟莊子置辦好了。五千兩銀子，買了八百畝地，以及一個帶湖和梅園的莊子，很不錯。這書契是妳的了，妳好好收著。」

江大夫人沒想到老太太這時候就把書契給了江意惜，卻也不好說反對的話。

江意惜接過書契看了一眼，八百畝「地」共四千八百兩銀子，一個莊子一百八十兩銀子。書契跟前世一模一樣，卻跟吳大伯實地看的不一樣。

江大夫人又笑道：「還剩下二十兩銀子，管事去衙門辦事花了十五兩，剩下五兩賞給管事，跑了那麼多天，他也辛苦了。」

江意惜對老太太笑道：「謝過祖母。」

江大夫人以為江意惜會感激自己幫了大忙，沒想到她沒謝一句自己，反倒謝了老太太。江大夫人心裡氣憤，明面上卻不顯，暗道：這樣不知好歹的白眼狼，活該妳吃虧！

見江意惜如此作派，江意言不高興了。這些銀子比自己所有嫁妝加起來都多，占的是他們長房的利。她江意惜沒說感謝母親和大哥的辛苦，還只謝了老太太一人！新仇舊恨加在一起，她當即不管不顧地說道：「江意惜，妳真以為妳值那麼多銀子？我娘為妳忙了幾個月，妳連聲謝都沒有——」

「言丫頭！」老太太喝道：「怎麼跟姊姊說話的？那麼大的人了，說話還不過腦子！」

江意言委屈得直扭帕子。「本來就是嘛，我又沒說錯！」

江大夫人嘆了一口氣，假意嗔怪江意言道：「妳少說兩句！我是大伯娘，幫姪女辦事是應當的，只要她高興，不埋怨我就成，哪裡敢當一個『謝』字。」

江意惜似笑非笑地道：「三妹太著急了，我話還沒說完，妳就像個炮仗爆起來了。大伯娘的『好』，我一直記在心裡，一刻也不敢忘懷呢！至於我值多少銀子……三妹妹先把自己的價估了，再去估別人吧！」

江意言的眼睛又瞪了起來。「妳說什麼？不過要嫁一個瞎子而已，有什麼了不起！」

江意惜冷笑道：「那就祝三妹妹找個不聾不瞎、有胳膊有腿的。」

江意柔「噗哧」一笑出聲，又嚇得趕緊用帕子捂上嘴，被三夫人瞪了一眼。

江意言氣得要還嘴。

老太太擺了擺手喝道：「再吵就禁足！姑娘家不貞靜賢淑、姊妹和氣，像什麼話！」又側頭問江晉。「家具做得怎麼樣了？」

江晉說了做家具及置辦其他東西的進展，總算把話題扯到了一邊。

晚飯後回到灼園，江意惜看著書契，抿嘴笑了一陣。有些人的貪婪無止境，也就怪不得她了。

這次讓江大夫人把前世沒遭的報應，連著今生的債，一起還了。

江意惜提筆寫了一封信，把信和書契一起交給水靈，又耳語幾句。

水靈抱起花花，出灼園往後花園而去。

信是寫給孟中的，讓江大明天直接去一趟孟家莊，這幾天老爺子都會住在那裡。

這種小事不需要麻煩老爺子，孟中是那幾個親兵中的小頭頭，他就能辦。

三月初七，一條驚人的消息在京城的朝堂內外傳揚開來——孟辭墨的眼睛治好了！不說孟家人如何歡喜，就連皇上都龍心大悅，傳旨讓孟家祖孫進宮徹夜長談。

當然，坊間又傳出一種聲音——孟世子不瞎了，還頗得聖心，長得又英武不凡，江家孤女撿到大便宜了！

初八晚上，江伯爺下衙又帶回來一個消息。

「聖上說孟世子像孟老國公，文武兼俱，又在戰場上立功無數，封他為五團營的參將！哈哈，二十一歲的參將，還是五團營的參將，孟老國公是第一人，鄭吉鄭大將軍是第二人，孟世子就是第三人了！」

五團營，是晉和朝最強悍的部隊，從各個軍營抽調的五萬精銳組成，以備戰時緊急調用。分五個營，每個營一個參將，由總兵官統領，同御林軍一樣，繞過都督府，歸皇上和兵部直接管理調派。

孟老爺子曾經當過五團營總兵官。

江意惜前兩天已經聽孟家祖孫悄悄商議過，他們最想謀的就是去五團營。孟辭墨眼睛受傷前是四品都司，覺得若是去五團營，能給個遊擊將軍就不錯了。不知皇上基於什麼考慮，不僅讓他去了五團營，還給了參將這個職位。

這個消息讓除了江大夫人和江意言之外的所有江家人都很高興，畢竟江家女婿出息了，江家也能借著光。

江大夫人的臉色卻更難看了，從昨天聽到孟辭墨的眼睛好了，她就坐臥不寧，今天聽說孟辭墨調去五團營任參將，她就更害怕了。

江意惜餘光瞥見江大夫人的樣子，心裡暗樂，她還知道怕啊！

飯後，眾人陪老太太說笑一陣，便各回各院。

剛出如意堂，大夫人就把江意惜叫住，笑道：「惜丫頭，買地的那個管事今天來找我，好像塘州那邊的地有什麼糾紛，妳把書契給我，我讓他去把事情辦了。」

這是想重新辦契，或是賣了地再重新買？哪有那麼容易！江意惜笑道：「書契現在不在我手上。」

江大夫人納悶道：「不在妳手上？什麼意思？」

「我和弟弟在扈莊給我爹娘立了牌位，我前兩天讓人把書契拿去我爹娘的牌位前供一旬，讓我爹娘看看大伯娘對我的好。等到期拿回來了，我再給大伯娘。」

江大夫人急道：「幹麼要供一旬？供三天也僅夠了，不能耽誤大事。」

江意惜正色道：「我已經說了供一旬，就不能食言。不管什麼事，都重不過我爹娘在天之靈。已經三天了，再過七天，我就讓人拿回來。」

江大夫人無法，只得說道：「妳記著，拿回來就趕緊交給我。」

江意惜脆生生答應道：「好！」

江大夫人心煩意亂地往正院走，心裡暗道，還是得讓人去扈莊想辦法把書契拿到，這事不能耽擱，要越快越好……

突然，從甬道左邊的草叢中跑出一隻狸貓，瞬間躥進右邊的草叢中。

江大夫人嚇了一跳，厲聲喝道：「哪兒來的醜貓？趕出去！」

一個丫頭說：「好像是二姑娘的貓，叫花花。」

江大夫人當然知道是那隻叫花花的醜貓，沒有再說話，匆匆向前走去。

回正院後，她對一個婆子交代了幾句話。「讓陳二明天城門一開，趕緊出去。」

婆子匆匆離去。

花花別的氣都能受，唯一不能受的就是說牠醜，因此一路哭回了灼園。

水清正在院門口等花花，月光明亮，看到牠從那邊跑過來，立即罵道：「越來越野了，天都黑了還不著家——呀，你怎麼哭了？」貓居然會哭，還淚流滿面！水清驚訝極了，趕緊抱起花花往屋裡跑去。「姑娘、姑娘，花花哭了，臉上的毛都打濕了！」

江意惜趕緊把花花抱過來，問道：「花花，你怎麼了？誰欺負你了？」

花花把小腦袋埋在江意惜的胸口，哭著喵喵道：「江大巫婆罵我醜！我哪裡醜了？哪裡醜了……」

原來是因為這事。

花花臉上的毛都被眼淚打濕了，一股一股垂下，嘴裡還在喵喵罵著「江大巫婆」。

江意惜忍住笑，當著水清的面不好多說，把花花抱進了臥房才安慰道：「是江大污婆不懂欣賞。你想想，我、洵兒、孟大哥、孟祖父、珍寶、四妹妹、斐兒，還有虎哥、豹姨、熊嬸，我們都喜歡你，就說明你是最漂亮、最討人喜歡的貓貓啊！」

「真的？」花花慫著鼻子問。

「騙你是小狗。」

花花貓老成精，但有時又極天真。牠信了江意惜的話，小爪子伸進她懷裡抽出帕子把眼淚擦了，喵喵叫道：「我想去捉一群老鼠來收拾她。」

「別，殺雞焉用牛刀。」只因一個「醜」字就組織「老鼠隊」，動靜太大，那驚人的場面要留在關鍵時候用。

把小東西哄好後，讓水清抱去吃好吃的，江意惜躲進臥房把光珠取出來。光珠上裹了厚厚一層眼淚，刮進茶碗裡裝滿了一個底。

江意惜樂出了聲。她覺得自己這樣不好，眼淚是小東西難過才流的，但就是忍不住。這個眼淚太珍貴、太補人了。

次日，眾人去如意堂給老太太請安。
看到江大夫人眼下兩圈黑，人也無精打采，老太太問道：「老大媳婦病了？」
江大夫人說：「兒媳這幾天沒睡好，精神不濟。」
老太太道：「那明天妳就莫去了，讓老三媳婦帶著她們去大長公主府。」
江大夫人也沒心思去，說道：「我正想跟婆婆說呢，明天就讓三弟妹帶姑娘們去。」
江三夫人眉眼帶笑，忙答應下來。

江意惜回到灼園後，水靈交給江意惜一封信。
「剛才我大哥託人給我帶信，讓我出府一趟，說昨天晚上青山大哥找到我大哥，要把這封信交到姑娘手上。」
江意惜接過信，信封上龍飛鳳舞寫著幾個大字——江姑娘親啟。是孟辭墨的信。
孟辭墨跟她一樣，寫詩、作畫的才情一般，但一手字寫得非常好。
信上說了幾句「甚思甚念」後，就說他一切都好，已被皇上封為五團營參將，感念聖恩，他昨天就去了軍營。以後有很長一段時間要忙於公務，二人相見的時間不多。他會抽時間回京跟她相會，讓她等他的消息云云。只有大半張紙，卻是江意惜第一次收到孟辭墨的信。

她把信貼在胸口半天，又看了幾遍，才放去架子床下的小抽屜裡。這裡是江意惜放重要東西的地方，裝眼淚水的茶碗、經過處理的茶和鹽、糖，還上了鎖。

次日是三月初十。

江家四姊妹都早早起床，吃了早飯後就開始梳妝打扮。

雖然江意惜不願意太突出，還是好好打扮了一番；妝容精緻，穿著府裡做的丁香色繡花軟緞上襦、淡青色長紗裙。雖然說不上富貴，也是極漂亮的清秀小娘子一枚。

這次江意惜帶水靈去。若誰再敢推她下水，水靈肯定會先把那人推下水。

辰時末，眾人來到外院坐車。

四個姑娘中，江意柔穿得最貴氣漂亮，再加上眉眼時時帶笑，真是討人喜歡的俊俏小佳人；江意言穿得也非常突出，特別是頭上那支釵，但這麼小的小娘子戴著，顯得有些老氣。江意言如願看到江意惜的衣裳比不上自己，可一看到江意柔的打扮，臉上又帶了一絲戾氣。她的長相不錯，但板著臉，眼裡透著恨意，一下子減了不少分。

江意珊中規中矩，都是府裡公中的衣裳、飾品。哪怕她腰有些挺不直，臉上掛著膽怯，看起來也比江意言順眼。

江三夫人帶著江意柔、江意惜一輛車，另兩姊妹一輛車，江晉騎馬，一起去了宜昌大長公主府。

如今故地重遊，江意惜又想到了前世。那次她與江意柔、江意珊一輛車，大夫人帶著江意言一輛車。去了大長公主府後，大夫人只帶了江意言去拜見大長公主和那些貴婦人。賞花的時候沒有人搭理她們，她被撞下水後昏迷。等醒了，已經是兩世為人……

重生一年，一切都變了。

到了西角門，眾人換坐騾車去內院花廳。

花廳門外，鄭夫人何氏同鄭婷婷在接待客人。

何氏就是啾啾舊主人鄭吉的夫人，三十出頭，很瘦、很溫婉端莊的女子。只不過，她的眸子跟別人不太一樣，像洞中的深潭，無波無瀾，即使笑著，笑容也不達眼底。但即使不達眼底，卻也覺得她溫柔和善。

因為江意惜最拿手的醫術是治眼睛，所以她最愛觀察的就是眼睛。她覺得，這位鄭夫人的眸子特別像庵堂裡的姑子，太平靜了，甚至比她當姑子時還平靜。

何氏不認識江三夫人，聽婆子介紹後，笑著跟她們寒暄，江三夫人則帶著四位姑娘給她屈膝行了禮。

鄭婷婷上前拉著江意惜的手笑道：「可等到妳了！崔姊姊、趙妹妹、薛妹妹都在院子裡等著妳呢！」

江意惜跟她介紹道：「這是我三妹妹、四妹妹、五妹妹。」

鄭婷婷笑道：「我經常聽江二姊姊提起妳們，走，我介紹崔姊姊、趙妹妹、薛妹妹跟妳們認識！」

何氏嗔笑道：「還沒做正事呢，就想著玩。」聲音溫柔，神態平和，一看就是好脾氣的女人。

鄭婷婷笑道：「是啊，伯祖母要見妳……們。」她不好說大長公主只想見江意惜一人。

鄭婷婷帶著幾人進了正廳，廳屋裡已經坐了許多人，還有些小姑娘站在一邊。

江意惜的餘光已經看到孟大夫人，她坐在右面第四個位子，江意惜裝作沒看見，目不斜視地看著正前方。

正前方的羅漢床上坐了兩個頗有氣勢的華服老太太，坐在左邊的人要更老一些。

鄭婷婷拉著江意惜來到羅漢床前，對左邊的老太太笑道：「伯祖母，她就是江二姑娘。」又對江意惜道：「這位是我伯祖母，這位是老明王妃。」

江意惜跪下磕頭道：「小女見過大長公主，見過老明王妃。」

她身後的江三夫人和另三位江家姑娘也都跪下磕了頭。

宜昌大長公主笑道：「都起來吧！」又對江意惜招手笑道：「過來，讓本宮瞧瞧。」

江意惜走上前。

大長公主拉著她的手仔細看了幾眼，笑道：「本宮怎麼覺得小姑娘有些面善，像之前見過似的。」

下面一個小媳婦笑道：「皇姑母只要看到漂亮小娘子，都說面善！」

眾人笑起來。

宜昌大長公主也笑了，又上下打量一番江意惜，說道：「小娘子長得真俊，樣樣都好看！可憐見的，上次遭了那麼大的罪，本宮先前不知內情，錯怪妳了。」

江意惜屈膝道：「大長公主言重了。」

大長公主搖頭說道：「唉，誰能想到那些小娘子的心眼那麼壞——」

何氏趕緊攔道：「婆婆，您喝口茶。」蘇家人不在，可羅夫人此刻就坐在這裡。

大長公主頓了頓，沒繼續上一個話題，又笑道：「聽說妳跟小珍寶玩得好，也跟小珍寶一樣心靈手巧，做的那個小鴨子玩偶不說本宮稀罕，連太后娘娘看了都稀罕呢！」

旁邊的老明王妃也笑道：「小珍寶越來越出息了，太后娘娘高興著呢！昨兒本宮去給她老人家請安，她一說到這件事，又樂了半天。」

兩個老太太誇了幾句李珍寶後，大長公主又把目光轉向江意惜，不知為何，她的胸口痛了一下，就是覺得面前的小姑娘讓她心生親近。

江意惜臉皮早練厚了，不怕看。但大長公主眼裡的情緒還是讓她頗為納悶，似乎比江老太太看她的眼神還要慈祥。難道是因為自己給鄭晶晶治眼睛，或是跟李珍寶關係好？

何氏怕小娘子面嫩，被大長公主看得不好意思，笑著提醒道：「婆婆，您這麼看小娘子，人家要不好意思了。」

大長公主收回手，笑著埋怨道：「那妳不早提醒本宮，等小姑娘不好意思了才說！」

眾人又是一陣笑。

大長公主從腕上抹下一對極品玉鐲給江意惜戴上，一個丫頭又捧上一個托盤，上面放著一柄玉如意、一個錦盒。

江意惜謝過，水靈上前接過去。

鄭婷婷愣了愣，她知道大長公主會賞江意惜玉如意和珠花，卻沒想到會賞出隨身戴的玉鐲。

大長公主說道：「小姑娘們去看花吧，莫拘束。」

江意惜等人向大長公主和老明王妃福了福，準備退出花廳之際，何氏又說話了——

「江二姑娘還沒見過孟大夫人吧？」

何氏是好心，她不知道作為當事人的孟大夫人和江意惜都不願意搭理彼此。

江意惜無法，只得站定，假意兩邊望了一下，然後紅著臉走去孟大夫人面前，屈膝施禮道：「大夫人。」

孟大夫人笑道：「好孩子，上年沒玩好，這次好好玩，想想下晌表演什麼才藝。」笑容溫柔和善，像似非常滿意這個未來兒媳婦。

她這麼會演，江意惜當然要配合了。乖巧又羞赧地答應一聲，再屈膝福了福，這才由鄭婷婷拉著向門邊走去。

江意惜幾人都走到門口了，還能聽見孟大夫人的聲音——

「辭墨的眼睛好了，又得皇上看重，我家國公爺和我激動得什麼似的……阿彌陀佛，上天保佑，那孩子終於苦盡甘來了……」

崔文君、趙秋月、薛青柳幾個姑娘正在院子裡等著，見江意惜和鄭婷婷出來了，都笑著擁了上前。

江意惜又把江意柔三姊妹介紹給她們。

鄭婷婷知道江意惜只喜歡江意柔，就拉著江意柔和趙秋月，江意惜拉著崔文君和薛青柳，幾人說說笑笑，一起去桃花園。

江意言生氣也不敢發作，同江意珊一起跟在她們後面。

江三夫人則跟幾個身分不算貴重的夫人搭訕著。

路上，遇到幾個十三、四歲的少年。

鄭婷婷笑道：「璟弟。」

崔文君幾人也招呼道：「鄭公子。」

趙、薛二位姑娘的笑容比剛才更盛。

幾個少年對她們笑笑。

鄭璟招呼道：「大姊、崔姑娘、趙姑娘、薛姑娘。」

鄭璟個子很高，白皙俊雅，下巴略方，跟鄭婷婷有些許相像。

幾人錯身而過，在桃林邊又遇到了幾位花枝招展的姑娘。

一位姑娘氣憤地看看她們，「哼」了一聲，硬拉著另幾位姑娘走了。其中一位十六、七歲的姑娘還不想走，呆呆地看了江意惜幾眼後，才憤憤地走了。

江意惜挺納悶的，她出來交際的次數不多，結仇的除了羅依就是蘇梅，還有一個應該是這輩子還沒謀過面的孟華。

蘇梅的哥哥剛死幾個月，不會來參加桃花宴；孟華才十三歲，年紀不符。所以，哼了聲的那個是羅依嘍？

鄭婷婷說：「江二姊姊，認出來了嗎？那人就是羅依。」伸手指了指。

江意惜猜對了。

羅依是羅都督的老來女，被慣得嬌橫跋扈。鄭婷婷可不怕她，不僅自己旗幟鮮明地站隊江意惜，還拉著崔文君幾人一起站隊。

趙秋月笑道：「羅依不高興了。」

鄭婷婷道：「不高興就不高興，沒人慣著她。」

江意惜又問：「另一個歲數稍大的姑娘是誰？我好像沒得罪過她。」

崔文君笑道：「她是王容芳，王侍郎的二孫女。」

江意惜知道了，是孟辭墨的前未婚妻。孟辭墨去前線後，孟大夫人為他定的媳婦。後來因為孟辭墨眼睛受傷，孟、王兩家終止了那樁婚事。

如今孟辭墨的眼睛不僅好了，還受皇上重用，當上五團營的參將，所以王容芳後悔了，還恨上自己了。

薛青柳又笑道：「王容芳今年都十七歲了，還沒訂親，聽說王家急得什麼似的。」

鄭婷婷看了江意惜一眼，笑道：「誰讓她沒眼光！孟大哥那麼好的人，正該配有眼光的江二姊姊！」

進入桃林，桃花開得正豔，眼前一片粉紅。

桃林裡人流穿梭，不僅有姑娘和後生，也有些上了年紀的長輩。不止看桃花，還在看人。

剛出桃林，又遇到幾個青年公子。有兩個江意惜認識，一個是孟辭羽，一個是跟李珍寶打過架的羅肖，也就是羅依的哥哥。

孟辭羽一身月白色闊袖長衫，頭戴束髮金冠，俊美乾淨得如飄然而至的謫仙，迅速把除了江意惜以外的所有姑娘的目光都吸引了過去。

孟辭羽跟鄭婷婷很熟，站下笑道：「鄭大姑娘。」又對崔文君笑道：「崔姑娘。」跟趙姑娘和薛姑娘不熟，他沒好意思打招呼，只笑了笑。而其他人他不認識，沒看她們。

一副溫潤有禮、目不斜視的樣子。

他會這麼大大方方、態度坦然，是沒認出旁邊站著的姑娘是江意惜。

若江意惜只憑湖邊把他拉下水那次，也不會認識這個人就是孟辭羽。可江意惜多活了一世，跟孟辭羽有過那麼多糾纏，即使他化成灰，江意惜也忘不了。

江意惜面沈如水，看了他兩眼後看向湖面。不是她想看他第二眼，而是第一眼時發現他看崔文君的眼神有那麼一剎那的熱切。第二眼再看，那絲熱切已被壓下。

原來，孟辭羽看上了崔文君。

崔文君年方十五，是崔次輔的唯一嫡女，家裡挑親事挑得厲害，以至於現在還沒訂親。

鄭婷婷和崔文君看到孟辭羽都笑得眉眼彎彎，齊聲招呼道：「孟三公子。」

江意言一眼也認出了孟辭羽，哪怕她上次看到的只是背影。

上年桃花宴上，江家四姊妹出桃林往湖邊走去，江意言突然看到那邊站了三位臨湖而立的公子，其中一位長身玉立，穿著淡青色闊袖長衫，光看背影就知道他是如何風姿不凡。

江意言芳心一動，拉著江意珊往那邊走去，江意惜和江意柔也只好跟著。誰知剛走到湖邊，江意惜就被人一撞，拉著那位公子落水。後來才知道，他就是孟辭羽。

只有江意言知道，多少個午夜夢迴她都被氣醒，若那個被撞的人是她，若是她拉著孟辭羽落水，該多好！她會不顧一切嫁給他，管他樂不樂意娶！

在孟辭羽幾人與她們錯身而過之時，江意言才反應過來，趕緊叫了一聲「孟三公子」。

孟辭羽不認識這個姑娘，但還是禮貌性地衝她點了點頭。不認識又願意跟他打招呼的小娘子太多了，他已習以為常。

江意言激動得小臉紅紅。

孟辭羽幾人走了幾步，羅肖才說道：「辭羽，穿丁香色衣裳的姑娘是你未來大嫂江二姑娘，你怎麼不打個招呼？」說完，不懷好意地挑眉笑起來。

孟辭羽一下子紅了臉。他沒想到那幾位姑娘裡有江意惜，可氣自己還沒認出來。

另幾位公子都笑了起來，轉身看向那個丁香色背影。背影窈窕，再想想剛才的容貌，的確是一等一的貌美小娘子。

一位公子摟著孟辭羽的肩膀笑道：「那麼俊俏的小娘子，孟兄也不抓緊些，看看你大哥……」

孟辭羽一把將他的手揮下去，沈臉道：「我警告你，不要把我跟她再扯一起！」

江意惜幾人也聽到了那幾位公子的哄笑聲，猜到是笑孟辭羽和江意惜。

崔文君還捏捏江意惜的手，勸道：「江二姊姊莫生氣。不怪妳和孟三公子，是羅依和蘇梅用心險惡。」

江意惜淺笑道：「我才不生氣。」

見他一面就生氣，嫁進孟家的氣還生得完嗎？自從她決定嫁給孟辭墨起就想好了，只把孟辭羽當路人。若他跟著孟大夫人一起幹壞事，就把他當敵人。

既已經當他是路人，遇不遇見有什麼要緊呢？

只不過，似乎崔文君和鄭婷婷對孟辭羽都有些仰慕。孟辭羽可不像表面上這麼乾淨美好，但這話江意惜又不好說。

來到金豔湖前，湖面水波粼粼，一艘畫舫和幾條小船來回移動著。湖對岸是種著各色花卉和低矮灌木的芳草地，桃樹右邊是大片屋舍。這裡富貴無邊，又極大，只住了四個主子，其中一個還長住國子監，難怪鄭婷婷說大長公主空虛寂寞。

江意惜第一次覺得，其實家裡太大也不好，除非家人多。

她們沿著湖堤信步走著，快到時間了才回花廳吃晌飯。

要表現才藝的公子、姑娘都以最快的速度吃完飯，然後去指定的地方換衣、補妝。過會子要去飛花閣展示才藝，還要選出候補「京城四美」中的二美。

江家四姊妹不會出去表演才藝。像她們這種家世的人，除非才藝驚人或是膽量驚人，否則都沒有勇氣上去，上去也是當陪襯。

孟辭羽因為在前年的桃花宴上拿過寫詩第一，今年不會再參加桃花宴上的才藝比賽。

江意惜早已對這些小兒女的東西不感興趣，大多在神遊，只有鄭婷婷吹洞簫、崔文君作詩、趙明月舞劍、薛青柳撫琴的時候才認真觀看。

江意惜的掌聲異常熱烈。崔文君的詩很驚豔，看那幾個評委的誇獎，就知道在這裡屬於上上之作。鄭婷婷的洞簫也吹得好，跟黃三姑娘彈的琴不分伯仲。

鄭璟展示作詩，他走到最中間，向大長公主和三位評委、貴客方向作了揖後，朗聲朗誦起來。

或許因為他是啾啾舊主人的兒子，江意惜很仔細地聽了。雖然不錯，也沒達到驚豔的效果。或許是給東道主面子，三個評委對他的評價還是很高。

鄭桌一個小姑娘悄聲道：「聽說鄭公子舞劍極好，我以為他會舞劍。」

另一個小姑娘道：「是啊，好可惜喔！」

江意惜聽鄭婷婷說過，鄭璟當初更想上京武堂，但大長公主和鄭夫人哭死哭活不願意，怕他以後跟鄭吉一樣投軍不著家，想讓他當文官，甚至不當官。

江意柔用帕子擋著嘴，跟江意惜耳語道：「二姊姊，妳看鄭公子的側面，我總覺得像一個人，又想不起像誰。」

鄭璟正在聽三個評委評價他的詩。

江意惜仔細觀察著他。正面看，五官立體較硬朗，下巴略方，有一股不容忽視的英氣；側面看，要柔和得多，的確有些許熟悉之感。

她把嘴對著江意柔的耳朵說：「傻了，肯定是像婷婷啦！」

江意柔笑著點點頭。

鄭璟下去後，又上來一位撫琴的姑娘。

這時，一個丫頭突然來到江意惜身邊，輕聲道：「我家三姑娘請江二姑娘出去說兩句話。」

江意惜見這個丫頭頗面生，納悶道：「妳家三姑娘是誰？」

小丫頭又說：「奴婢是刑部郎中黃府的，奴婢主子閨名黃玉盈。」

原來是曾經同去看彩雲卿戲的黃家三姑娘。

江意惜望了望四周，黃三姑娘的確不在這裡。

不過，江意惜心中還是警鈴大作，黃郎中可是王容芳她祖父的下屬……

江意惜很好奇，若真是王容芳指使，她想幹什麼？打定主意只在飛花閣外說話，江意惜跟水靈耳語幾句，就帶著她出去了。

到了飛花閣門外，小丫頭又指了指不遠處的桃林。「我家三姑娘就在那裡。」

江意惜搖搖頭，冷笑道：「真當我傻啊？」她還沒惹過羅依和蘇梅，她們就有本事把自己撞進湖裡，自己對王容芳來說可是有「奪夫之恨」的人呢！江意惜想轉身回去。

黃玉盈從桃林裡走出來，說道：「江二姑娘請移步這裡，我有話跟妳說。」

小姑娘的把戲跟她玩！江意惜沒搭理她，轉身回了飛花閣。

江意惜跟水靈耳語幾句後，水靈快步走出去。

一刻多鐘後，水靈來拉了拉江意惜的袖子，耳語道：「幸虧姑娘沒去，奴婢看到桃林裡不止有黃三姑娘，王二姑娘和羅三姑娘也在，一副極生氣的樣子。」

看來，王容芳也是個心思不好的姑娘，怪不得孟大夫人會把她定給孟辭墨。

不多時才藝展示結束，不出意外，崔文君和鄭婷婷分別以綜合第二名、第五名，及女子第一名和第二名的成績，成了「京城四美」之二。

鄭璟也獲得了綜合第四名，讓大長公主極是開懷。
鄭婷婷和崔文君被眾星捧月，江意惜走之前都沒有單獨跟她們說過話。

第十七章

回到江府已經暮色四合，三夫人直接去了如意堂，幾位姑娘則先回各自的院子洗漱一番才去如意堂吃晚飯。

江意惜一進如意堂，並沒看到歡樂的氣氛，卻見江意言眼睛都哭紅了，被江大夫人摟著，江伯爺也沈著臉。

江大夫人一看江意惜進來，就厲聲指責道：「惜丫頭，都是妳妹妹，妳怎麼能厚此薄彼，只管柔丫頭，而不管言丫頭和珊丫頭？」

江意惜當然不承認厚此薄彼，辯解道：「大伯娘可冤枉我了，幾個妹妹我都一視同仁。我帶她們一起拜見大長公主，介紹手帕交給她們認識，一起去看桃花，吃飯一張桌，看才藝也一張桌，哪裡讓三妹妹和五妹妹不快了？」

三夫人不時附和道：「是啊、是啊，惜丫頭對三個妹妹都是一樣的——」

江意言搶白道：「鄭大姑娘只拉四妹妹的手，崔姑娘和趙姑娘、薛姑娘只跟妳和四妹妹說話，都不搭理我和五妹妹！」

江意惜沒有再辯解，低下頭扯帕子。

老太太氣道：「人家要跟誰說話、拉誰的手，惜丫頭管得著嗎？妳呀，今年都十五歲了，還不收收性子！在家裡覺得誰都欠了妳，出去了，誰買妳的帳？」

江伯爺瞪著眼睛喝斥了江意言幾句，又喝斥大夫人道：「那麼大的姑娘了，妳慣著她，別人可不會慣著她！」

江大夫人被罵，也不敢再多話，低聲勸著江意言。她心裡很急，陳二昨天去了扈莊，她從昨天申時初起就開始盼著陳二回來，但盼到現在都還沒回來。

老太太對江意言已經越來越沒耐心，沒再理她，把江意惜和江意柔招去身邊坐著，問才藝比賽的事。

飯後，江洵去了灼園，兩姊弟躲在屋裡說悄悄話，直到要關二門了，江洵才走。

看到消失在月光裡的背影，江意惜心裡極是不捨。還有三個月自己就要嫁去孟家，弟弟又該孤單了。她總想多教教他，總不放心弟弟一個人在江家，怕他吃暗虧。

她如此討好三房、討好老太太，就是想讓江洵回到這個府時，有人說話、有人關心，在他吃虧時有人善意提醒和幫助。

想到早逝的爹娘，他們在死之前，得有多麼不放心年幼的兒女。

又想到孟辭墨的母親，她知道男人已經變心，外面的女人心術不正，死之前肯定更不放心年幼的一雙兒女。

若自己不重生，孟辭墨姊弟和江洵就都死了。

沒有父母關愛的孤兒，是可憐可悲的。
突然，她的眼前浮現出鄭璟那張頗具個性的面孔。江意惜眨眨眼睛，那張面孔又沒了。
她暗自納悶，怎麼會想起那個人？他有爹有娘，出身宗室，家裡又只有他一個孩子，簡直集萬千寵愛於一身，跟沒娘的孩子怎麼能一樣？

次日早上，天空飄著小雨。
江意惜必須要去鄭府給鄭晶晶針灸。本來應該昨天去，因為桃花宴而改成今天。
馬車剛走到街口，就聽到江大的聲音——
「二姑娘，我找妹妹有點事。」
江意惜掀開車簾，看到江大站在街邊。
水靈跳下車跑過去，兩人低語一陣後，水靈又笑咪咪地上了車。
她附在江意惜耳邊說：「青山大哥早上來跟我大哥說，今天午時末，孟世子在南風閣等姑娘。」
南風閣是從江家到鄭家必經街道上的一家酒樓，江意惜經常看到，沒進去吃過飯。
幾天不見孟辭墨，江意惜非常非常想他。
到了鄭晶晶的院子，只有謝氏在，鄭婷婷還沒來。
江意惜恭賀謝氏養了個才貌雙全的閨女，如今已是「京城四美」之一了。

謝氏高興，笑聲更爽朗了。

鄭晶晶糯糯地說道：「等我滿十四歲，姊姊已經退出四美了，我再補上。」

小妮子如今的自信心越來越強了。

謝氏喜歡閨女的這個變化，高興地摟著她叫「寶貝」。

江意惜剛把銀針給鄭晶晶扎上，鄭婷婷就來了。

她對江意惜笑道：「伯祖母昨天唸叨過妳三次，誇妳長得俊、皮膚好、舉止得當，還讓我以後帶妳去她跟前玩。」

江意惜有些受寵若驚。自己跟宜昌大長公主見面不過半刻鐘，就給她留下這麼好的印象了？再想到大長公主眼裡透出的慈祥，江意惜笑道：「沒想到高高在上的大長公主這麼平易近人。」

謝氏又講了一些宜昌大長公主如何憐惜弱小的話。

江意惜點著頭，卻暗道，世上沒有無緣無故的愛，那些富貴至極的老太太更不會憐惜一切弱小。若沒有利用價值，連親祖母都不待見，何況是外人？大長公主如此，應該是自己先幫她娘家人治了眼睛，又幫婆家人治。若自己討了嫌，就像前世那般，還不是派人追上門去罵？

這時，一個婆子一臉喜色地走進來。

「夫人、大姑娘、三姑娘，大喜啊！老太爺讓老奴進來說一聲，他老人家收到鄭將軍和大爺的來信，大爺二月底啟程回京，現在已經在路上了，讓人快馬加鞭來送信，不出意外，這個月下旬就能到京！」

「玉兒要回來了！」

「大哥要回來了！」

母女三人異口同聲。

鄭晶晶又焦急地問江意惜。「江二姊姊，我大哥回來之前，我的眼睛能好嗎？」

江意惜又仔細看了看她的眼睛，笑道：「肯定會再好一些，說不定不細看都看不出來了。」李珍寶的眼睛兩個月就痊癒了，鄭晶晶的眼睛，江意惜很有信心。

鄭晶晶笑得眉眼彎彎。「既然這樣，我就讓大哥看個夠！」

鄭玉離京的時候，鄭晶晶只有兩歲左右，根本不記得那個大哥。但聽母親天天唸叨，也特別希望大哥能早日回家。之前自卑眼睛不好，若是眼睛好了，大哥想怎麼看她都成！

謝氏又拉著江意惜的手笑道：「我家玉兒更像他叔叔鄭總兵，端方嚴肅，會打仗，能文能武，跟孟世子也玩得好，還特別得孟老國公的賞識。只一樣，見到姑娘就害羞，都十九歲了還沒訂親，我著急著呢……」

鄭婷婷嘟嘴說道：「看娘說的。我大哥看姑娘害羞是四年多前，那時還小。在安西待了這麼多年，聽說西部姑娘特別豪放，肯定不會再害羞了。」

謝氏瞪了她一眼。「姑娘家家的，說什麼呢！」

鄭婷婷紅了臉，訕笑兩聲，又道：「若伯祖母看到大哥都回來了，吉叔還不回來，肯定又會哭。」

謝氏嘆道：「只能好好開導她老人家了。唉，他們母子倆都是好人，對別人都好，偏偏就他們彼此合不來，只可憐……」覺得嘴快又說了不該說的，還是當著客人的面，謝氏趕緊閉上嘴。見大閨女滿眼晶亮地望著自己，又狠狠瞪了她一眼。

鄭婷婷嘟嘴垂下眼皮。

江意惜的眼睛認真看著鄭晶晶身上的銀針，似乎沒注意謝氏的話，心裡卻在想，鄭吉一直不回京，原來不止是為了保家衛國，還因為家務事啊……

針灸完，江意惜推辭了謝氏母女留飯，匆匆告辭。

謝氏又讓人給她帶了兩隻香扒雞回去。

上了馬車，江意惜拿出小鏡子補了妝，又拉了拉有些皺巴的衣裳。

小雨依然飄著，街上行人不多，馬車跑得很快。

馬車在路過一家繡坊時被叫停，江意惜讓水靈給了車夫一兩銀錠，讓他去街上轉轉。她們會逛逛街，再吃個飯，下晌去街口找他。

車夫第一次得了這麼多的賞錢，知道這不僅是賞錢，還是封口錢。他也不擔心姑娘會被惡人欺負，水靈的身手就是兩個壯男都打不過。他看看漫天雨霧，笑著把車趕去了街口。

馬車走得沒影了，打著油紙傘的水靈才扶著江意惜去了斜對面的南風閣酒樓。

一進大門，就看到孟青山向她們微微躬了躬身，然後向樓上走去。

江意惜和水靈跟著他上樓，來到三樓，孟青山站去最靠裡的一間廂房門前。

江意惜走過去，倒數第二間裡坐著江大和一個不認識的男人，江大招手把水靈叫進去。

江意惜繼續向前走，最裡間只坐著孟辭墨一個人，他穿著戎裝，目光炯炯，嘴角噙笑看著她。

江意惜走進去後，孟青山把門輕輕關上。

江意惜是第一次看到孟辭墨穿戎裝，英武霸氣、威風凜凜、器宇軒昂、堅不可摧，跟之前那個不是一身青衫就是一身白衫的男子一點都不一樣。特別是前世那個令她心痛的憂鬱男子，似乎完全不是同一個人了。這才是孟辭墨本來的樣子。

江意惜眼圈發紅，鼻子泛酸，輕聲笑道：「孟大哥，我喜歡看你穿戎裝。」

見她這樣，孟辭墨的笑意更深，起身把她擁入懷中。「妳喜歡，我就一直穿。」

「好。」

「下次來我穿盔甲，更威風。」

「好啊，我想看。」

孟辭墨悶笑幾聲，低頭親了親她的臉頰，又說：「南風閣我已經讓人買下來了，以後我們就在這裡見面，事前我會讓人給江大送信。妳有急事也可以讓人給郭掌櫃送信，他是我的心腹。」

為了方便約會，竟買了一個酒樓！

江意惜又想起李珍寶對孟辭墨的評價——無趣。他哪裡無趣了？明明有趣得緊！

孟辭墨鬆開雙臂，兩人坐去桌前，手還握著不放。

他說，如他們所料，付氏看到他眼睛好了，驚得忘了演戲，連說「怎麼可能」。老太太倒是真的高興，拉著他哭了一場。

成國公的日子可不好過，因為在孟辭墨身邊安插了一個「奸細」，差點害死、害瞎孟辭墨，被老國公打得鼻青臉腫、鼻血直流，在家躲了三天都不好意思上衙。成國公也大呼冤枉，解釋他真不知道孟頂山是為誰辦事？何時被人收買的？

孟辭墨剛剛回家，又招了他爹的怨。付氏因為丈夫被打，對孟辭墨也頗多微辭，覺得他爹因為他被打，他就應該替他爹挨打才對。不止付氏，孟月、孟辭羽、孟華都不高興孟辭墨，覺得他一回家就找事，讓年紀一把的父親挨了暴打，還不勸架。

孟老國公多半住在孟家莊，府裡沒有孟辭墨想見的人，他根本也不想回那個冰冷的家。

不過，孟辭墨也因禍得福，成國公徹底讓老爺子失望了，孟辭墨不僅得到老爺子的更加信任，老爺子的一部分暗勢力和私產也悄悄移到了孟辭墨手上，包括孟家莊和老爺子養在外面的二百私兵。老爺子的幾個絕對心腹，除了聽命於老爺子，就只能聽命於孟辭墨。

皇上之所以把孟辭墨安排去五團營，是不高興近幾年趙貴妃和英王、鎮南侯府拉黨結營，動作太多，皇上希望孟家能站在太子一邊。

「你們要保太子？他不會成為明君。」江意惜脫口而出。那個又蠢又色的太子，前世老國公在「食上」就是因為保護他而身受重傷，半年後就死了。這一世江意惜經常給老爺子做加了料的吃食，就是希望把他的身體調養好，即使依舊受了重傷也能活下來。

孟辭墨道：「我祖父肯定是聽命於皇上，答應私下保太子的。以後若太子自己不爭氣，不說祖父會看明白，皇上也不會放心把江山交給他的。這樣也好，有個太子擋在前面，趙貴妃和英王就注意不到平王，平王也樂於看到這個局面。」話不多，卻透露了許多消息。

他們已經想到了那一步，江意惜便也沒有再多話。

飯菜來了，兩人邊吃邊聊。

孟中已經把那件事辦好了。江大夫人有個親戚是昌縣縣丞，有人告他貪贓枉法，嚴刑逼供下，他交代了許多犯法之事，包括幫江大夫人周氏篡改地契。

這事江意惜只當不知道，等過兩天官員會去找江伯爺。

江意惜很滿意這麼處理，既把江大夫人做的壞事鬧出來，又把自己摘得乾乾淨淨。她不願意讓人知道是她把事情揭發出來的，她無所謂，主要是為孤單的江洵考慮。

這就是強權，輕輕鬆鬆就把這件事解決了。

想當初自己是螻蟻的時候，被江大夫人甚至那一家人欺負到死都沒有辦法。

能這麼快把那個縣丞弄下來，還是因為他做多了不法之事，被人抓住把柄。若他是個好官，也不會為了那點銀子幫江大夫人改書契。

申時初江意惜便要離開，孟辭墨又抱著姑娘一親芳澤，之後兩人互相把對方的嘴唇擦乾淨，再相視一笑。

孟辭墨把孟東山叫了進來。

孟東山就是在隔壁的那個陌生男人，二十七、八歲，長得高大健碩，給人感覺話不多，很穩重。

他給江意惜跪下磕了頭。「奴才孟東山見過江姑娘，謝謝江姑娘。」他是謝江意惜治好了孟辭墨的眼睛。

江意惜忙道：「東山大哥請起。」孟東山是孟辭墨都尊敬的人，江意惜也非常尊重他，又賞了他一個裝了十兩銀錠子的荷包。

回到家天色已暗，江意惜直接去了如意堂。

老太太皺眉問道：「怎麼這麼晚回來？我們擔心著呢！」

江意惜說道：「鄭大姑娘留我多坐了一會兒。」

江大夫人冷哼一聲，說道：「多坐一會兒能坐到這時候？惜丫頭，妳無事就往外跑，大早上出去，天黑了才回來，人家會怎麼想咱們江家姑娘？妳倒是訂親了，總得為妳三個妹妹著想不是？若是孟家知道了，也不會高興。」

這話誅心。

老太太更不高興了。雖然她知道江意惜是去為鄭家姑娘治眼疾，但如此早出晚總歸不妥，容易讓人誤會。這會兒又有些埋怨鄭夫人不知輕重，小姑娘不懂事，她那麼大歲數了還不懂事！老太太不敢說鄭夫人的不是，便沈臉皺眉訓斥了江意惜幾句。

江意惜只得低頭聽訓。看到江大夫人和江意言臉上滑過的笑意，暗道：好日子快到頭了，到時有妳們笑的時候！

晚上，江大夫人終於等回來了陳二。

「前天奴才去了扈莊，說塘州昌縣那邊的地出了點事，二姑娘讓我去拿地契，可吳莊頭油鹽不進，說二姑娘不親自回去拿，誰都拿不走。奴才無法，昨天就去夫人的嫁妝莊子找了幾個人，想著夜裡翻牆把書契拿回來。我們六個人，三人進去，三人在外候著，誰知被他們聽到了動靜。扈莊除了吳家父子三人，還住了幾個短工，我們不是他們的對手，被打了一頓。吳莊頭還說，看在大夫人的面上饒過我們，否則就把我們送去衙門，告一個偷竊罪！」

江大夫人嚇得手都有些發抖了。「那個死丫頭不會知道了什麼，故意如此吧？」

陳二道：「二姑娘在深宅大院，怎麼會知道塘州的事？奴才覺得，定是說好給牌位供一旬，不好改日期，夫人是想多了。夫人要沈住氣，萬不能讓二姑娘看出端倪，反倒誤事。只剩下幾天，一拿到書契，奴才就去塘州把書契改過來。」

江大夫人如今也沒有別的辦法，只能等了。

三月十三下晌，江意惜剛午歇起來，瓔珞就匆匆來到灼園。

「二姑娘，老太太和伯爺請您去如意堂。」

這個時候江伯爺回來，大夫人那件事肯定敗露了。

如意堂外站著兩個婆子，不許人靠近。

江意惜剛進院子，就能聽到江大夫人的哭聲和江伯爺的喝斥聲、江晉的求情聲，動靜鬧得非常大。

江意惜走進去，看到老太太和江伯爺沈臉瞪著江大夫人，江大夫人跪在老太太腿邊求饒，江晉跪在江伯爺腿邊求情。

江意惜裝作很吃驚的樣子，站在門邊不知該不該進去。

老太太似乎老了幾歲，招手說道：「惜丫頭進來吧。」

江伯爺看了江意惜一眼，重重嘆了一口氣。

江晉一下子站起身來到江意惜面前，長躬及地，艱難地說道：「二妹妹，求妳手下留情。」

江意惜驚詫道：「大哥，你這是什麼意思，大伯娘怎麼了？」

江大夫人看到江意惜，用帕子捂著臉哭起來。

老太太拉著江意惜在身旁坐下，指著江大夫人罵道：「家裡娶了個禍害，把咱們一家子都害進去了！」罵完，也是老淚縱橫。

江伯爺趕緊跪下。「娘，您莫生氣，是兒子不孝，娶了個蠢婦。」

江晉也跟著跪下。

老太太到底不願意兒子在晚輩面前失態，用帕子擦了眼淚，抖著聲音說道：「老大起來吧。不是你的錯，是老娘的錯。老娘眼力不好，為你娶錯了人。」又對江意惜道：「惜丫頭，塘州那邊的書契呢？」

江意惜道：「為了讓我爹娘知道祖母、大伯、大伯娘對我的好，給我置辦了多少嫁妝，我讓人把書契供在扈莊我爹娘的牌位前了。出什麼事了嗎？」

江意惜的話讓老太太更加羞憤，她指著江大夫人罵道：「這個惡婦貪得無厭，連姪女的嫁妝都貪墨，還敢買通官員改書契，吃相忒難看！」

江伯爺和江晉羞得滿臉通紅，低下頭。

江大夫人哭道：「婆婆，是我一時糊塗，我把銀子都還給惜丫頭，惜丫頭就放大伯娘一馬吧！」

江意惜更糊塗了。「大伯娘貪我嫁妝了？我怎麼不知道。」

老太太只得說得更明白一些。昌縣縣丞貪贓枉法被人告發，審訊中他招了許多犯法之事，其中一件便是被周氏收買，把坡地當二等地售賣，小莊子當大莊子售賣，多收取了九百六十兩銀子。周氏送縣丞二百兩，自己貪墨七百六十兩。

老太太求道：「惜丫頭，民不告，官不糾，讓周氏把銀子吐出來，這事咱們家自己處置。千萬不能把事情鬧出去，不能讓周氏坐牢啊！若那樣，哪怕江家休了她，或者官府判義絕，江家丟人也丟大了，不僅晉兒、文兒、言丫頭受影響，二房及三房也會被波及。」

因為周氏是武襄伯夫人，貪墨的是自家姪女的嫁妝，而這個姪女又是成國公世子的未婚妻，因此審案的官員便把這件事壓下來，並告知孟國公和江伯爺。若兩家願意扣著鍋蓋自己解決，就隨他們；若不願意，要公事公辦，那就按律法判處周氏。

按律法，周氏犯了賄賂罪、篡改書契罪、偷竊罪。若周氏不還銀子，會判絞刑；若周氏還了銀子，會判杖刑及流放。

江意惜的臉沉了下來，悲憤地說道：「我們孤兒、孤女當真活得艱難！這麼明晃晃的銀子都敢大數目的貪墨，私下還不知道怎麼欺負我們呢！」

江大夫人哭道：「惜丫頭，真的只有這麼一次！是我鬼迷心竅了，妳大人不計小人過，高抬高抬貴手，放我一馬吧！」

這話讓江伯爺和江晉更是羞愧難當。

江意惜譏諷道：「真的就只有這麼一次？我弟弟在考京武堂當天和前一天，是誰讓廚娘在我弟弟的飯菜裡下了藥？」

周氏的哭聲一噎，驚恐地看了江意惜一眼，又哭道：「這是什麼話？惜丫頭，妳可不能赤口白牙說瞎話！我早說了，那是採買的人買了不好的食材。」

她雖然否認，但剛才的表情還是讓人不得不懷疑她的確做了手腳。

江意惜冷哼道：「食材不好，為何只洵兒的飯菜有問題？不要把人都當傻子！」

江伯爺皺眉問道：「惜丫頭，妳這話是什麼意思？」

江意惜又把她怕有人在飯菜裡做手腳，讓江洵去灼園吃飯，而江洵的飯讓兩個下人吃，那兩個下人都腹瀉的事說了。現在說，就不是輕微腹瀉，而是比較嚴重的腹瀉了。特別是第二天的飯，秦嬤嬤吃了後拉了好幾次，走路都不穩，若江洵吃了，結果可想而知。既然要落井下石，石頭就要砸狠些！

江伯爺氣得一腳把周氏踹倒在地上。

老太太也指著周氏大罵道：「又蠢又壞的惡婦，居然敢這麼禍害我江家子孫！想來，那個還沒出世的孩子也是妳害死的了？妳這個壞坯子，只要不是妳肚皮爬出來的，妳都要害！」

江伯爺想到前年那個老來子，更是氣得肝痛，又是幾腳踢在周氏身上。

周氏大哭。「婆婆、伯爺，我沒有啊……」

她辯解也沒用，連收買官員改書契的事都敢做，在姪子飯裡下巴豆這種小事肯定會做了。

老太太又埋怨江意惜道：「惜丫頭當初為何不說？早發現這個惡婦的不妥，也能早些清理。」

江意惜道：「那時我沒有確切證據，哪裡敢隨意把這事鬧到長輩面前？只私下提醒了大伯娘幾句。這件事，我隱晦地跟四妹說了，想來三叔跟三嬸也知道。」

雖然沒有馬上說，還是有知情人。以後事情鬧出來，還有人作證。

老太太看了江意惜一眼，這個孫女的城府遠比之前想的還要深。她長長地嘆了一口氣，無力地說道：「惜丫頭，周氏就私下處置吧。妳明天讓人把書契拿回來交給我，我再讓人去昌縣把書契改過來。」

江晉把幾張銀票遞上，紅著臉說：「二妹，這些銀子共計九百六十兩，我們替我娘還給妳。是我娘不對，我向妳道歉。求妳了，不能把這事鬧出去。」

江伯爺又說道：「惜丫頭，周氏不賢不德，我們不會放過她。但這件事事關家族體面，萬不能讓衙門插手。妳是聰明孩子，其中道理應該想得明白。對於周氏的處置，惜丫頭還有什麼要說的？」這話問的，既卑微又不懷好意。

江意惜說道：「一切聽祖母和大伯安排。明天我就讓人把書契拿回來，改了之後再供去我爹娘的牌位前。」她接過江晉手中的銀票，冷冷地看了周氏一眼後走了出去。

她知道，不說江老太太和江伯爺恨死了周氏，就衝著孟家人和某些官員都知道了這件事，他們也不敢放過周氏。畢竟周氏可不光是偷竊了姪女的銀子，還犯了賄賂罪和篡改書契罪。哪怕死，他們也不會讓周氏頂著江伯爺的妻子名頭死在武襄伯府。老太太心狠起來，連親孫子、親孫女都不認，還會認給家裡丟盡顏面又不是血親的周氏？

出了如意堂，把周氏的大哭聲甩在後面。江意惜望望頭頂的日頭，燦爛得讓她閉了閉眼睛，眼裡湧上水霧。

周氏前世今生欠她的債，今天討回來了。

往後周氏不在這個家了，哪怕自己嫁人，哪怕江洵依舊孤寂無依，也不會有性命之憂了吧？

江意惜把銀票摺好塞進荷包，再把荷包揣進懷裡。她沒有回灼園，而是向花園走去。園子裡的花兒依舊肆意怒放著，桃花正豔，樹下的秋千在風中一晃一晃的。

江意惜坐上秋千，輕輕搖晃著，正迷迷糊糊要睡著之際，耳邊傳來江意柔的聲音——

「二姊，妳讓我好找！」

江意柔拉住秋千繩，擠上了秋千，又對著江意惜的耳朵小聲道：「我爹剛才被祖母從軍營叫了回來，好像是大伯娘出了事，貪墨妳大筆嫁妝……」

江意惜道：「我知道。她貪我的嫁妝事小，還賄賂官員、篡改書契，這兩樣才是大事。鬧出去了，不僅要挨打，還會被流放。」一得強化一個認知——周氏被罰不是因為貪嫁妝。

江意柔驚得小嘴張得老大，眼圈都紅了，氣得直扯帕子。

江意惜知道她不是生氣周氏犯了大罪，而是怕周氏的事鬧出來，影響她正在說的親事。已經有兩家長輩在桃花宴上看中江意柔，三老爺夫婦正在私下打聽。

雖然他們沒說是哪兩家，但花花已經聽到了，分別姓秦和姓韓，不是前世的衛家。說親時間提早了半年，或許江意柔的命運將得到改變。

江意惜又說：「祖母和大伯的意思，並不想把這件事鬧出來，我也不想鬧出來影響了弟弟、妹妹們，所以會私下處置。」

江意柔鬆了一口氣。

姊妹兩人說了一陣悄悄話，才手牽手回了各自院子。

一回灼園，就看到花花在地上打滾。

水清告狀道：「姑娘，也不知花花發了什麼瘋，像喝醉了酒似的，喵喵叫不停，又是上房、又是爬樹的，現在還打起了滾。」

花花爬起來，一下子跳進江意惜懷裡，喵喵叫道：「我聽到了，江大巫婆要被休了，再也看不到她了！」花花最恨的不是要打死牠的人，而是罵牠醜的人！

江意惜抱著花花進屋寫了一封信，讓水靈交給江大，讓江大明天一早去扈莊找吳大伯把書契拿回來，再順道把花花帶去鄉下玩兩天。

次日下晌，一個驚人的消息突然傳遍了武襄伯府——周氏不賢不德，屢次忤逆婆婆、丈夫，還害死江家子嗣，江伯爺大怒，將其休回娘家。

周家沒有任何異議，一聲不響帶走了周氏。

江意言、江文跟周氏抱頭痛哭，周氏還是被婆子硬拖走了。

江意柔從三老爺那裡打探到了消息，悄悄來跟江意惜說，周家也不想接納周氏，會直接送她去庵堂出家。周氏不知道自己會被直接送去庵堂，她的嫁妝留下一半給兒女，另一半還打算帶回周家自己用。

周氏也被迫出家了，娘家門沒進，嫁妝直接由娘家接管。江意惜心裡一陣解氣。

江意惜和江意柔在窗下做著針線活，兩人都異常愉悅。

灼園裡，春陽明媚，窗外的海棠一片絢麗。

江意柔時而抬頭逗弄逗弄窗外的啾啾，時而會說上一句。「很奇怪呢，我覺得心情一下子輕鬆了。」

江意惜笑道：「是啊，可以放心吃飯了。」

江意柔的聲音放得更低。「二姊姊，妳說，大伯還會再找媳婦嗎？」

江意惜道：「應該會吧，大伯還不到四十。」

江意柔捂著嘴笑了幾聲。「太好了，以後三姊頭上壓了個後娘，看她還敢欺負人！」又遺憾道：「可惜二姊姊快出嫁了，若是能在家裡過年，咱們也像別人家的姊妹一樣，飲甜酒，玩擊鼓傳花。」這是她的一個遺憾，別家姊妹過年愛玩的遊戲，自家卻沒玩過。

江意惜取笑道：「等三妹妹有了後娘，四妹妹也已經嫁去婆家了。」

江意柔紅了臉，放下繡花繃子撓江意惜的胳窩，江意惜被撓得格格直笑。

正鬧著，江意珊來了。

這是江意珊第一次單獨來灼園，小時候跟江意慧來過幾次。

江意惜挺心疼這個小妮子，在周氏母女眼皮子底下討生活，一直活得小心翼翼。

她起身熱情招呼道：「五妹妹，坐。」

江意珊手裡拿了一個繡花綳子，笑道：「我來找姊姊們繡花。」

啾啾見又來了一個漂亮姊姊，撲搧著翅膀叫道：「花兒、花兒！有位佳人，在水一方……」

江意珊孩子心性，被逗得格格直笑，也不想做針線了，站在窗前逗啾啾。

江意柔問道：「五妹妹，三姊呢？」

江意珊囁嚅著說：「我聽到她一直在屋裡哭，沒敢去礙眼。」她和江意言住隔壁。

江意柔撇了撇嘴。

晚飯前，寶簪去各院子通知，老太太生病了，除了兩位老爺、三夫人、大爺，其他主子都在自己院子吃飯。

幾個晚輩速速吃完飯後就去如意堂侍疾，還沒進院子就被擋了回去。

江意惜剛回灼園，江大就被外院婆子領來，江意惜一拿到書契，又去了如意堂。

老太太閉著眼睛躺在床上，大老爺和三老爺、三夫人、江晉立在床前。

聽說江意惜送書契來了，老太太才睜開眼睛接過，轉交給江伯爺，叮囑道：「你明天親自去一趟塘州，感謝那幾個幫了忙的官員，拜託他們一定要保密。」

三老爺開解道：「娘放心，這事他們不敢說出去的。一說出去，不是把他們自己也賣了？」

江意惜遲疑著說道：「祖母、大伯父，我不想要塘州的地和莊子，哪怕賤賣，也讓管事賣了吧。」

老太太應道：「好，讓……」她本想說讓江晉去辦，又覺得大房該避嫌，便對江三老爺夫婦說道：「你們讓妥當的管事去把地賣了，在京城周邊置一些地。」

三老爺點頭允諾。

老太太又拉著江意惜的手說：「周氏壞良心，可她生的幾個孩子都很好，不要跟他們生了嫌隙，該幫扶的，還是要幫扶。」她怕江意惜因為記恨周氏，嫁去孟家後把氣發在江晉兄妹身上。

江意惜很乖巧地點點頭。

次日，江伯爺親自去了塘州昌縣。

兩天後，江大奶奶和三夫人撤了府裡的幾個管事，攆了幾個人，包括江意惜不要的小紅。又重新買了幾個丫頭，分了一個叫彩兒的小丫頭給江洵。

江洵的院子終於讓江意惜徹底放心了。

周家那邊也傳來消息，周氏出家的地方是七峰山的青石庵。

七峰山的青石庵？聽到這個名字，江意惜愣了好久，她前世就是在那裡出家的。真的是老天有眼，自己前世受過的苦都讓周氏受了一遍，連出家的地方都一樣。

聽說周氏被逼出家，江意言在屋裡又哭又鬧，口口聲聲說老太太和江伯爺不慈，周氏也沒犯什麼大錯，就被他們逼成這樣。她還想去找老太太和江伯爺評理，被她的乳娘死命勸住了。

江晉氣極了，跑去教訓江意言。他心裡也極其悲傷和生氣，母親因為那點銀子犯下大錯，真是丟了西瓜撿芝麻。父親前幾年就給他請封世子，不知為何禮部到現在還沒有下文批覆，他真怕因為母親讓這事橫生波折，更怕被老太太和父親厭棄。

他教訓道：「祖母和父親的決定不是妳一個晚輩能說三道四的，這是大不孝，妳就不怕傳出去對妳名聲有礙？娘不在了，妳再不聽長輩的話，讓他們厭棄妳，妳將來怎麼辦？」

江意言哭道：「你是讓我跟你媳婦一樣，娘一走，就趕緊巴結那個惡老太婆？你沒良心，娘在家裡時可是對你最好的！祖母太狠了，為了讓爹休棄娘，還造謠娘不孝順她，娘哪裡不孝順了？哪裡不賢不德了？一個小妾，自己不小心弄掉了胎兒，憑什麼怪在娘頭上？而且那件事都過了那麼久，那時不說，這時候才說，明顯就是為了把娘趕走！你是娘的長子，不僅不幫娘洗脫罪名，還跟老太太一個鼻孔出氣！」

江晉再氣也不敢把母親被休的真實原因說出來，他指著江意言斥道：「別說我沒提醒妳，妳現在還沒說婆家，真把祖母惹惱了，妳想想後果吧！」說完扭頭出了門，把江意言的大哭聲甩在身後。

十九傍晚，江洵回家。

他聽秦嬤嬤說了周氏的事，高興地先在自己屋裡快走兩圈後，才垂目去如意堂送了一隻燒雞孝敬老太太。

下人接過燒雞，江洵又說了兩句祝福話，才跑來灼園。

江意柔和江斐都知道江洵今天要回來，來灼園蹭飯。

江意惜下晌親自煲補湯孝敬老太太，剩下一罐，再有江洵帶回來的燒雞，加上廚房的飯菜，這頓晚飯很豐盛。

門一關，四姊弟眉開眼笑吃了飯。江洵喝了一杯酒，江斐說盡好話，江意柔也幫著弟弟說情，才讓江斐也舔了一點酒。

看到他們三人的互動，江意惜心滿意足。她即使不在這個家了，江洵也不會孤單。等他再大兩歲，就可以說媳婦了。

不讓江洵孤單，讓他快樂地活著，也是江意惜這輩子的一個執念。

三月二十四，老太太終於大好。三夫人、大奶奶、江意惜、江意柔、江意珊在如意堂陪老太太說話解悶，只有江意言生病沒來。

午時初，外院婆子來報，一個自稱素味的帶髮尼姑求見二姑娘。

江意惜說道：「素味小師父是服侍珍寶郡主的，一定是珍寶郡主找我有事。」

老太太雖然很想直接把素味請來這裡，也知道這樣不好，便說道：「妳就回去招待客人吧。」

江意惜回到灼園，素味也被請來這裡。

江意惜道：「素味小師父請坐。」

水香上了茶。

素味坐下後笑道：「我家郡主身體好多了，蒼寂住持說，她這個月二十六能出庵堂散散心。郡主讓我來跟江二姑娘說一聲，她二十六那天會去扈莊玩一天。」

江意惜笑道：「太好了，我一直等著她呢！好，我會回扈莊陪她玩一天。」

留素味吃了素齋後，素味才匆匆告辭回庵堂。

江意惜又去跟老太太說了李珍寶的事，老太太自是點頭允諾。

二十五這天該給鄭小姑娘針灸，江意惜讓人給小姑娘送信過去，說自己有事，二十七下晌再去給她針灸。

小姑娘現在的眼睛又好了一些，要留意才能看得出斜視。怕小姑娘失望，江意惜還送了兩碟玫瑰水晶糕。

江意惜知道鄭家人和大長公主都喜歡吃這道點心，去治病的時候偶爾會帶一些去。做為回禮，鄭府也會送江意惜香扒雞，大長公主還賞過江意惜御膳房做的玫瑰醬和桂花蜜。

同時，江意惜又讓江大給郭掌櫃送信，說她二十五晌午去扈莊。孟辭墨的軍營離扈莊只有二十幾里路，快馬加鞭兩刻多鐘就能到。若孟辭墨能抽出時間，可以去那裡見她。

二十五卯時末，江意惜就帶著水香、水靈、花花、啾啾去了扈莊。

或許是澆了「營養水」的關係，庭院裡的花草更加嬌豔欲滴，連還要再晚些開花的三角花和牡丹都開了少許的花。

而且，花朵上飛著許多蝴蝶和蜜蜂。現在天氣不算很熱，其他地方有，但極少，不像這裡成群結隊。

吳大伯得意地笑道：「自從上年二姑娘來了扈莊以後，這裡的風水就好多了。看看這花草，比別處水靈多了，連蜜蜂、蝴蝶都稀罕，早早飛來這裡呢！」

水靈又拍了一記馬屁。「我們姑娘是誰啊？是江二姑娘！」

江意惜笑嗔道：「廢話！」

水香湊趣道：「水靈說廢話也中聽！」

花花一看見蝴蝶就興奮，又想過去抓著玩。牠心腸好，並不想把蝴蝶玩死，但有時候沒有輕重，還是會有蝴蝶死在牠的魔爪下。

江意惜見牠的小爪子又要去抓蝴蝶，過去俯身拍了拍牠的小屁股。「這麼好看的蝴蝶，別弄死了。」

花花不高興了，喵喵叫道：「我去孟家莊！」

不管孟老爺子在不在孟家莊，只要牠去了，都會被下人奉為上賓，好吃好喝地招待著，想抓什麼抓什麼。

牠還用爪子示意吳有富牽著羊媽媽及兩個孩子跟牠一起去。

現在灼園和扈莊的下人都大概能搞懂花花的「爪勢」。

吳有富哈哈笑著，趕著三隻羊跟牠去了孟家莊。

吃完晌飯，江意惜聽賀氏和水珠稟報廚房準備了什麼吃食。主要是為了明天李珍寶來準備的，肉很少，都是今天要吃的。

江意惜覺得孟辭墨今天八成會來吃晚飯，又讓水珠去鎮上買些肉菜回來。好酒莊子裡留了幾罈。

下晌，江意惜在院子裡拾掇花草。有些花要分株，六月要拿一部分去孟家世子院，還要留一些在這裡。

申時初，孟連山騎馬來了扈莊，還帶來兩罈好酒。

「稟江二姑娘，世子爺酉時會帶一位客人來，他請江二姑娘多備一些下酒菜。」

江意惜問：「哪位客人？」

孟連山笑道：「鄭小將軍。」

「不會是鄭玉吧？」

孟連山不可思議地說：「江二姑娘怎麼知道鄭小將軍就是鄭玉？江二姑娘也太聰慧了！」

江意惜笑起來，沒想到真是鄭玉。

鄭玉的名字如雷貫耳，鄭家人一直在盼望他的回歸，鄭家姊妹也一直許諾要介紹哥哥給江意惜認識，結果自己還早他們一步見到。

水靈翻著白眼說：「連山大哥來了扈莊這麼多次，才知道我家姑娘聰慧啊？即使你沒看出來，水香姊姊也不說？」

孟連山趕緊解釋。「我知道江二姑娘聰慧，不知道這麼聰慧……」

江意惜好笑地招呼水靈去了廚房，讓忙碌的水香去給孟連山倒茶。

鄭玉至少要帶一個親兵，如此又多了兩個以上的大胃。

她看了一下準備的菜色——滷雞、滷排骨、滷肘子、滷肝子、滷豆乾、鍋包肉、糖醋肉、龍井蝦、帶絲鴨湯，以及幾個素菜。

江意惜又加了幾個菜，分量也要加大。

安排好了廚房，江意惜又指揮水珠和水靈把西廂房打理好，拿出幾樣好擺件擺上。

收拾完後，江意惜才去上房換衣裳、補妝。

不多時，就聽見院外傳來馬蹄聲及說話聲。

江意惜迎出門，看見兩位青年將軍走進垂花門。

他們兩人都穿著戎裝，高矮胖瘦相當，俱是氣宇軒昂、俊逸挺拔。一個是孟辭墨，另一個就是如雷貫耳的鄭玉了。

只不過，鄭玉的膚色比孟辭墨暗一點，多了一分英氣；孟辭墨的五官又比鄭玉精緻一點，多了一分俊朗。

江意惜屈膝福了福，笑道：「孟大哥、鄭將軍。」

二人來到江意惜面前，孟辭墨又介紹了一遍。「惜惜，這是我的好兄弟鄭玉，妳叫他鄭大哥即可。」

鄭玉給江意惜抱拳笑道：「江姑娘，打擾了。」

他的笑容非常燦爛，這一點又跟孟辭墨不同，孟辭墨很少會笑得這麼明朗。這或許跟成長環境有關，鄭家和睦，而孟辭墨在孟家的成長卻多了許多滄桑。

江意惜又給鄭玉屈了屈膝，叫了聲。「鄭大哥。」

鄭玉從懷裡掏出一個油紙包，笑道：「這是我叔叔孝敬老國公的紅果種，是從番外過來的。據說結出來的果實滾圓鮮紅，極是好看，還能吃。江姑娘是老國公的未來孫媳婦，聽說極會侍弄花草，我就自作主張，把這些種子轉送給江姑娘了，江姑娘種出來的紅果再孝敬老國公。」他也是無法了。他帶了不少給母親、妹妹等女眷親戚的禮物，叔叔也帶了不少，但他不好送女眷的東西給不熟悉的江姑娘，要送男人的禮物也不好拿來送姑娘。今天要來作客，他也不能空手，就把這些種子送出去了，反正他們之後都是一家人。

江意惜非常喜歡番外過來的三角花，聽說這種紅果又能吃、又有觀賞性，極為喜歡。她接過道了謝，說一結果就會孝敬老國公一盆。

看見老熟人，啾啾興奮得在籠子裡又跳又叫。「北方有佳人，絕世而獨立。北方有佳人，絕世而獨立……」反覆說著這兩句，不說別的。

鄭玉早看到啾啾了，笑著走了過去。「小東西，還記著這兩句詩。」

孟辭墨打趣道：「那些情詩不會都是你教的吧？鄭小將軍鐵血柔腸啊！」

鄭玉笑道：「我只教過這兩句，其他都是趙將軍和李將軍教的。小東西就是太聒噪，我叔叔無法忍受，又捨不得送給其他人，才送給了老國公解悶。」

幾人又逗了一陣啾啾，才進了西廂廳屋。

孟辭墨和鄭玉分別坐在八仙桌的兩側，孟辭墨又指了指自己旁邊的椅子笑道：「鄭小將軍是我的好兄弟，惜惜也坐。」

水香進來沏茶，水靈又端來了兩碟扈莊自製的點心，兩位親兵被吳大伯請去東廂喝茶、聊天。

鄭玉笑道：「聽孟大哥說，江二姑娘在為小妹治眼疾。」

江意惜笑道：「是，晶晶的眼睛好多了。我跟婷婷、晶晶玩得極好，她們和鄭夫人一直盼著鄭大哥回呢！」

這時，外面又嘈雜起來，隱約聽到吳嬤嬤叫「郡主」的聲音。

江意惜一愣，李珍寶不是明天才來嗎？怎麼今天先來了？

李珍寶不等吳嬤嬤告訴她來了客人，已經快步走進內院。

她雖然穿著尼姑的素衣，頭上卻沒戴僧帽。在轎子裡她就把前面的頭髮紮了個丸子頭，用簪子束好，後面的頭髮自然垂下。這個髮型她在前世也梳過，只不過簪子代替了橡皮筋。

她看到江意惜站在西廂房門口，快步走上前，悄聲笑道：「江二姊姊，恭喜我吧，我來月信了！」

聲音不大，離得稍遠的人肯定聽不到，但西廂裡的孟辭墨和鄭玉絕對能聽到！果然，江意惜身後傳來了兩人被茶水嗆著的咳嗽聲。

李珍寶聽到屋裡有男人的聲音，偏頭一看，見裡面居然坐著孟辭墨和一個不認識的男人，正瞠目結舌地看著她。

江意惜臊得滿臉通紅，都不好意思轉身看他們了。

李珍寶也不好意思了，對孟辭墨呵呵傻笑道：「孟大哥來了，你們坐。」連忙拉著江意惜去了上房。

一進屋，江意惜就埋怨道：「妳怎麼回事啊？這種事還大張旗鼓拿出來說，羞死人了！」

李珍寶也有些懊悔，卻還是嘴硬道：「我哪裡大張旗鼓了？只是想跟妳分享一下我成長的快樂嘛，誰知道妳後面藏著兩個男人啊？妳家來了男客卻不事先跟我說，是妳不對，不是我不對。再說了，那話是我說的，妳羞什麼？還有西廂的那兩個男人，差點沒被水嗆死，真是少見多怪！都說古代男人十五歲就開始睡女人了，妳家孟世子沒有，不代表那個男人沒有……哼，反正我說都說了，總不能自殺吧？」倒豆子一樣說了一堆話，比誰都有理。

江意惜拿這不講理的孩子沒辦法，又問道：「妳不是明天來嗎？怎麼現在就來了？」

李珍寶沒先答話，而是拉著江意惜比了比個子，她差不多到江意惜的眉毛了，得意地笑道：「這幾個月我長了一大截，都到妳這裡了。妳目測在一百六十三至一百六十六之間，我現在有一百五十六左右，必須再長幾公分，模樣不行身材湊。我回京之前，妳多讓人給我送點心和補湯，我就喜歡吃妳做的東西，能多吃些。回京後也要繼續加強營養，若這半年不多長點，以後就長不了多少了。」

江意惜不知道一百六十幾、一百五十幾是多少，但知道肯定是尺寸。李珍寶不僅長高了，好像五官也比之前細膩了一些。她答應道：「好，我做了就讓人送來。」

李珍寶又用兩隻手抬了抬荷包蛋一樣的胸部，遺憾道：「下一步就是長這裡。可惜不能吃豬蹄，讓我父王和大哥想辦法搞些木瓜來吃好了。」

江意惜又羞紅了臉，嗔道：「珍寶，妳還穿著僧衣呢，怎麼能說這種話？還有這個動作，羞人！」

李珍寶撇嘴道：「又把妳羞到了？好好好，不說了！」

江意惜又問：「妳還沒回答我的問題呢，怎麼現在來了？」

李珍寶坐去椅子上說道：「我前幾天來了月信，想早些把這個好消息告訴妳。下晌針灸後感覺好多了，求了蒼寂住持半天，她才准我今天出來玩，還不許超過一個時辰。盡快弄些好吃的，我要多多地吃，還要趕回去呢！」

江意惜只得趕緊去廚房讓人做幾個加蛋不加肉的菜，要快。

李珍寶帶了四個護衛、一個車夫、兩個尼姑，於是又安排了他們的飯菜。

西廂裡，鄭玉愣了半天才緩過神，壓抑著聲音大笑不已。

「我走南闖北這些年，還是第一次遇到這樣的活寶。孟大哥，那個缺心眼的傻丫頭是誰？臉皮忒厚，比西域的姑娘還皮厚，那話也好意思說出口，我都替她……父兄丟人。」覺得自己不能替她丟人，於是加了「父兄」二字。

孟辭墨輕笑出聲，也搖了搖頭。他之前就知道李珍寶皮厚和敢說，卻沒想到這麼皮厚和敢說！這事也好意思拿出來說，還讓人恭喜。若不是聽祖父和惜惜一直說李珍寶如何如何真性情，他都要阻止惜惜跟這樣的姑娘交往了。

孟辭墨喝了口茶說道：「這話不要亂說，被她聽到，你挨罵都是輕的。她是雍王爺的閨女李珍寶，你應該聽說過。雍王爺和李凱可從來沒覺得她丟人。」

鄭玉當然聽說過李珍寶這個人，納悶道：「不是說李珍寶病得快要死了，天天泡在藥湯裡嗎？病好了？」

孟辭墨點頭道：「愚和大師跟蒼寂住持一直在給她治病，已經好多了。現在不僅能偶爾出庵堂玩一天，聽說今年還會去京城王府住兩個月。」

鄭玉道：「能說出那種話，一定是發燒把腦子燒壞了。」

孟辭墨笑道：「她腦子沒病，就是被縱得不知天高地厚，有時候說話不過腦子。但人不錯，跟惜惜玩得很好，在某些事上也非常聰明，據說連愚和大師都誇讚她聰慧。」

鄭玉搖頭表示不信。「愚和大師誇她聰慧？不是李凱吹牛，就是雍王爺吹牛。我在京城的時候，親耳聽雍王爺說他閨女貌美如花，聽李凱說他妹子白皙秀美，可幾乎所有人都說她……」覺得評論小姑娘的長相不爺兒們，便住了嘴。

孟辭墨笑笑，他也不好評論姑娘的長相，便說道：「不僅惜惜跟李珍寶玩得好，我祖父也喜歡她的性子，說她眼神清明、真性情，是個好姑娘。」

鄭玉固執道：「她是不是好姑娘我不知道，但我敢肯定她這裡少根筋。」他指了指自己的腦袋。

孟辭墨內心也有這種感覺，覺得李珍寶的確少了根筋，才在某些方面跟常人有異。但她跟惜惜玩得那麼好，他總不願意說她的不是，便自嘲道：「兩個大男人，幹麼在背後議論人家小娘子？說說鄭叔吧。這麼久了，他也不回京看看，別說大長公主和駙馬爺，就是我祖父都想他了……」

第十八章

到了吃飯時間，好肉、好菜、好酒都端去了西廂。

給上房端來四個菜——糖醋煎蛋、溜雙菇、鹹鴨蛋、蒸雞蛋，外加韭菜餅。這些是廚房以最快的速度做出來的。

若是以前，這些美味會讓李珍寶好好解一頓饞。可是今天，院子裡瀰漫著各種肉味，特別是看到一樣樣美味肉菜被端進西廂，李珍寶饞得胃痛，小蒜頭鼻子不停地吸著。

江意惜笑起來。「看妳饞的。這都不能堅持，將來回了京怎麼辦？皇宮裡的美食更多。」

李珍寶眼珠一轉，想到了一個好辦法，對端著一小盆蛋花湯走來的水珠道：「廚房裡還有沒有沒切的肉？」

水珠放下湯盆說：「還有一隻滷雞沒切。」

李珍寶道：「整隻拿上來。」

素味忙勸道：「郡主，您不能吃肉！」

李珍寶說：「不是我吃，誰抱著雞啃，讓我看了有食慾，我就給誰銀子。」

江意惜大概猜到她要幹什麼了，提醒道：「西廂裡還有兩位客人呢，那位鄭將軍出身世家，跟宜昌長公主是親戚，將來還要在御林軍裡當差。」

李珍寶想到自己剛才已經丟了臉，不好再過分，也就忍了，又囑咐道：「妳告訴孟大哥，再讓孟大哥告訴那個人，不許把我今天的糗事說出去。誰敢說出去，哼，我跟誰沒完！」

江意惜道：「孟大哥不是那樣的人，鄭大哥也不會是那樣的人。他們敢把這事說出去，我都不理他們了。」

李珍寶笑說：「這才夠朋友！」

她讓人把桌子移到窗邊，聞著滿院子的肉味下桌子上的菜吃，覺得哪怕肉沒吃進嘴裡，也美味無比，這叫「望梅止渴」。

她把面前的菜當西廂的肉吃，沈醉著吃了一陣後一抬頭，就看到西廂窗戶裡站著一個青年將軍在看她，或許個子太高，還彎著腰，斜低著頭。李珍寶對他甜甜一笑，嚇得他趕緊縮回腦袋。

李珍寶小聲嘀咕一句。「小樣，臉皮薄你就輸了！」

江意惜問：「妳說什麼？」

李珍寶笑道：「那個鄭什麼玉，在偷看本尼姑。」

江意惜望向窗外，西廂小窗空空如也，只有三角花的枝蔓斜過去一截，兩朵俏生生的小紅花立在小窗一角。「沒有啊！」

李珍寶道：「笨，既然是偷看，當場被逮到，當然嚇跑了啊！別說，那鄭什麼玉……」
「鄭玉。」
「喔，鄭玉。他長得不錯，身材也不錯，看外表應該有幾塊胸肌，可惜了，有些傻……」
江意惜不懂胸肌是什麼，但帶了個「胸」字，她又不自覺紅了臉。「人家哪裡傻了？孟大哥說他文武雙全，十八歲就當上了四品武官呢！」
素味又一次提醒道：「郡主，還剩一刻多鐘了，若回去晚了，下次可不容易出來了。」
李珍寶趕緊起身，把一個糖醋煎蛋塞進嘴裡後，快步向外走去。
她坐的是轎子，抬轎的人走快些，一刻鐘能趕回去。
江意惜送出大門，看到那群人小跑著向昭明庵而去。

西廂裡，孟辭墨和鄭玉看到李珍寶一陣小跑出了垂花門，江意惜緊跟其後。
鄭玉嘀咕道：「瞧那精神，哪裡像病了十幾年的人？腿腳比士卒還麻利呢！」
孟辭墨笑道：「鄭大將軍今天是怎麼了？跟小姑娘較勁上了？」
鄭玉放下酒杯，玩味地說：「孟大哥比之前愛笑了，看江二姑娘時一直在笑，江二姑娘不在跟前也笑了好幾次，比在邊關所有的笑加起來還多。是因為江二姑娘嗎？」
孟辭墨看了他一眼，答非所問道：「等你遇到心悅的姑娘，就知道了。」

想到母親焦急催他回來就是讓他娶媳婦，鄭玉很鬱悶。他現在不急著娶媳婦，也不想回京，他喜歡塞外廣袤無垠的天地。

他雖然不知道吉叔為何會那樣克制，為何不願意回家的真正原因，但隱約知道他好像是年輕時沒能如願娶到心愛的姑娘，那位姑娘還過世了。

他一直想開解吉叔，男子漢就是該鐵血，該在戰場上揮灑豪情，那個什麼柔腸不要也罷……但每次話到嘴邊都不敢說出口。

可看到因為一個姑娘就變得比之前明朗許多的孟辭墨，他又犯起了嘀咕。遇到心愛的姑娘，或是錯失心愛的姑娘，真的能影響一個人的性情或是人生嗎？

外面傳來啾啾的罵人聲和江意惜輕言軟語哄牠的聲音。

李珍寶先是鬧了大笑話，後是急著吃飯回庵堂，連走都沒顧得上搭理小東西，牠內心又受傷了，不停地大罵李珍寶。

「壞人、壞人、壞人！滾、滾！回家、回家！軍棍侍候……」

鄭吉平緩又極具威懾力的聲音，說著非常幼稚的詞語。

鄭玉被這熟悉的聲音逗笑了。「我叔叔若是聽到這些話，一定會讓人用繩子把啾啾的尖嘴捆起來。」

孟辭墨笑著點頭，他也是這麼認為。

兩人喝完酒，也沒等到江意惜來西廂。他們知道，一定是李珍寶的話讓她害羞了，不好意思面對他們。

此時外面已經黑透，漫天繁星璀璨，孟辭墨和鄭玉走出西廂。

庭院裡的花在晚風的吹拂下，花更美，香更濃。

孟辭墨對上房的方向說道：「惜惜，我們要走了。」

江意惜不好意思去西廂面對他們，但聽說他們要走了，也只得走出上房相送。

她屈膝笑道：「孟大哥、鄭大哥慢走。」

孟辭墨點點頭，鄭玉抱了抱拳，二人出了垂花門，從親兵手裡接過馬韁繩，幾人騎馬向孟家莊而去。他們會在孟家莊住一晚，明天鄭玉回京，孟辭墨去軍營。

扈莊一下子寂靜下來，啾啾和其他鳥兒已經進入夢鄉。

江意惜在廊下站了一陣，才回屋裡。

她還在替李珍寶羞得慌，那姑娘，若是沒有太后娘娘和雍王爺當倚仗，沒有愚和大師的特殊對待，還俗後不知道要面臨什麼樣的窘境。

江意惜記得，前世李珍寶雖然是人們嘴裡的笑話，卻沒人敢惹她，混得順風順水，比公主還任性，闖再大的禍都有人給她兜著，也難怪花花說她有大福氣。不過，珍寶本性不錯，不會隨意欺負人，除非惹到她。

次日早飯後，江意惜拿出紅果種子數了數，一共十二顆。她留了兩顆回府種在花盆裡，讓吳有貴在正房前挖了幾坑，每個坑撒了兩顆，還跟他們說好，若都出苗了，就移出重新種。

剛種好，三隻羊就被孟家莊的王嬸牽回來。

她把一封信交給江意惜。「這是我家世子爺寫給江姑娘的，花花跑去山裡玩了。」

江意惜淨了手接過信，都是些甚思甚念的話，還說今天晚上會再來。

江意惜暗樂，她也猜到孟辭墨今天晚上會來。

巳時，李珍寶帶著一行下人和護衛來了，居然還來了兩個意想不到的人，就是李凱和李奇。

他們父子是昨天晚上到昭明庵的。

見李凱腆著臉來自家莊子玩，江意惜極是無語。

李凱跟江意惜眨了眨眼睛，意思是「別把我之前幹的事說出來」。他還賄賂了李奇不少好東西，讓兒子萬不能出賣他。

啾啾還在生李珍寶的氣，衝她喊著。「壞人，回家！軍棍侍候！」

逗得李凱和李奇大樂。

李奇看到三隻溫順的羊，又拿青草餵牠們。

見李凱和李奇在院子裡玩得開心，李珍寶把江意惜拉進側屋，讓素味把一個大包裹拿進來。

素味紅著臉把包裹打開，裡面裝了許多用柔軟白布包裹的三指寬長條，還有一些前面窄、後面寬的長條，捏一捏，長條裡裝的是棉花。

李珍寶從中間翻出一條類似於月信帶的東西，前半截跟正常的月信帶一樣，而後半截逐漸加寬。她連說帶比劃地道：「這是我改革的扇形月信帶，我還給它起了個名兒，叫月信棉。白天用這種月信棉，這麼固定……然後夜裡換這種月信棉，這樣固定……怎麼樣，實用吧？徹底攔截後漏，甜睡一整夜！」

她的後一句話讓江意惜紅了臉。不過，江意惜也不得不承認，這種東西比她平時用的月信帶好得太多。那幾天，她夜裡經常要把床單弄髒，無論怎樣注意都不行。

李珍寶又道：「這個時代用棉花和紙做月信帶是奢侈浪費，絕大多數人根本用不起，以後把這種月信棉傳出去即可。富貴人家做這樣的月信帶，裡面裝棉花或是柔軟的紙；而用不起的人家，月信帶裡裝草木灰還是其他什麼，隨她們。」

看到江意惜和素味羞得滿臉通紅，李珍寶又道：「有什麼好害羞的？女人有太多的委屈，自己還委屈自己，太傻了吧？這些送江二姊姊，讓妳做一個幸福小女人，享受一把不一樣的滋味！」

江意惜不好意思歸不好意思，但知道這些東西絕對好，也是她想要的。她極其麻利地把包裹包好，放去臥房的衣櫃裡。

看到封建社會的女人都這麼喜歡，李珍寶得意地笑起來。這東西沒有鑽石名貴，但絕對比鑽石貼心，是女人就沒有不喜歡的。

之後兩人坐去羅漢床上，李珍寶悄聲問道：「我走後，孟大哥和鄭玉罵我『缺心眼』或是『少根筋』了吧？」

江意惜捂著嘴笑起來，她還知道別人會罵她「缺心眼」、「少根筋」啊！

江意惜非常誠實地說：「我不好意思見他們，只在他們要走的時候出去說了一句話。孟大哥知道妳的稟性，肯定不會那樣說妳。至於鄭大哥有沒有說過，我不知道。不過，我覺得鄭大哥挺男人的，不會私下議論小姑娘，應該不會說。」

李珍寶嘟嘴道：「越是大男人，對女人的要求就越嚴苛！我敢打賭，他肯定說了！我沒聽到就當他沒說，若是他敢當面說我，看我怎麼對付他！」

江意惜忙道：「聽孟大哥說，鄭大哥很不錯的，打仗上頗有智慧。他的兩個妹妹也很好，等妳回京了，我介紹妳們認識。不過，妳還是要注意些，有些話不能隨意說出口。」

李珍寶已經聽江意惜說過鄭婷婷，也挺喜歡那個女孩子的。至於江意惜的告誡，她選擇沒聽到。

下晌，李珍寶去庭院裡看了花，又提出再要幾樣，在她回京之前讓王府的人來這裡搬。聽李凱說，她的院子已經全部收拾好，就等她入住了。

吃完晚飯把他們送走，李珍寶的下人和李奇的下人各拎了兩食盒點心走。

李奇還想討要一隻小羊回府自己養，李凱沒同意。他的兒子，養寵物也不能養羊。

大概戌時初，孟辭墨才帶著孟東山急急趕來。

江意惜和孟辭墨去西廂廳屋說話，為了避嫌，還把門開得大大的，屋裡情況一目了然。吳大伯和孟東山坐在東廂廊下喝茶、聊天。這個位置，既讓人覺得他們看得到西廂屋裡，他們又正好看不到兩個主子，連燈下的影子都看不到。

孟辭墨和江意惜講著他們將來的院子要如何裝修，江意惜也提了一些自己的看法。院子很大，占地跟成國公和付氏住的正院一樣大，屋舍少一些，大片空地栽花用。

江意惜又說了李珍寶懷疑他們罵人的話。

孟辭墨笑道：「那個小妮子，還挺聰明的嘛！」

「你們真這麼說她了？不好。」

孟辭墨很沒品地撇清。「我知道她的性子，沒那麼說。鄭玉雖然有些看不上她，說話還是稍微克制了。」

江意惜當然是向著李珍寶的，嘀咕道：「小珍寶那麼好，才不需要他看上！」

孟辭墨道：「那個小妮子，若回京再不收收性子，別人的話會更不好聽。不敢當著皇上和太后的面說，也會私下議論的，妳勸勸她。」

她無奈地說：「我勸了。」但八成沒用。

半個時辰後，門外傳來孟東山的咳嗽聲。

孟辭墨不好意思再待，起身告辭，出門之前快速拉了拉江意惜的小手。

夜裡，江意惜睡得不踏實。花花還沒回來，若明早再不回來，自己也不等牠了，之後再讓吳嬤嬤送牠回京。

後半夜，花花回來了，從小窗鑽進來。

江意惜被牠吵醒，坐起來嗔道：「髒得緊，去找水靈沐浴！」

水清在府裡看院子，小傢伙主要由水靈打理。

花花沒搭理主子，突然慫著鼻子到處聞，聞了一圈後來到門前，用小爪子刨門。

江意惜問道：「你幹什麼？」

花花已經把門刨開躥了出去。

來到東側屋，花花跳上炕，巴拉著幾個包裹，這是要帶回府的東西。

江意惜跟出來問道：「你找什麼？」

「我聞到番茄味了！」

「這裡哪兒有番茄……」江意惜才想起來，包裹裡裝了兩顆紅果種子，難不成鄭玉說的紅果其實就是番茄？她趕緊把包裹打開，再把油紙包打開。「他們說這是紅果種子，是番外過來的。」

花花伸過鼻子在種子上聞了聞，喵喵叫道：「傻惜惜，這就是番茄啊！嘻嘻嘻嘻、哈哈哈哈……有了番茄，就有松鼠魚、番茄拌糖、番茄炒蛋吃了……」

小傢伙喜瘋了，上躥下跳，口水流了一地，大嗓門把前院後院的人都吵醒了。

江意惜也是欣喜不已。聽花花說了無數遍番茄如何美味，本以為是跟蟠桃一樣不可能吃得上的仙品，沒想到這個世界居然有，自己還種上了！

次日一大早趕路前，江意惜又囑咐了吳嬤嬤一家和水珠，一定要重視紅果，要跟最名貴的花一樣重視，並想著回府後再弄些加了料的肥料過來。

江意惜是午時初回到江府的。洗漱完、吃完飯，又急急向鄭府趕去。

轎子直接把江意惜抬到正院，不止謝氏、鄭晶晶在，鄭玉也在，而鄭婷婷卻不在。

鄭玉今天穿的是便裝，整個人的氣質平和了許多，但依然威儀、有壓迫感，一看就是武將出身。

鄭晶晶得意極了，過去拉著江意惜的手說：「江二姊姊，我大哥回來了！怎麼樣，個子高吧？長得俊吧？我沒有吹牛吧！」

她的話逗樂了眾人。

鄭玉哈哈笑道：「小妹把我誇得這樣好！」

「大哥本來就是這樣好！」

江意惜一直很喜歡鄭家的家族氣氛，一家人和樂……更準確地說，是嫡支和樂。

謝氏招呼江意惜坐下，笑道：「聽玉兒說，你們前天已經見過面了，他還去妳家莊子吃了飯。」

江意惜笑著點頭。

說笑幾句，鄭晶晶和江意惜一起去了側屋。

江意惜把銀針給她扎上，聽小姑娘說大哥給她帶了什麼禮物、如何誇她好看，還讓江意惜仔細看她的眼睛。「我的眼睛是不是好多了？大哥都沒看出來我有眼疾，還說我是少見的俊俏小娘子呢！」

江意惜又非常認真地看了小姑娘的眼睛，的確又好一些了，不注意根本看不出來。她笑道：「只有那麼一點點瑕疵，再針灸一、兩次就能痊癒了。」

廳屋裡，母子兩人的說話聲很低，但江意惜的耳朵靈敏，隱約聽到一些。好像是大長公主因為鄭玉回來，而自己的兒子依然沒有回來，氣得哭了幾場。何氏雖然沒表現出不高興，人卻更沒精神了。鄭婷婷一直陪著她們，謝氏又讓鄭玉明天再去開解開解大長公主。

「你叔叔在那邊真的沒有……我不信。」

鄭玉道：「娘，真的沒有，我不騙妳。伯祖母和伯祖父都問過了，我也是這麼說的。」

謝氏搖頭不信。「你不要幫他瞞著，若那樣，可對不起……」

「我說的是真話，叔叔沒有做對不起……的事。」

有幾個詞他們幾乎沒說出聲，根本聽不見。前後聯繫，江意惜猜前面應該是「女人」或是「家眷」，後面應該是「何氏」及「嬸子」。

江意惜不願意多揣測別人家的家務事，把那些話拋在腦後。

做完針灸後，江意惜告辭，並說好她四月初七再來針灸。

此時已經晚了，謝氏不好再留。送了江意惜一小箱子鄭玉從安西帶回來的禮物，以及兩隻香扒雞，又道：「大長公主近段時間身體不濟，心情也不太好，她喜歡吃妳做的玫瑰水晶糕……」

江意惜道：「好，明天我做一些送過來。」

上了馬車後，江意惜把小箱子打開，裡面裝了幾塊天竺的絲巾和布料。絲巾透明輕柔，布料厚實，色彩豔麗，圖案漂亮，極具異域風情。還有兩把線香，香氣濃郁綿長，就是有些悶人。

江意惜非常喜歡那幾塊布料，又結實、又好看，比胡人鋪子裡賣的還好。想著以後去了孟府，可以做成墊子或靠枕。

回到江府已晚。

江意惜回灼園洗漱完，讓水靈拿著香扒雞和一把線香、一塊絲巾去了如意堂。

江伯爺也回來了，一家人正等著她回來吃飯。

香扒雞添菜，線香分給老太太和大房、三房三位長輩，絲巾單給老太太一個人。

聽說線香是天竺國那邊過來的，還是鄭玉帶回來的，老太太和江伯爺、三夫人都十分喜歡。胡人鋪子也有賣線香的，他們在這裡做的線香比較便宜，若是直接從那邊過來，就貴得離譜。

回灼園後，江意惜送了江意柔一塊絲巾，囑咐道：「出嫁後用。」還有兩塊絲巾，但江意惜就是不願意送大房的人。

江意柔極喜歡，笑道：「知道，我不傻。我再給二弟做雙鞋子！」

別看小姑娘整天嘻嘻哈哈，心裡其實非常有數。她知道江意惜最放心不下江洵，因此對江洵比對江意惜還上心，十足的好姊姊一個。

江意惜笑道：「無須，洵兒有鞋子。」

江意柔道：「二弟長得快，又特別費鞋。」

的確如江意柔所想，她給江洵做鞋比給江意惜做鞋還讓江意惜高興。江意惜也經常讓丫頭給江洵做鞋，那孩子實在太費鞋了。

次日，江意惜起了個大早。東邊的朝陽剛剛掛在房頂，薄霧還沒散去，晨風吹在臉上涼涼的、潤潤的。

江意惜帶著拿著花盆的水靈和水香去花園挖土，這裡的土比別處要好些。花花跟在她腳邊，撒著歡地跑，牠希望主人快快把番茄種出來。

挖了土拿回灼園，江意惜一個盆裡撒了一顆種子，又悄悄用牙籤蘸了一點眼淚水在花灑裡，晃勻後澆在花盆中。

早飯後，江意惜又帶著水香跟水靈做玫瑰水晶糕。晌午做好，讓水靈送四食盒去鄭府，又送了府裡的主子各四塊。

雖然大長公主和鄭婷婷都邀請過江意惜去大長公主府玩，江意惜還是不願意跟那位高高在上的公主走得太近。這種殷勤，就讓鄭府的人去獻吧。

自番茄種子種下後，江意惜每天要看番茄花盆三、四遍，花花則大半時間都蹲在花盆前面看，一人一貓皆盼著番茄種子快快出苗。

四月初三後半夜，江意惜還睡得香時，就聽見花花突然在院子裡喵喵大叫起來。

「番茄出苗啦、番茄出苗啦……」

牠的大叫聲把灼園和隔壁華院的人都叫醒了。但因為牠是花花，所有人都不會怪牠，只嘟囔了幾句，就用被子捂住頭繼續睡。

江意惜猴急地穿上衣裳跑出去。

此時天還未亮，漫天繁星眨著眼睛。

星光下，看見兩個花盆裡都出苗了。不是草，是苗，嫩綠嫩綠的，在夜風的吹拂下顫巍巍地抖動著。

江意惜也激動極了，為著這麼些天的盼望。

一人一貓高興夠了，江意惜才抱著花花進屋繼續歇息。

三天後吳有貴來了灼園，說今天早上番茄種出苗了，他爹娘趕緊讓他過來稟報姑娘。有兩個盆裡各長出一株，另外兩個盆裡各長出兩株，只有兩顆種子沒發芽。

他聽說這裡的兩顆種子都發芽了，還早發了三天，笑道：「我爹娘一直說姑娘會養花，果真是！」

扈莊裡的十顆種子有八顆發芽，已經非常好了。

但花花非常不滿意，少兩株秧子就要少結好些果。牠掰著小爪子算，發芽的十株能結多少果、牠吃多少、多少留種明年種……

江意惜希望扈莊那八株番茄都長得好，拿了半桶灑了「營養水」的肥料交給吳有貴，說是她收集的渣肥，讓拿回去給那八株番茄苗和幾盆珍品花施肥。

晚上江意惜又帶人做了一些玫瑰水晶糕和補湯，吳有貴回去的時候，帶一些給李珍寶和孟家莊。

老國公這段時間主要住孟家莊，孟辭墨偶爾也會回去。

江意惜想把那三位的身體調養得很好，特別是老國公，哪怕將來會再次受傷，也不至於丟了性命。

她順道多做了一些，孝敬了老太太和大房、三房各幾塊點心，老太太多一盅補湯。

次日是四月初七，江意惜早飯後帶著水靈去了鄭府，還帶了四食盒玫瑰水晶糕和兩罐補湯，一半送鄭府，一半送大長公主府。

雖然江意惜不願意跟大長公主走得太近，但老太太那個慈祥的眼神江意惜一直記得，偶爾想起，她的心總有些不踏實。

這種感覺讓江意惜很納悶，不知何故。分析來分析去，覺得或許因為啾啾是鄭吉送的，鄭吉又是大長公主的兒子，自己喜歡啾啾，對老太太的感情也就有些特殊了。

馬車到了鄭府角門，她還沒有下車，一個等在門口的清秀小廝上前笑道——

「江二姑娘，我家老太爺、夫人和三姑娘都去了大長公主府。夫人說，請江二姑娘直接去大長公主府。」

江意惜一喜。連鄭晶晶都去了大長公主府，說明小姑娘的眼睛徹底好了。

她掀開車簾問道：「是大長公主府有什麼喜事嗎？」

若有喜事，只拎幾盒點心跟兩罐補湯好像不太好。

小廝笑道：「那倒沒有，只是大長公主身體有些不爽利，主子們去看望她老人家。」

江意惜點點頭，對馬車夫道：「去宜昌大長公主府。」

宜昌大長公主府離這裡只有兩條街，沒多久就到了。

門房已經得了囑咐，聽說是江家二姑娘，馬上打開角門，又請江意惜和水靈坐上騾車，去了大長公主住的千禧堂。

廳堂裡，鄭老駙馬和鄭老少保坐在羅漢床上下圍棋，鄭婷婷、鄭晶晶在一旁低聲說笑。西側屋裡，長公主斜倚在美人榻上，何氏和謝氏坐在兩邊。

謝氏低聲道：「那日，孟大夫人跟我解釋，說孟三公子年紀還小，為了更有把握，才沒參加今年春闈。又誇婷婷長得俊，爽利、心正，這次的話遞得更明顯了。可玉兒回來說，他吉叔也不同意……」

這一年來，成國公和孟大夫人幾次暗示想讓鄭婷婷當自家兒媳婦。鄭老少保和鄭副統領、謝氏也都喜歡孟辭羽，願意結這門親。可鄭老少保跟孟老國公說起這事的時候，孟老國公卻模稜兩可，態度不明。

鄭家猜測，或許孟老國公這個當家人不太願意這門親事。他們有些猜不透原由，便寫信詢問鄭吉。鄭玉回來明確說了鄭吉的意思——鄭吉不同意。還說，除了孟大夫人的兩個孩子，鄭家的子女跟孟家哪個子女結親都成。

之前鄭家人對孟辭墨沒有多少印象，即使偶爾會在孟家莊看到孟辭墨的鄭副統領，也只是覺得孟辭墨長相極好，可惜眼睛瞎了。後來皇上封孟辭墨為五團營的參將，鄭家才對孟辭墨重視起來。而鄭玉這次回來後，把孟辭墨誇上了天，說他睿智有韜略，文武雙全，有軍事天賦。不止鄭玉跟他玩得好，鄭吉也極欣賞他。

於是鄭家人便品過味來，應該是孟辭墨跟孟大夫人不合，而老國公、鄭吉都站在孟辭墨一方。

雖然大長公主生兒子的氣，但不知何時起願意聽兒子的話了，便說道：「既然鄭吉也不同意那門親，就找藉口推了吧。孟老國公和我兒都排斥這段姻緣，定有原由。我有些尋思過味來了，問題應該出在付氏身上，她若真的賢慧，怎麼會給孟月找了那麼個刁鑽婆婆？若婷丫頭攤上個面慈心狠的婆婆，就可憐了。辭羽那孩子還是不錯的，明確拒了，莫耽擱了他。」

先前謝氏還有些捨不得，總覺得孟辭羽出身好，又才貌雙全，是難得的好女婿。公爹和男人聽了鄭吉的意思後不同意那門親事，她便來探聽大長公主的意思，見她老人家也這麼說，只得絕了那個心思。

鄭家老哥兒倆很早就分了家，但兩兄弟、兩家人相處得非常好。

說完了鄭婷婷的親事，又開始說鄭玉的親事。

謝氏氣得罵人。「那個不省心的，我提了好幾家姑娘都不願意，說要熟悉公務後再想這事。」她不好說的是，兒子不許她擅自定下，她就真不敢擅自定下，就怕兒子跟鄭吉一樣跑出去後不著家。

大長公主也想到那個不省心的兒子，餘光掃了兒媳婦一眼，不好多說，嘆道：「這事不急，等玉兒也滿意了再說。」

何氏低下頭，面無表情。

正說著話，門外的丫頭稟報。「江二姑娘來了。」

江意惜被丫頭直接領進來。

鄭晶晶迎了上去。「江二姊姊，我的眼睛完全好了，伯祖母都誇我是最最俊俏的小娘子呢！」

江意惜牽著小姑娘的手，先給正在下棋的老駙馬和鄭老少保屈膝行禮。

兩個老頭都放下棋子望向她。

一個略黑威嚴的老頭笑道：「江小丫頭忒能幹，小小年紀就會治眼疾，比那些御醫還強，老夫謝謝妳了。」這位是鄭老少保。

江意惜笑道：「不敢當。」

鄭老駙馬面白微胖，看著是非常和善的一個老頭，也笑道：「老夫沒少聽孟老太師誇江小丫頭，說妳知書懂禮、溫婉賢慧，還會養花、擅美食、會治病。上年我在孟家莊看了那盆『天女散花』，養得確實極好！」

江意惜被誇得臉更紅了，笑道：「駙馬爺過獎了。」

鄭晶晶急壞了，拉著江意惜看她的眼睛。

鄭老駙馬揮手笑道：「妳們自去玩吧！」

江意惜把小姑娘牽到窗下，仔細看她的眼睛。

水潤的大眼睛裡，兩個眼珠像黑寶石一樣鑲在眼睛中央，又圓又亮。

江意惜驚喜道：「呀，真的痊癒了，好漂亮的眼睛！」

鄭晶晶笑得眼睛彎了彎，又趕緊瞪得溜圓，生怕別人看不到她的眼睛。

江意惜和鄭婷婷被逗得大樂。

兩道清脆的笑聲傳去東側屋，如陰霾的天空一下子透過一縷陽光。

大長公主說道：「多好聽的聲音，可惜這種笑聲府上都少有。」

江意惜被兩姊妹領進來，給大長公主和何氏、謝氏行了禮。

老太太精神萎靡，懨懨地斜靠在美人榻上。

何氏也明顯憔悴了一些，笑容不達眼底。

謝氏拉著江意惜的手笑道：「謝謝妳，我家晶晶的眼疾總算好了。等妳成親的時候，我會陪送一筆嫁妝。」家裡的謝禮都準備好了，謝氏才想起江意惜是孤女，江老太太和江伯爺的風評都不好，再多的禮物送去江家，到了小姑娘的手上也不知還能剩多少，因此就決定添妝，江家總不會扣下添妝。

江意惜紅了臉，不好接話，把帶來的玫瑰水晶糕和補湯拿出來。水晶糕這時吃，補湯拿去小廚房煨著。

大長公主拿著水晶糕咬了一口，說道：「這點心又俊又好吃，竟是比御膳房做的還香。」

江意惜笑道：「孟祖父說我跟花和美食有緣。」

大長公主又上下打量了江意惜一眼，羨慕道：「還是閨女好，聽話、貼心、溫溫柔柔的，怎麼看都舒坦。再手巧些、嘴兒甜些，會養花、會做美食，哎喲喲，長輩可是享福了！」

何氏也笑道：「可不是？都說閨女是娘親的小棉襖呢，唉！」她是真想再要個閨女，可是……

大長公主也嘆了幾口氣。自己肚皮不爭氣，何氏的肚皮也不爭氣，兩代女人都只生了一個獨子。當然，更氣人的是自己的兒子，跑出去不著家，兒媳婦想生也生不出來呀！

婷婷雖然大多時候都住在公主府，也跟她們親厚，可謝氏一來，兩母女即便舉止上不算親熱，甚至還刻意保持距離，但那種不自覺流露出來的默契卻是掩蓋不了的。無論何時，親生的就是親生的。

晌午吃飯，男人一桌，女人一桌。因為有江意惜這個外人，中間還隔了道屏風。

兩罐補湯一桌一罐，眾人都說極其鮮美。謝氏等人見幾位老人家喜歡，便沒多喝，留著給他們晚上繼續喝。

飯後，幾個老人和身體不好的何氏要午歇，謝氏在廂房歇息，鄭婷婷把江意惜和鄭晶晶請去了自己在這裡的院子。

既然江意惜來了，就再給鄭晶晶針灸最後一次。

等針灸完，鄭晶晶去歇息，鄭婷婷才講了自己的鬱悶心事。

大哥已經被安排在御林軍，任四品中郎將，這本是大喜事，可因為大哥的親事，母親和父親這幾天又被氣得不行，母親還哭過，說像大哥那麼大的後生，別人都生娃了，他連媳婦都不想找……

鄭玉的親事江意惜不好多嘴，只靜靜地聽，末了才說道：「鄭副統領和鄭夫人真好，並沒有逼迫鄭大哥娶不喜歡的姑娘。」

鄭婷婷搖頭道：「逼了。我哥被逼急就嚇唬他們，說若敢擅自定下他不願意的親事，就跟吉叔一樣跑去邊關，我爹娘就不敢逼了。」

江意惜想到那天在鄭府聽到的話，原來鄭吉是因為不喜歡母親硬給他定下的親事，才不願意回家。

她也明白了何氏為何眼神平靜得像尼姑，因為沒有了期盼。不過，江意惜覺得何氏的平靜應該是強力壓制著情緒的。若真的平靜得沒有任何期盼，也就不會憂思成疾了。

江意惜對鄭吉更好奇了，沒想到名震四海的大將軍還被情所困，覺得他是個悲情人物，求而不得，只得溜之大吉。何氏也是個悲情人物，不得丈夫喜歡，只能獨守空房。

人世間有太多彼此不睦的夫妻，還不是湊合著過？像他們這種極端的，好像只在話本裡有。

江意惜又問：「鄭大將軍心悅的姑娘嫁人了嗎？若嫁人了，他死了心，也就不會太難過。」

鄭婷婷說：「好像死了，所以吉叔才那麼生氣。」

之前她不太清楚長輩這些事，還是在鄭玉回來後，謝氏跟兒子發生矛盾，氣得跟丈夫哭訴時說了一些舊事，被她聽到的。

江意惜惋惜道：「能讓鄭大將軍這麼長情，一定是個與眾不同的好姑娘，可惜了。」她想起了母親扈氏，人都死了多年，江辰還想著她，不願意再娶。

鄭婷婷道：「好不好我不知道，不過，伯祖母一生吉叔的氣就會罵她，說她是『狐狸精』……」鄭婷婷自覺說了不該說的，尷尬地乾笑幾聲，看了江意惜一眼，又笑道：「我大哥還說，也不是每個他這麼大的後生都生了娃，看看孟大哥，今年都二十一了，才說上媳婦。」

江意惜也笑起來。

兩人玩到申時初，江意惜才去千禧堂跟幾位長輩告辭。

大長公主明顯比上午的精神要好一些。

服侍她的夏嬤嬤笑道：「江姑娘送的補湯真管用呢，看看大長公主，下晌沒喊過一句胸悶。」

補湯配方是前世沈老神醫說的，當時煲的是素湯，老神醫說若再加些海參和豬肚更好。因為要送李珍寶，這次煲的依然是素湯。其實補湯裡最補人的不是湯裡的食材，而是經過處理的鹽和糖，但多喝這種未放特殊調料的補湯，肯定還是好處多多的。

江意惜看出夏嬤嬤是想要補湯的方子，笑道：「這個方子是我早前在寺裡為我爹抄經茹素時，遇到一個老婆婆，她告訴我的，我這就寫給嬤嬤。還有，裡面加些海參和豬肚會更好，我因為也要送珍寶郡主，才沒加那兩樣。」

大長公主很滿意，拉著江意惜的手囑咐道：「無事就來陪陪本宮，江小姑娘跟婷婷一樣，長得俊，又聰慧通透。」還回贈了一支人參和公主府廚房做的四食盒點心。

江意惜回到江府時，已是夕陽西下。

江家主子已經坐在如意堂，等著江伯爺回來吃晚飯。

江意惜很大方地把點心和人參都送給了老太太。

她如此示好老太太，一個當然是為了江洵以後的日子好過，還有一個是想在出嫁前少些事端，老太太能出手壓制找事的人。

當眾人聽說她又去宜昌大長公主府玩了一天，大長公主還送了一支人參，都羨慕不已。

老太太拿著人參笑瞇了眼，看品相，人參的年分應該有幾十年。又暗道，鄭三姑娘也去了大長公主府玩，八成是眼疾徹底好了。她直覺這支人參是江意惜治好鄭晶晶的眼疾，大長公主賞的。不知鄭府送了什麼謝禮？

晚飯後，老太太單獨把江意惜留下，叫到身邊坐下，再把下人打發下去，才悄聲問道：「鄭三姑娘的眼疾治得如何了？」

江意惜笑道：「痊癒了。」

老太太眼裡精光一閃，呵呵笑了幾聲，把江意惜的手握得更緊。「妳把鄭家姑娘的隱疾治好了，那是幫了大忙啊，鄭府就一樣謝禮都沒送？」

江意惜看了一眼老太太，人參還沒把老太太的胃口塞滿。她當然不會說添妝的事，笑道：「鄭夫人送我的那件銜珠鳳頭釵，還有那兩身衣裳，加起來值幾百兩銀子呢！喔，還有天竺那邊的絲巾和線香，也值不少錢呢！」

看看極其滿意的孫女，老太太氣得抖了抖嘴唇，到底不好意思說「那兩樣禮物太輕，還都送給了妳」的話。老太太鬆開手說：「妳回吧。」

江意惜又道：「鄭三姑娘的眼睛雖然好了，但還是需要強化，隔一段時間我會再去檢查和施針。」若孟辭墨相約，她需要有藉口出家門。

老太太雖然極其不高興鄭家的摳門不記情，卻不敢明目張膽得罪他們，點頭同意了。

江意惜一走，老太太就讓人把江伯爺請來。

江伯爺聽說江意惜把鄭三姑娘的眼疾治好，鄭府卻沒有什麼表示，也是失望不已。江意惜給鄭晶晶治病和給李珍寶治病，這是有所不同的。

李珍寶是太后娘娘最寵愛的嫡親孫女，給她治病是榮幸，即使什麼都不給，他們也不敢挑理。何況，他們猜測雍王府肯定送禮了，只不過送去了扈莊，他們想要也不好張口。

而鄭家雖是高門，但自家也是勛貴，自家姑娘不是大夫，給他家姑娘治病純屬於幫忙，不好給診費，但絕對應該送重禮才是。

看看文王，那麼高的身分，江洵幫了忙，還送了禮物來感謝自家。更有高高在上的皇上，因為江洵救了他的兒子、孫女，也賞了銀子和什物。

老太太嘆道：「真是越有錢越摳門，幫了那麼大的忙，送一件首飾、兩套衣裳、幾小塊絲巾就完了。錢家姑娘眼角有一小塊黑斑，李家姑娘腿有些跛，再是勛貴世家嫡女又如何？因為有缺陷，一個嫁給土財主，一個給五十歲的老男人當繼室！治好了眼疾是多大的人情啊，否則那姑娘別說找個好婆家，嫁不嫁得出去都兩說，結果他們卻一毛不拔！哪怕先撂句實打實的話，將來管我三兒的前程也行啊！」

江伯爺重重嘆了一口氣。相較於老三的前程，他更想要看得見、摸得著的錢財。之前想著，自家幫了這麼大的忙，鄭家又有錢，至少會送千兩銀子以上的禮物。他嘆道：「人家不給，咱們也不可能張口要。罷了，就當吃虧買個教訓。下次再有人來求惜丫頭看病，先不要那麼好說話。娘也跟惜丫頭說說，不要馬上同意，最好通過娘答應。」通過老太太答應，幫忙的就是老太太了，要送禮也是送這個家。

老太太心肝都在痛，苦著臉說道：「惜丫頭還有兩個多月就要嫁去孟家了，即使有人求她看病，也求不到老娘來！」

母子兩個長吁短嘆了一陣。待惜丫頭嫁了人，別說謝禮，連人情都是孟家的！

次日上午，江意惜躲在屋裡做嫁妝時，秦嬤嬤過來了。

秦嬤嬤最近一直在幫江意惜給成國公和孟大夫人做鞋子。

嫁去婆家要送婆家長輩孝敬，老國公和老太太的鞋子都是江意惜親手做的，而那兩口子的東西就讓奴才幫著做了。

秦嬤嬤說了幾句話後，就把話題引到宜昌大長公主府裡。

江意惜以為秦嬤嬤是對宗室家的生活感興趣，也就講了一些。

秦嬤嬤見主子神色如常，什麼事也沒有，總算鬆了一口氣。

四月初十是江伯爺四十歲生辰，本來準備好好慶祝一番，因為出了周氏那件事，江家不想大辦。但四十不惑，也不能辦得太無聲無息，就請一些親戚和族親來吃晌飯，其中包括江家未來的女婿孟辭墨。

孟辭墨知道江意惜跟大房的關係不親近，但若不來，容易讓外人誤會自己不尊重江意惜的娘家，也就是不尊重江意惜，因此還是決定來，並已經讓江大告訴江意惜了。

前些天江晉就去請雙紅喜戲班來唱戲，班主聽說是江洵的大伯過壽，許諾免費來唱堂會。江晉回來說，彩雲卿已經離開雙紅喜戲班，不知給哪個貴人當了外室，頗有些遺憾和失望。在他想來，彩雲卿那樣的神仙人物，嫁人都不應該，還給男人當外室。

這天，三老爺和江洵也都請假在家。

上午，江伯爺和三老爺帶著江家幾個男孩子在前院招待客人，老太太和三夫人、幾個姑娘坐在如意堂裡，江大奶奶在如意堂外迎接女客跟孩子。

巳時初，就有女眷親戚來了如意堂。

是幾家族親，包括三老太爺的兩個兒媳婦、三個孫媳婦；五老太爺的一個孫媳婦、一個孫女；更遠一些的兩房人、一群孩子。江家在京城的族親不多，只有這五家，且混得更不濟，平時來往不多。

不多時，江意慧回來了。聽說這次她的夫婿郭子非也來了，老太太十分高興。

午時初，外院的人來報，江家未來女婿孟世子來了，他和大姑爺郭世子要來如意堂給老太太見禮。

如意堂裡一下子熱鬧起來，眾人都齊聲恭賀著老太太。

三老太爺的一個孫媳婦孫氏笑道：「哎喲喲，老太太有福，大孫女婿是伯府世子爺，未來的二孫女婿是國公府世子爺，三品將軍。全天下的福氣，可都被您老人家占齊了！」

老太太被拍得極其舒爽，指著孫氏笑道：「就妳的小嘴兒甜！」

在江晉的陪同下，孟辭墨和郭子非一起來了如意堂。

郭子非長相一般，黑黑胖胖，華服裹身。

孟辭墨穿的是三品武官服，玉樹臨風，儀表堂堂，如星的眸子炯炯有神，根本看不出之前是個瞎子。跟郭子非站在一起，更顯得風姿卓越、器宇軒昂，眾人的目光都被孟辭墨吸引了過去。

孟辭墨這是眼睛好了以後，第一次在京城正式亮相。之前除了進宮見了一次皇上，平時基本上都在軍營忙碌，只偶爾會悄悄跟江意惜見一面。連孟府他都很少回，也拒絕了孟府打算為他舉辦的升官宴。

多年前他在京城時名聲不顯，不熟悉他的人只知道成國公府的大公子頑劣，十五歲就跟著祖父去邊關打仗，回來的路上落馬成了瞎子。

成國公府最拿得出手的三個人，一個是二十幾年前的世子夫人曲氏，豔冠群芳；一個是八、九年前的孟月，「京城四美」之首；一個是孟辭羽，公子如玉，才高八斗，現在才十六歲就中了舉人。

卻原來孟世子更不得了！不說如意堂裡的女眷，就是前院的男人也驚訝不已，孟辭墨的相貌居然比孟辭羽還要好！

也難怪，他母親和姨母可是人稱「二曲」的絕世美人，他姨母曾是皇宮中最美豔的妃子。

眾人都驚訝地看著孟辭墨，江意言更甚，不僅呆呆地看著，連嘴都半張起來，甚至還低喚了一聲「孟世子」。

三夫人最先反應過來，皺眉咳嗽一聲，但也沒能把江意言「喚醒」。

江意惜見江意言這樣，也挺為自己有這麼個堂妹感到丟臉。

郭子非給老太太長躬及地，喊了一聲。「祖母。」

孟辭墨是第一次見老太太，下人擺上蒲團，他跪下磕了頭。

「晚輩拜見祖母。」他即使還沒成為江家正式女婿，喊老太太「祖母」也沒錯。

老太太高興，一迭聲地答應。「欸、欸，好……孩子、好孩子！」原先想叫「好孫女婿」，又趕緊改成「好孩子」。

瓔珞拿上一個托盤，上面擺著一個碧玉筆筒。這是老太太得知孟辭墨要來祝壽，特地讓人準備的。

孟辭墨沒帶下人來後院，老太太的另一個大丫頭寶簪上前接過，過會子會拿出去交給孟世子的下人。

兩人見完了禮，又由江晉陪著去外院吃飯。

吃完壽宴，又說笑一陣，客人們才告辭。

孟辭墨這次送的禮比較貴重，是一架紫檀木雕花博古架。

江意惜有些肉痛，她知道孟辭墨如此是為了給她長臉，但她寧可不要這個臉面。

後來才知道，鄭少保府也送了賀禮。主子有事沒來，總管送了一對官窯出的五彩瓷大花瓶。

這對大花瓶是精品，有半人高，不會低於二百兩銀子，老太太和江伯爺還算滿意。除了孟辭墨送的博古架擺去如意堂，其他禮物江伯爺都收進了自己的私庫。

江意惜暗哼，晚輩的謝禮要充公一半，長輩的謝禮幾乎都自己留著，也只有那對母子做得出來，還認為正該如此。

孟辭墨比孟辭羽還俊俏的事也在街頭巷尾傳揚開來了。許多人不相信，覺得傳這種話的源頭在江府，也就是孟辭墨未婚妻的府上，一定是江府給自家女婿臉上貼金，大言不慚。

水靈在外面聽了這些傳言後氣得不得了，回來跟江意惜說道：「姑娘，您趕緊給孟世子寫封信，讓他去長順東大街、長順西大街、羅福大街、金雀大街走一趟，讓那些不長眼的人瞧瞧，是孟世子長得俊還是孟三公子長得俊？」

那四條街是京城最繁華的街道。

水香笑嗔道：「虧妳想得出來！孟世子心裡裝的都是家國大事，還能為了誰俊、誰不俊跑去溜大街？」

江意惜也大樂，沒理這丫頭的碎唸。

自從見了孟辭墨後，江意言也有些反常，屈尊來過灼園兩次。來了又端著張臭臉，說話夾槍帶棒的。

江意惜知道她的心思，她是看孟辭墨長得俊，又是世子、三品將軍，覺得自己這個孤女配不上他。這個府裡能配上他的，只有伯府嫡女。

江意惜當然不會跟這個丫頭客氣，幾句話就把她懟跑了。

兩日後，一張書契又交到江意惜的手上。

三老爺夫婦已經讓人把塘州昌縣的地和莊子都賣了，由於賣得急，損失了八十幾兩銀子，這些錢由大房補上。又在京郊通林縣買了八百畝的二等地，花了五千零四十兩銀子。每一筆帳都說得清清楚楚，多出來的四十兩銀子和辦事用的幾兩銀子，都是江三老爺夫婦貼的。

這塊地江意惜非常滿意，離扈莊比較近，吳大伯父子可以一併管理。江意惜領了他們的情，把那四十多兩銀子還給三夫人。三夫人不收，說長輩給晚輩貼這點錢還收，說出去讓人笑話。

江意柔私下告訴江意惜，賣地時損失的八十幾兩銀子，還是三老爺提點了老太太，老太太讓江晉拿出來的。

之後又傳來不好的消息，跟江意柔說的那兩家親事都沒說成。一個是聽說男方繼母不慈，三老爺夫婦怕閨女嫁進去受繼母的氣，不願意；另一個男方家是江三老爺夫婦非常喜歡的，後生的伯祖父生前官至從一品都督僉事，堂伯父如今在南越任總兵，父親是南大營的遊擊將軍，家族在軍裡頗有威望。本人十八歲，是五團營裡的七品把總，長得也高大俊朗。都準備請官媒正式提親了，那家竟知道了周氏犯的事，不知出於什麼考量不願意了。

周氏的事到底還是影響到了閨女的親事，江三夫人氣得到老太太那裡大哭一場。

江意柔也氣得要命，躲在屋裡偷偷抹眼淚。

這事不是花花說的，而是江意惜自己聽到的。

江意柔的臥房跟江意惜的臥房只隔了一道牆，她們母女在臥房裡悄悄說這些事時被江意惜聽到了。

江意惜之前就有一種感覺，她的耳朵似乎靈敏多了。比如上次鄭玉和謝氏的對話，按理聲音絕對不可能讓別人聽到，還是隔壁的人，偏偏她就是聽到了。

之後江意惜開始留意，發覺自己的耳力的確是好多了。雖然不像花花能聽得那麼遠，但比常人好得多，隔壁輕微的聲音都能聽到。

花花是個「順風耳」，她吃了牠那麼多福利，元神又在她的胃裡，是不是她的耳力也得到了提升？欣喜之餘，也有弊端。她睡覺的時候要在耳裡塞棉花，否則隔壁的鼾聲都能聽到，影響睡眠。

由於江意柔受了打擊，江意惜無事就去華院陪她說話，又跟江三夫人暗示，以後自己會幫著留意好人選。

第十九章

四月十八，梅溪詩社在常勝侯趙家舉辦詩會，前一天趙秋月就給江意惜寫了帖子。這天，江意惜把江意柔帶去玩了一天。

江意言氣不過，跑去如意堂告狀。

老太太已經不耐煩應付她，非常不客氣地說：「妳生母做了那種喪德敗行的醜事，連隔了房的姑娘都受連累，妳還想著出去玩？老老實實待在家裡，不要出去丟人現眼！」

江意言不知道周氏到底幹了什麼，氣得哭著跑出如意堂。

江意惜討厭江意言，但更不喜歡老太太如今看江意言的眼神，跟前世看她和江洵的一模一樣。

只是，她討厭江意言還可以表現出來，但不喜歡老太太的心思卻不能表現出來。

四月二十一下晌，宜昌大長公主府來了兩個嬤嬤，一個是大長公主身邊的夏嬤嬤，一個是公主府廚房的婆子。

夏嬤嬤說，她們按照江意惜寫的方子做出來的補湯，不僅味道沒有江意惜做的好，大長公主喝了以後，也沒有那麼大的作用。她們想請江意惜去大長公主府做，或者親自教廚娘做。

這是懷疑自己寫的方子有假？江意惜笑道：「我才讓人買了食材，還準備明天早起煲好湯送去孝敬大長公主呢，正好嬤嬤來了。」這的確是江意惜準備孝敬大長公主的，卻不是孝敬她一人，而是會送去鄭府，再請鄭府送一半給大長公主府。昨天孟辭墨讓人送來消息，讓她明天去南風閣見面，她要找藉口出去一趟。

雖然大長公主說過讓她去陪大長公主的話，她只當這是客氣話。或許是前世的傷痛太深，她始終不喜歡宜昌大長公主府，能夠不去就儘量不去。

既然她們來了，還帶著懷疑，江意惜就在兩位嬤嬤的眼皮子底下做了補湯，熬了大半個時辰，香味越來越濃。

那個廚娘笑說：「食材一樣、數量一樣、順序一樣、火候也一樣，可江二姑娘做的就是要香濃得多，這是天分，比不了的。就像同一個師傅教出來的人，有人能當御廚，也有人只能在小館子裡討食吃。」廚娘精明，她是在為自己找藉口。她也納悶，為何自己跟江姑娘的做法一樣，甚至食材還要更精細，做得卻遠不及江姑娘好？

夏嬤嬤也不得不佩服，訕訕地笑道：「江姑娘聰慧。」大長公主說廚娘煲的湯沒有江小姑娘煲的好喝，喝了作用也沒那麼大，她還以為是江姑娘藏私，心裡非常不高興，這才主動要求帶廚娘過來「討教」。

湯煲好後，兩人連著陶罐一起拿走了。

伴隨著番茄秧的茁壯成長，轉眼到了五月初，天氣越來越熱。

成國公府每年四月都要舉辦的牡丹宴並沒有如期舉辦，孟大夫人的托辭是要忙孟辭墨的婚事。實際上是孟辭墨的眼睛好了，成國公又挨了頓胖揍，她氣悶，沒心思辦了。

五月初二下晌，吳嬤嬤來報信，說李珍寶初四會去扈莊玩一天，順便把花拿走，兩日後便會進京住進雍王府。

這不僅是雍王府的大事和喜事，據說太后娘娘高興得連病都好了大半。皇上也高興，還在金鑾殿上提起過此事。

五月初三一大早，江意惜抱著花花同吳嬤嬤、水香、水靈、秦嬤嬤坐著吳有貴趕的騾車去扈莊。

天氣熱，一出城門丫頭就把車簾打起，這才有了些涼意。

午時初，騾車一走上那條通往扈莊的小路，花花就從馬車上跳下去，直奔青螺山而去。

到了扈莊門前，江意惜被丫頭扶下車，看見離莊子不遠的大樹下坐了一個老和尚。

老和尚穿著灰色僧衣，極瘦，臉上的褶子特別多。白眉毛斜飛向上，白鬍子垂在胸前。他像是中了暑氣，臉色不太好，閉目慢慢轉動著手裡的念珠。

因為前世出過家，江意惜對出家人有一種不一樣的情感。特別是這位老和尚，看著至少有八十歲以上了。人能活到這個歲數已是不易，還大熱天的一個人走到這裡。

江意惜動了惻隱之心，走過去問：「請問師父需要喝水、吃齋嗎？要不，去我家坐坐？」

老和尚睜開眼睛上下看了江意惜一眼，目光在她左腕的沉香念珠上停留了一下，這才說道：「阿彌陀佛，老衲趕路趕得急，的確又渴又餓。」說著便站起身。

江意惜把老和尚請進莊子，見他極喜內院裡的花草和鳥兒，又請他去西廂喝茶。

老和尚沒進屋，看到西廂外廊下有一個小板凳，坐了下來，笑道：「鳥鳴鶯啼，繁花似錦，又遠離塵囂，女施主的家美如仙境。」眼睛多看了幾眼番茄秧，又吸了吸鼻子。「把妳家不一樣的好茶拿出來讓老衲品品吧。」

水靈不高興了，嘟囔道：「出家人還這麼挑剔！」

江意惜心裡一動，這老和尚是聞出自家有不一樣的味道了？再想到剛才他看自己手腕念珠的眼神，猜測這位老和尚即使不是愚和大師，也是跟愚和大師熟悉的高僧，認出了念珠的出處。江意惜嗔了水靈一眼，斥道：「不許對師父無禮！」

老和尚笑道：「女施主上道。老衲法號愚和，女施主不許藏私。」為了喝好茶，老和尚自報法號。

原來他真是自己崇拜了兩輩子的愚和大師！江意惜大喜。

為了招待孟家祖孫，莊子裡一直放了罐經過處理的好茶，江意惜親自泡上茶，端至愚和大師手裡，又拿了一個小板凳放在他旁邊，方便他放茶。

愚和大師揭開杯蓋，非常享受地聞了聞，顧不得燙，嚐了兩口後，誇獎道：「好茶！機緣巧合，老衲竟還有這個口福。」

他喝完茶，江意惜又續上水。

愚和大師又笑道：「老衲這幾日口淡，女施主做齋時上上心，這個人情老衲記著，不會讓女施主吃虧的。」

倒真是個半仙。江意惜顧不得歇息，笑道：「我這就去廚房給大師做素齋。」把「師父」改成了「大師」。

因為明天李珍寶要來，廚房裡準備了不少做素食的食材。

江意惜做了四個素菜——拔絲紅薯、爆炒雙菇、爽口木耳、千層腐皮，又做了一小盆豆芽涼麵。做好後，親自端去西廂桌上。

愚和大師吸了吸鼻子，對站在一旁的江意惜和水靈笑道：「老衲吃相不雅，兩位施主請自便。」

江意惜去上房吃完飯後，又獨自去了西廂。

老和尚已經吃完齋，桌上的飯菜一口不剩。江意惜抽了抽嘴角，那個分量足夠兩個壯男吃。這個分量、這般迅速，吃相肯定不雅。

愚和大師看出她的意思，笑著說了一個字。「香。」又雙手合十道：「阿彌陀佛，女施主得上天眷顧，意外得了一樣好寶貝，可喜可賀。」

連那件事都知道了？不管他是算到什麼還是聞到什麼，修為都高極了。江意惜不知該說什麼，唯有仰望。

老和尚又說道：「老衲想向女施主討要兩樣好東西。」

江意惜猜測他要的好東西其中一樣是茶葉，心中暗誹，口口聲聲說不讓女施主吃虧，卻連吃帶拿。「大師想要剛才喝的茶葉？」

老和尚笑道：「女施主聰慧。老衲虛度光陰近百年，愛好不多，素喜好茶。另外，老衲還想討要那物。」他站去窗邊，手指向放在正房外廊下的一個花灑。

這個花灑是江意惜從府裡帶來澆番茄秧的，水裡兌了一點眼淚水。茶葉江意惜會給，可這水裡加了眼淚水，她能用，卻不能給別人用，小東西特地囑咐過的。

她搖頭道：「茶葉我可以送，但那個花灑我不能送。」

老和尚眨巴眨巴眼睛，把手腕上的念珠取下在手中轉動起來，說道：「十幾年前，老衲夜觀天象，推算出有一個好寶貝或許會造訪這個世界，還會由皇家出生的小節食帶來。可上年老衲看小節食的面相，才發現她與那寶貝無緣。唉，老衲足足沮喪了大半年，以為同那個好寶貝會失之交臂，晉和朝百姓終將逃不過幾年後的那場戰亂和十年後的那場饑荒。可前些日子老衲又夜觀天象，才發覺那樣好寶貝已然來到這裡，被另一人意外留下了。阿彌陀佛，佛祖保佑，那兩場劫難或許可以避免了。」說完，就看著江意惜笑。

哪怕江意惜知道他是愚和大師，知道愚和大師道行高，也沒想到他有這麼厲害，竟連這個都算到了！

江意惜也終於明白為什麼愚和大師對李珍寶格外不同，還不遺餘力地為她治病，原來他早就知道光珠會被李珍寶帶到這個世界，而光珠的到來或許能阻止兩場劫難。

愚和大師的出身不是秘密，全晉和朝的人都知道。

他年少時是太子，按世俗中的輩分，他是當今皇上的伯祖父。十四歲時突然頓悟，說帝王也拯救不了蒼生，於是衝破重重阻力遁入空門，在報國寺落髮出家，閉關修行三十年。

在四十幾年前的一場瘟疫中，他帶著徒弟出現在人前，拿出的藥救治了十數萬病人。之後又警示過一次豫北有強力地動、一次湘南有水災，救出的百姓超過百萬人。

他大多時間都領著弟子四海雲遊，少數時間閉關修行，很少出現在人前。因為身分特殊，哪怕是皇上，也不敢強行讓他算命或是看病。他幾乎不管世俗中事，除非他認為該管。

據說包括李珍寶在內，只有六人他親自出手治過病。包括當今皇上在內，只有五人他親自批過命。

他沒算錯，光珠的確是李珍寶帶來這個世界的，只是她「不願意」要，一巴掌打了出去。這一世打進了江意惜的嘴裡，而前一世光珠被李珍寶打到牆上，不得已回到九天雲外。

若是這一世江意惜的嘴巴不張開，光珠把她砸個鼻血長流，會再次回到天上，「好寶貝」就真的不會來到這個世界了。

江意惜既萬幸自己怎麼就好巧不巧正好在那個時候張開嘴，又不知道愚和大師把這件事明說出來有什麼用意？她沒說話，納悶又崇敬地看著愚和大師。

愚和大師又說道：「上天有好生之德，既然小東西來了這裡，就應該在力所能及的範圍內造福於這個世界的蒼生。」

江意惜搞懂了，愚和大師今天不是恰巧走累歇在門外，而是專門來找她的，找她的用意是想利用花花達到什麼目的。

她不願意生靈塗炭，可更不願意讓花花暴露，招致危險。「大師也說牠是小東西，牠那麼弱小，怎麼能揹負那麼重的使命？況且，還不知道這個世界有沒有覬覦牠的壞人，萬一暴露了，豈不是危險？」

愚和大師笑笑，又說道：「阿彌陀佛，女施主慈悲心腸。放心，那小東西得日月精華灌溉，老衲怎敢把牠置於險境？牠做了好事，救助蒼生於危難，既為小東西積了福，也能為女施主來生積福。」

「我也希望能拯救蒼生，可若事情弄大了，我擔心小東西的安危。」花花說過，牠的武力值很低，只比真正的貓厲害一點，連大型野獸都打不過，何況是人，甚至有可能是不可預知的妖僧？

愚和大師笑道：「阿彌陀佛，天機不可洩漏，有些事老衲自會守口如瓶。老衲亦會擋在你們前面，所有不同尋常的東西都出自老衲之手，與旁人無關。以後，女施主有不好找的藉口、不好說的出處，也可推到老衲身上。」

這話讓江意惜比較滿意。「怎麼幫大師？」

愚和大師道：「老衲想討要一些神仙水。」

神仙水？江意惜直覺他說的神仙水是敷在元神外層的眼淚水。

若他要的是經過光珠照射過的東西、用眼淚水浸泡的東西，或者直接拿某樣東西來讓江意惜照射或浸泡，只要處理得不是太逆天，她都願意，因為這些東西不會暴露花花的特殊。

但眼淚水，花花特地說過，只能她用，任何人都不許給。江意惜為難地搖搖頭。

愚和大師沒繼續那個話題，而是指了指她的左手腕，說道：「這串珠子本是老衲送與小節食避香的，不承想她把小東西『強送』給女施主，還把這串珠子也贈與女施主。阿彌陀佛，真是天意啊！」

江意惜有些懵。「大師的意思是，這串珠子與小東西有關？」

愚和大師笑道：「這串念珠中有一顆珠子不是沉香念珠，而是避香珠。這種珠子不僅能驅趕蟲蛇，還有一個最關鍵的作用，能隱蔽住女施主體內特有的氣味，也就是與凡人有異的『仙氣』。」

體內特有的氣味、仙氣……是指她肚子裡光珠的氣味？「大師這話是什麼意思？」

老和尚說道：「那寶貝不是凡物，帶有特殊的氣味，只是一般人聞不到。小東西的皮囊也有那股味道，否則那些有慧根的野獸也不會不吃牠的肉。在遙遠的烏斯藏，有幾個用靈獸練修為的番烏僧，他們養了一種玄雕，玄雕嗅覺異常靈敏，也極是厲害，專門為番烏僧捕捉靈獸練功。」

「還有那兩種怪物？」花花最怕這個世界有什麼妖僧、妖道，沒想到還真的有！江意惜著實被嚇了一跳。若她把避香珠給小東西戴上，她腹中的光珠就會被發現；若不給，小東西就會有危險。她急忙問道：「大師還有這種避香珠嗎？」

老和尚攤開右掌，掌心有一顆小指指腹大的小珠子，比江意惜腕上的念珠小得多，黑黃白相間的花紋。

「這種避香珠，是老衲用了五十幾年的時間密製而成，只有五顆。早年送出兩顆，後又贈小節食一顆。女施主務必要保管好，弄丟可就沒有了。」

江意惜伸手把小珠子拿起來，聞了聞，與沉香大致相似，又有些許不同。她看看手腕上的珠子，的確有一顆跟另外十二顆不算很一樣，仔細看花紋偏暗，與這顆小珠子相似。

江意惜相信愚和大師不會騙她，她捨不得再把珠子還回去，又不想給眼淚水，商量道：「那種水肯定也帶有不一樣的氣味，拿出去了，小東西豈不是暴露了？若被番烏僧和玄雕察覺了怎麼辦？換一樣東西成不？」

愚和大師說道：「女施主放心，玄雕只能辨別出小東西的元神、皮囊和未加稀釋的神仙水的氣味，其他脫離了小東西的所有味道，玄雕都辨別不出來。老衲還有一顆避香珠，會掩蓋那種氣味，若是要拿出去用，都會用水稀釋過，即使玄雕在也辨別不出來。」見江意惜還是一臉擔憂，又道：「女施主無須太過擔心，到現在為止，番烏僧和玄雕還沒踏足過晉和朝。哪怕他們來了，只要在二里之外，即便沒戴避香珠，玄雕也聞不到。玄雕的嗅覺雖然靈敏，但目力不好，超過兩丈距離便看不清楚。女施主注意了，玄雕身高二尺，羽毛黑色中夾雜著少許金色，頭頂一撮白毛。」

江意惜心裡有些鬆動，但依然不敢自己決定。「我要問過小東西後才能決定給不給。」又建議道：「大師，既然您能算到有戰亂，肯定也能算到挑起戰亂的人。告訴皇上先把那人抓起來，就能從根源上制止，幹麼要繞大圈圈？」

老和尚的嘴角向左抽了抽，左邊臉的皺紋更多更深了。「阿彌陀佛，天機不可洩漏。老衲之所以能跟女施主和盤托出，是因為女施主也知道許多天機，老衲還需要女施主的幫助。而其他人，若老衲說了不該說的，是會折壽的。佛說，我不入地獄，誰入地獄？老衲並不怕死，卻也想多活幾日，多為蒼生謀事。何況，有些人哪怕是做壞事，也有他的使命，也得上天眷顧，老衲不能直接制止他，只能用別的法子讓其他人去阻止他。老衲沒有辦法拯救所有蒼生，也阻止不了朝代更換，但知道拯救的法子，便想在力所能及的情況下拯救更多人。」

江意惜默然。矛盾得不能再矛盾，卻還說得頭頭是道。本來能夠簡單地解決，偏偏要繞一個大彎……高僧的境界她不懂。

江意惜又問：「大師，連多年後的戰亂您都能算出來了，那總能算到番烏僧和玄雕會不會來這裡、什麼時候來吧？告訴我們，讓我們提前做準備。」

愚和大師笑道：「女施主的問題不少。只有大事，上天才會預示，老衲也才能在看過天象後推算出來。至於芸芸眾生中的小事，上天不會預示，老衲也沒有那麼多的時間和精力去算。」

江意惜不服氣道：「您想要小東西的東西，牠的安全不算小事吧？」

「這倒是。不過，那些事要等拿到老衲想要的東西後才能說。阿彌陀佛，老衲在報國寺靜候女施主。」說完，他就給了江意惜一個「妳懂得」的眼神。

這個眼神讓高僧的形象平易近人了一些。江意惜知道，他是提醒自己拿他討要的兩樣東西過去。

既然茶葉不會惹禍，拿給他並無妨，江意惜便去上房把整個茶葉罐都拿出來，連同那個裝了半桶水的花灑也交給他。加了眼淚的水她不能隨意送，今天她就自作主張送了，一是花灑裡的水稀釋得非常厲害，一是要了他的兩顆避香珠，還知道了番烏僧和玄雕的存在。

拿著這兩樣東西，愚和大師高興得白鬍子都抖了幾抖，悄聲道：「女施主去報國寺時，再給老衲多送些這種好茶。」

江意惜說道：「那些水也能製好茶。」她正愁「沈老神醫送的茶葉」不可能永遠喝不完，現在又有出處了。

愚和大師道：「那些水要做大事的，老衲捨不得用在製茶上。」

江意惜忍不住問道：「什麼大事？」

愚和大師笑得一臉褶子。「天機不可洩漏。」

江意惜無語，只得送他出去。

一出門便熱浪滾滾，日頭亮得刺眼睛。

院子裡靜悄悄的，連籠子裡的鳥兒都熱得縮著脖子打瞌睡，滿庭院的花兒卻開得燦爛無比。

愚和大師見狀心疼地皺了皺眉毛，又說道：「一花一世界，女施主是愛花之人，侍弄花草用心，但極有限的好東西應該用在刀刃上。」

江意惜點頭，以後的眼淚水的確不能隨便用了。

院門剛打開，一個青年和尚就雙手合十道：「師父，您讓徒弟好找。」

愚和大師把手裡的東西遞給他。「走，去找小節食。」

江意惜站在院門口看著那兩個背影飄然遠去。從後面看，愚和大師步伐輕鬆有力，一點都不像年近百歲的老人，不大會兒功夫他們便消失在那個小樹林裡了。

江意惜坐去炕上看那兩顆避香珠。她也才想到，自從戴上這串念珠後，她似乎從來沒被蚊蟲叮咬過。特別是侍弄花草的時候，別人被蚊子叮了許多包包，而她卻什麼事都沒有，原來是拜這顆珠子所賜。那麼，以後無論是蛇還是蠍子、臭蟲，都不會咬她了吧？前世出家後她被蛇咬過一次，以至於現在還特別害怕那物。

這可真是個寶貝呢！

下晌，吳有富去了五團營，又去了孟家莊，孟辭墨和孟老爺子都答應晚上來扈莊吃晚飯。

孟老國公申時就來了，老爺子紅光滿面，精神矍鑠，看來這段時間幫他調理得不錯。

江意惜笑說：「孟祖父的身子骨越來越硬朗了。」

老爺子也笑道：「這大半年來，老頭子的精神越來越好。之前因為左臂有舊傷，左手一直會發抖，現在居然一點都不抖了。」他覺得是江意惜給他熬的補湯起了作用。

江意惜笑道：「一定是孟祖父之前憂心孟大哥，現在孟大哥的眼睛好了，孟祖父心寬，身體也就越來越好。」

老爺子笑道：「有這個原因，也有江小姑娘的孝心。」他接過江意惜遞上的茶碗，聞了聞，遺憾道：「那種好茶喝完了？」

江意惜道：「本來還剩了一點，恰巧今天愚和大師要去昭明庵給珍寶瞧病，走累了來扈莊化緣，他非常喜歡那種茶，都要走了，說看能不能自己製。大師還說，若他能自己製，日後一定少不了我的。」

老爺子聽了，眼睛都亮了起來，哈哈笑道：「這裡風水好、風景好，居然把愚和大師都吸引來了！若愚和大師能製出那種好茶，老夫就有口福嘍！」少不了他孫媳婦的，當然就少不了他的！接著又十分遺憾地嘆了一口氣。「若早知道大師會來這裡，我也過來拜望他了。不是誰都有小珍寶那個福氣，能得大師另眼相看。老夫平生只見過大師兩次，一次是陪當今皇上，還有一次是年輕時身負重傷，大師救了我一命。」

一旁服侍的水靈忙說道：「這裡的風水好是我家姑娘帶來的。」

老爺子捋著鬍子點頭，江小姑娘的好福氣，他心裡最清楚。

一直到天黑透了，孟辭墨才帶著孟連山趕來扈莊。

當著老爺子的面，孟辭墨只能正經地跟江意惜說話，背過身才敢跟江意惜眨眨眼睛，再挑挑眉毛。

江意惜好笑。只面對她一個人的時候，孟辭墨不僅不冷峻，還有趣得緊，像個孩子。

祖孫兩個吃完飯就回了孟家莊，儘管江意惜和孟辭墨沒有機會單獨說悄悄話，但見了一面，兩人俱是心滿意足。

次日早飯後，江意惜讓吳大伯父子把要送李珍寶的八盆花搬到庭院中央。

李珍寶一進來，就被庭院中間的三角花吸引住。它的枝條伸得很長很寬，另幾盆花加在一起也沒有三角花的面積大。一簇簇紫紅色的花朵壓在軟軟長長的枝條上，風一過，花朵隨著枝條搖曳生姿，滿目絢麗。

李珍寶又想起昨天夜裡的夢。她渾身插滿管子躺在病床上，醫院下了病危通知書，醫生也暗示放棄治療，可爸爸仍堅持著不願放棄。

爸爸總是以他自己的方式愛著她，可她一點都不喜歡。在她需要他陪伴的時候，他忙著打拚事業、同女人約會，對她的愛就是給很多的錢；在她不需要他、想要逃離的時候，他又苦苦挽留……

李珍寶逼退眼裡的淚，衝江意惜一笑。「聽愚和大師說，他昨天來這裡化緣了？都說老和尚高深莫測，我倒覺得他平易近人。之前我不懂事，因為治病身體難受，還當面罵過他老禿瓢，他也不生氣。」

「他是得道高僧，自然不會跟孩子一般見識。不過，回京後妳定要管住自己的嘴，哪怕妳再得皇上和太后娘娘的寵愛，須知暗箭難防，不要輕易得罪人……」江意惜一通碎唸。

李珍寶摟著江意惜的胳膊撒嬌道：「我的姊姊，妳真當我傻啊？人不犯我，我不犯人，我保證不先挑事。不過，若是有人敢欺負我，我也不會認慫，沒道理拘著那麼粗的大腿還受氣吧？」看著護衛把花搬走，李珍寶把江意惜拉到面前比個子，欣喜地比著一截食指笑道：「這個月我長了這麼多，有一公分的樣子。可惜還是這麼瘦，上身是排骨，下身棒子骨。愚和大師昨天給我看了病，說明天回京沒問題，只要不吃肉，就能在家待到七月初五回庵堂。」

江意惜由衷說道：「祝喜妳。」

兩人斜去美人榻上，李珍寶又說了回京後的計劃。太后奶奶想她，她回雍王府住一天，之後就會進宮陪太后幾天，她已經想好了一整套巴結太后奶奶的方案了。等到出宮後，再請江意惜去雍王府玩。還有最重要的事，六月初七是黃道吉日，「食上」要開業了！

李珍寶玩到申時才回庵堂。

送走李珍寶後，江意惜開始盼著花花回來。之前說好了，今天晚上牠必須回來。

她坐在廊下，拿了一塊黑麻布裁成條，給花花編絡子。用這種絡子當項圈不太顯眼，小傢伙即使跑去外面，也沒人會打壞主意。

從黃昏盼到月上柳梢，也沒把花花盼回來。

戌時末，江意惜準備上床歇息之時，終於聽到牆外有小東西的喘息聲，接著房頂傳來踩瓦片的聲音，然後是水靈的罵人聲響起——

「還知道回來啊？姑娘等你等得心焦！」

花花剛跳下地，就被跑出來的水靈硬抓去洗澡。

水靈沒有水清溫柔，捏得花花有些痛，花花不高興了，喵喵叫著一爪子拍過去，被水靈躲開，牠又使勁拍打盆裡的水，噴了水靈一臉一身。

水靈氣得直咬牙，也不敢再罵小東西一句。

洗完、擦乾毛後，花花被塞進江意惜懷裡。

等水靈退下，江意惜才輕聲講了愚和大師來這裡的事。

「……我不知道眼淚水能不能給他，也不知道這麼做對你有沒有傷害，沒敢答應，只說要跟你商量。」

聽說這個世界真有妖僧和妖物，花花嚇得一個哆嗦。牠仔細看了看那顆避香珠，又聞了聞，覺得的確能掩蓋光珠的氣味，才由江意惜給牠戴在脖子上。

項圈和珠子跟牠的皮毛相近，又平平無奇，江意惜看後很滿意。

花花喵喵叫道：「算到我會來找李珍寶，還看出李珍寶跟我無緣，又有這種珠子，那老和尚的確有幾分真本事，他說的番烏僧和玄雕應該不假。主人可以跟他交好，說不定以後我們真有用得上他的時候。既然他有避香珠，又承諾拿眼淚水出去會稀釋，那就給他吧。我也希望能拯救更多人，增加我的福報修為。妳去報國寺的時候，我跟妳一起去會會他。」

次日早飯後，江意惜就帶著吳嬤嬤、水香、水靈和花花回京。

這次把吳嬤嬤也帶回府，因為還有一個多月就要出嫁了，有些東西要她回府幫著準備。

騾車來到官道，趕車的吳有貴說道：「姑娘，前面有好些馬車和護衛，應該是珍寶郡主的車駕。」

江意惜將腦袋伸出窗外看了看，前面隱約能看到有許多車馬，塵土飛揚。這位郡主，搞得比公主出行還有氣勢啊！

進京後，江意惜在街邊一家茶行花高價買了十斤靈泉茉莉香片茶。現在愚和大師會「製茶」了，不一定非要用原來的青山毛尖，可以隨時換口味。

午時初回到了江家。

江意惜先去如意堂跟老太太說了幾句話，還說了前天愚和大師去扈莊化緣的事。

老太太聞言，眼裡冒著精光。「愚和大師去扈莊了？」

江意惜點點頭。「是呢，我還親自做了齋飯給他吃。」

老太太的手顫抖起來，腸子都要悔青了。愚和大師去過的地方，一定是風水好的地方。早知道扈莊的風水那麼好，就應該一直留在江家，哪怕留給江洵，也比送給孟家好啊！風水不是銀子，銀子沒了還能掙，可風水是運數，運數沒了可是收不回來的。

想想還真是，惜丫頭開始轉運，結識珍寶郡主、結識孟家祖孫、跟孟世子訂親、給鄭三姑娘治病、得大長公主賞識……這些都是去了扈莊之後才發生的！

只是，扈莊是扈氏的嫁妝，她不能直接收走……

江意惜見她目光閃爍，臉色也不太好，便猜出她大概在想什麼了，又笑道：「昨天夜裡，我夢見了我爹和我娘，他們居然在一起。我想著，他們一定是看到那張書契，知道我過得好，高興了，這才一起來看我。我想著明天去報國寺上香，讓我爹我娘在天之靈保佑祖母身體健康，保佑我和弟弟平安喜樂。」

前天愚和大師去了扈莊，昨天惜丫頭就夢見了二兒和扈氏……的確應該去報國寺上香！

老太太又補充道：「妳爹活著的時候，妳大伯極是疼愛他，妳大伯是一家之主，明兒去上香時，也要祈求佛祖保佑妳大伯官運順暢。」

江意惜答應道：「是，祖母想得周到。」

回到灼園後，江意惜同花花一起進了臥房，拿出小竹筒，裡面的眼淚水少得可憐。

江意惜還是想不通，這點東西，就能阻止戰爭和饑荒？

院子裡傳來江意柔的聲音和啾啾的大叫聲，江意惜趕緊把東西收起來。

江意柔賴在灼園吃了晌飯，又賴了一個下午，直到在如意堂吃了晚飯，小姑娘總算回了自己的院子。

江意惜躲在臥房裡用光珠照茶葉，明天要送愚和大師兩斤茶。

趴在一旁的花花喵喵叫道：「江老太太和江老大又在打妳的壞主意了！」

江意惜沒抬頭，問道：「是想把扈莊要回去嗎？」

「妳真棒！」花花伸出右爪，想像人一樣比出大拇指，但比了半天比不出來，只得縮回爪子，喵喵叫道：「老太太跟江老大說，扈莊是風水寶地，不能讓出嫁閨女把江家的運數和福氣帶走，等江洵回來後讓他收回來。江老大說，江洵跟老二一樣，眼裡只有惜丫頭，若知道扈莊風水好，更不會收回的。只說扈莊是扈氏留下的，應該留給兒子，江家再出個大些的莊子把扈莊換回來。」

江意惜冷哼道：「他們也知道扈莊是我娘的嫁妝，怎麼就成了江家的運數和福氣？那母子倆一個德行，都自私涼薄，有好東西就想謀劃給自己。一座莊子，留給洵兒也無不可，但我敢打賭，只要留給洵兒，他們就會想辦法轉給大房！」

照完茶葉後，江意惜就提筆給江洵寫了一封信。

莊子是扈氏留下的，她不會留給江家，更不願意因為這個無關運數的莊子讓江洵再次跟他們交惡。江洵肯定會拒絕老太太，但她怕江洵拒絕得太直接，得罪了老太太和江伯爺，對那孩子將來不利。

寫好後，讓水靈明天交給江大，再讓江大轉給江洵。

她知道老太太稀罕愚和大師送的珠串，原先還想著明天厚著臉皮討要一串，現在她不想了。

無論怎樣都塞不滿老太太的胃，那就不塞了！

次日早飯後，江意惜帶著花花和水香，攜上兩斤茶葉，坐馬車去了報國寺。這次要去見愚和大師，怕水靈說溜嘴，就帶了水香。

報國寺離西城門不到十里，但江家離西城門比較遠，還是花了一個半時辰。

報國寺座落於西山山腳，是晉和朝最大也是香火最旺的一座寺廟。

他們下了馬車剛進寺院，站在門口的一個小和尚先看了江意惜懷裡的花花一眼，便雙手合十道：「阿彌陀佛，請問是江施主嗎？」

江意惜答道：「是。」

小和尚七、八歲，長得唇紅齒白，極是可愛。他又說道：「貧僧戒九。師父遣貧僧在這裡等候江施主，這邊請。」

戒酒？江意惜暗誹，愚和大師佛法精深，取法號卻極一般。李珍寶的法號是節食，這又來個戒酒。

他們沿著遊廊繞至後殿，再走過樹林和花園，繞過一片竹林，來到一座禪院前。禪院粉牆黛瓦，花紅柳綠，一彎碧溪穿進去又穿出來。幽深雅致，的確是清修的好地方。

小和尚請水香去禪院外的一個亭子裡歇息。

前天看到的那個青年和尚接過水香手裡的茶葉盒，請抱著花花的江意惜進禪院。

「貧僧戒七。」

江意惜才搞懂，之前的小和尚是戒九。

水香不願意離開主子，江意惜衝她點點頭，她才去了亭子。

禪院裡更加清幽。

戒七直接把江意惜請進禪房側室，再把茶葉盒放在炕几上。

愚和大師坐在炕上。江意惜一進去，他就盯著花花看，花花也盯著他看。

屋裡一個三十幾歲的和尚請江意惜坐去椅子上，給她倒了一盅茶後退下，又把門關上。

屋內只剩兩人一貓。

愚和大師才笑道：「老衲今生何其有幸，能與小東西相識。緣分來了，打都打不跑。」

花花被他捧得高興，又見他慈眉善目，的確像有修為的高僧，便也不害怕了。一下子跳上炕，又爬到他的腿上，瞪大眼睛看著他，還伸出爪子摸摸他的白鬍子。

愚和大師朗聲大笑，把花花抱進懷裡，順著牠背上的毛說道：「小東西忒討喜，以後無事常來做客。」說完，拿起桌上的一塊素點放在牠爪子前。

小東西屬於隔鍋香，幾口吃完又伸出小爪子要。

愚和大師笑著又給了牠一塊。

江意惜把竹筒拿出來遞給老和尚。「我只有這麼多，都給大師拿來了。」

老和尚打開蓋子，沒有任何氣味。鼻子靠近竹筒，一股幽香迎面襲來。他閉著眼睛吸了吸鼻子，才睜開眼笑道：「奇香，還只在方寸之間。」再看看裡面，只有一個底，嘆道：「的確太少了，以後再拿些來。」

花花不高興了，這可是牠傷心時流的淚！牠惡狠狠地衝老和尚喵喵叫了幾嗓子，又扯了一下他的白鬍子。

愚和大師笑著又順了順牠的毛。

江意惜還是不太相信。「這個水就能避免戰爭和饑荒的發生？」

老和尚笑道：「天機不可洩漏，時間到了女施主自會解惑。」

江意惜又問：「請問大師，番烏僧和玄雕會不會來這裡？若來，大概在什麼時候？」

老和尚掐了掐指頭，笑道：「女施主把老衲想得忒厲害，老衲頂多算個神棍，卻不是神仙，怎麼可能事事知道得那麼清楚？時間遠了，也會算錯，就像小節食和小東西的緣分。大事也是推算個大概，只有時間快到了，才能算準確。」

江意惜失望極了。「大師當初可是答應要告訴我的，不能一拿到神仙水，就不兌現當初的諾言吧？」

花花也不高興了，這老禿瓢耍牠啊？又伸出爪子扯了兩下他的長鬍子。

愚和大師笑道：「莫著急，老衲還沒說完。至少一年內，番烏僧和玄雕應該不會踏足中原。至於以後，要時間更接近，才能算得出來。」

江意惜充分相信，他是故意在吊著他們，讓他們再次拿來眼淚水才肯再說下一步的事。之前，愚和大師是她崇拜和膜拜的人物，覺得他不止法力精深，品德更是無可詬病，可現在……至少肯定他是個老滑頭。

花花想不到那麼多，卻是高興得緊，這一年可以隨便去林子裡玩了！

老和尚看到江意惜不太高興，又笑道：「救人一命，勝造七級浮屠，女施主和小東西救的可是無數條性命，莫要患得患失，值了。」

江意惜一想也對，不管他用什麼法子，都是為了救人，也算自己和小東西間接救了人，但還是說道：「我跟大師不一樣，大師是得道高僧，胸懷天下。而我，最大的願望不過是想讓身邊的親人一生順遂，讓滿心滿眼信任我的小東西平平安安。」

老和尚笑道：「女施主這兩個願望都不低，與老衲的心願是一樣的。」他欠身從炕櫃裡拿出五個高一寸多的小黃銅筒。「這幾個小筒女施主拿回去，這東西密封好，適合裝那種水。」

連裝眼淚水的容器都準備好了，還準備了這麼多?!江意惜又好氣、又好笑。小東西就是哭上幾年，眼淚水也裝不滿一個小筒啊！

愚和大師又摸了摸炕几上的兩包茶葉。「老衲不喜欠人情，得了女施主這麼多好茶，還是要給女施主算一卦才好。」

江意惜一下子來了興致，望向他。

愚和大師看了江意惜的面相，又掐了掐指，說道：「女施主本應是大富大貴之命，福來福去、大吉大凶，皆因四次『水』。女施主已然經過三次，還有一次，若能化險為夷，將餘生順遂。阿彌陀佛。」

他的話讓江意惜的心一下子提了起來，急道：「大師，您說的太籠統了。水的概念那麼大，落水被淹、喝水被毒、踩水滑倒……能不能說清楚些？我也好有個防範。」

愚和大師一臉的無奈。「阿彌陀佛，老衲不是神仙，只能算到這一步。具體事件要妳自己想，想不透，老衲也沒法子。」說完就雙手合十閉上眼睛，一副送客的架勢。

江意惜見愚和大師不再搭理自己，只得起身抱起花花告辭，再把裝小銅筒子的包裹拿上。

出了禪房，那個中年和尚又奉上兩斤茶葉、四盒報國寺的素點。

「阿彌陀佛，這是貧僧的師父加工過的好茶，這兩盒素點送小貴客，這兩盒點心送女施主。」

還他師父加工過的好茶呢！江意惜看了一眼說謊不臉紅的和尚。

和尚一笑，又道：「貧僧戒五，負責師父在報國寺的一切事宜。若女施主有事，貧僧師父又不在寺裡，女施主可找貧僧。」

江意惜道了謝。

出了禪院，戒九領著他們主僕去吃齋飯。

報國寺的齋飯遠近聞名，花花和水香吃得香噴噴，但江意惜心事重重，哪裡吃得進？飯後又去拜了菩薩、添了香油錢，才坐馬車回家。

花花睏了，趴在水香懷裡睡覺。

江意惜閉著眼睛想心事。跟水有關，還跟她的福禍相關，她能想起的只有兩次。

一次應該是前世桃花宴上，她掉進水裡賴上孟辭羽，之後活得苦不堪言，乃大凶；一次應該是這一世上年的桃花宴，她掉進水裡重生，改變了前世軌跡，乃大吉。

大師說一共四次，還剩一次，只要躲過就餘生順遂。這一次又將在什麼時候發生？以什麼形式發生？知道的兩次是落水，未知的兩次有可能依然是落水，但也不能完全排除與水有關的其他事件。

而且，她只記得兩次，還有一次是在什麼時候發生的？會不會是在她不記事的時候？

還有，大師說她本應大富大貴。「本應」二字說明她在江家就應該有。可武襄伯府哪怕沒落魄，大富貴也不屬於她，而是屬於大房那幾個兒女吧？

或者，江辰老爹的死也跟水有關？若他活著定能立大功、當大官，那麼自己也就大富大貴了？

回到江府，江意惜藉口頭痛，直接回灼園，讓水香把一盒素點送去如意堂，只說是她在報國寺買的。

廂房裡，吳嬤嬤和水靈、水清在做江意惜嫁去孟家要用的一些針線，秦嬤嬤和彩兒也來幫著一起做。

啾啾一見主人和花花回來了，就扯開嗓子叫起來。

吳嬤嬤等人都出廂房給主子見禮。

見江意惜臉色不好，吳嬤嬤問：「姑娘怎麼了？」

江意惜道：「嬤嬤和秦嬤嬤過來一趟，我有話要問。」

她們二人跟去了上房。

江意惜問道：「我小時候落過水沒有？」

「沒有。」吳嬤嬤非常肯定地回答。

秦嬤嬤也道：「沒有。」

江意惜又問：「那有沒有我差點被水嗆死，或者跟水有關的、比較大的事？」

吳嬤嬤想了想，還是搖頭道：「沒有。姑娘為何這樣問？」

江意惜道：「今天去報國寺，我請那裡的師父算了一卦，算卦的師父說，兩次決定我大凶大吉的事都跟水有關，我覺得挺準的。我就是因為上年桃花宴落水後去了莊子，才得以跟孟祖父和孟世子認識，定下這門親。可這只有一次，還有一次呢？我不記得，想著會不是我不記事時發生過什麼意外？」命格的事不好細說，她只得編了這套似是而非的說辭。發生過的只說兩次，是因為前世那次落水不能與人言。

吳嬤嬤想了想，又肯定地說：「姑娘小時候老奴幾乎沒離開過，不要說跟水有關的，任何意外的事都沒發生過。」又問秦嬤嬤。「姑太太在的時候，我只要回扈莊看兒子，就把姑娘交給姑太太，妳記得發生過什麼意外……哎喲，妳怎麼了？生病了嗎？」只見秦嬤嬤突然臉色蒼白、喘氣急促，還用雙手捂住胸口，吳嬤嬤嚇得趕緊扶住她。

江意惜也擔心道：「秦嬤嬤不舒服嗎？我來摸摸脈。」手剛伸出去，秦嬤嬤就站了起來。

秦嬤嬤抖著聲音說道：「老奴胸口有些悶，回去歇歇就無事了。」她急步往外走去，走到門口了，又停下回頭說道：「喔，姑娘小時候沒出過跟水有關的什麼事。」

吳嬤嬤起身把她扶出去，又讓彩兒把她扶回房休息。

江意惜覺得秦嬤嬤似乎有些反常……難道自己小時候真的出過什麼事？但衝著秦嬤嬤對

扈氏的忠心及對自己和江洵的好，若是有對自己不利的事，她應該不會隱瞞啊⋯⋯

吳嬤嬤回來看到江意惜還呆呆地想心事，勸道：「姑娘，有些算命的就是為了掙錢，不準的。想要算得準，以後姑娘跟愚和大師熟悉了，再請他幫忙算一卦。」

這話說得江意惜哭笑不得。把吳嬤嬤打發出去後，她又抱起花花問道：「你之前說我有大福氣，還富貴無邊，可愚和大師卻說我還有一劫，過了才能餘生順遂。」

花花說道：「我只看得出來妳有大福氣和大富貴，也不是早死的命。至於中間會遭什麼劫，我看不出來，我卜卦的本事比不上老和尚。」

「若是我沒平安度過那一劫，餘生就不會順遂，還談什麼大福氣、大富貴？」江意惜說完，戳了一下牠的小腦袋。「算卦不準還要給我算，白讓我高興了。」

花花不高興了，翻著白眼喵喵叫道：「妳不信我的話、瞧不上我，就去給老和尚當徒弟啊！」說完，牠氣沖沖地跳上櫃頂生悶氣。

牠高昂著腦袋不高興的樣子反倒逗樂了江意惜。

自己活了兩輩子，鑽這個牛角尖豈不是跟小東西一樣天真了？生死有命，富貴在天。她這一輩子都是賺的了，幹麼還患得患失呢？

想通了，她又一迭聲地說好話，還承諾給小東西做好吃的，才把牠哄下來。

秦嬤嬤一回去就上了床，彩兒叫她吃晚飯都沒出來。

她又想起了往事，想起姑太太不易又短暫的一生。

那個卦算得太準了！姑太太投河時已經懷孕，也算是姑娘落水了。姑娘雖然失去了大富貴，卻在江家活了下來，甚得二老爺喜愛，跟二爺也相處得好，如今又快嫁給孟世子了。前者大凶，後者大吉。這事連算命的人都算了出來，能一直瞞下去嗎？

想到吳大哥告誡她的話，再想到她又在姑娘面前失態了，頓時後悔極了。

她趕緊起來吃飯，吃完去了灼園。

江意惜去如意堂吃飯還沒回來，吳嬤嬤等人已經吃過飯又做起了針線。

見秦嬤嬤來了，都笑道：「無事了？」

秦嬤嬤笑道：「歇了一陣子就好了，再過來做些活計。」

不久，傳來江意惜和江意柔清脆的笑聲及絮絮低語聲，秦嬤嬤才放下了一直懸著的心。

初九下晌，老太太派人來說，她有些不舒服，晚輩們不要去如意堂吃晚飯。

江意惜知道，她是想跟從京武堂回來的江洵談話，讓他把扈莊留下來。

不用去如意堂吃飯，江洵又要回來，江意柔姊弟高興地跑來灼園蹭飯，他們還特地讓人去街上買了醬肘子回來添菜。

有他們姊弟在，江意惜也不好聽花花的實況轉播。

吃飯前江洵才來灼園。他笑咪咪的，只偷偷朝江意惜眨了眨眼睛，然後對江意柔姊弟說道：「三叔也回來了。」

等到江意柔姊弟走後，江洵才說了剛才的事。

「姊英明，祖母真的跟我提扈莊是娘留下的，讓我留下當個念想。我非常遺憾地跟他們說，扈莊離昭明庵近，珍寶郡主許多俗世用的東西都存放在那裡，要放到她徹底還俗為止。我是後生小子，珍寶郡主是小娘子，還是戴髮修行的小尼姑，扈莊若給了我，就得讓她把東西都搬走……」江洵說出這些話後，老太太和江伯爺氣得臉色發青，既不願意說不把扈莊留下，也不敢說讓珍寶郡主把東西搬回去。僵持中，三老爺回來了。三老爺聽了個大概，就讓江洵回來了。「三叔會勸他們打消那個心思的。哼，若扈莊真的風水好，我更願意姊帶走，讓姊將來日子好過。他們還鼓動我要回來，怎麼敢想？這一年來姊事事順心，連著把我一起帶好，是姊聰慧，謀劃得好。即使沒有扈莊，姊照樣好過。」

這個弟弟真貼心，不枉自己事事為他打算。

江意惜伸手理了理他有些皺巴的衣裳，把他垂下的一綹頭髮掛去耳後。

劃過臉頰的手滑膩輕柔，讓江洵的鼻子有些發酸。還有一個多月姊姊就要嫁人了，他也不會再盼著回這個家。

江意惜看出了他的心思，笑道：「三叔一家還是不錯的。等你再大兩歲，就能討媳婦了，姊也不用再擔心你會孤單。你的親事不能讓老太太和大伯插手，我會慢慢尋摸。」

江洵臉色微紅，小聲說道：「姊要幫我尋個像娘和姊姊這樣好的。」

江意惜玩笑道：「要求還挺高！」

姊弟兩個說到要關二門了，江洵才走。

第二十章

這幾天，有關李珍寶的小道消息飄出宮牆，逐漸傳遍了整個京城。

珍寶郡主回京了！她剛一進雍王府，就被太后娘娘派來的人接進皇宮。雍王爺捨不得，紅著眼圈牽著閨女的手一起進宮。太后娘娘和皇上對李珍寶恩寵無邊，賞了許多寶貝，讓她在慈寧宮住下，捨不得讓她出宮，於是雍王爺也賴在宮裡不出去。

據說珍寶郡主長得像太祖帝，天庭飽滿、地閣方圓、山根肉厚、雙臂過膝——這是傳說中太祖帝的長相，也是大大的福相。

皇上和太后娘娘還問珍寶想嫁什麼樣的男人，說只要她喜歡，不管是誰都指婚，先定下，等她還俗再成親。還列出了孟三公子、鄭大公子、趙四公子、崔二公子等十個才貌雙全的候選人，珍寶郡主好像看上了俊俏無雙又才高八斗的孟三公子……

聽到這些傳言，江意惜又好氣、又好笑，這就是花花和李珍寶愛說的「高級黑」吧？

所有人都知道太祖帝長得醜，只是不敢明說。李珍寶的前額和兩腮只稍稍有些寬，鼻子有些蒜頭，雙臂哪裡過膝了？也不知這話是誰傳出來的。

還有，李珍寶怎麼可能看得上孟辭羽？孟辭羽在其他姑娘眼中是最俊俏的男人，但並不符合李珍寶的審美。

雖然傳言不算友好，但聽得出來太后娘娘和皇上對李珍寶的恩寵無邊。

花花更是笑得在地上打滾。「不管做人還是做貓，都不能太醜。還好人家沒鑽進她的肚子，不然把我都醜到了……」有了李珍寶做參照物，牠更覺得自己漂亮了。

江意柔悄悄問江意惜。「二姊，珍寶郡主真的長成那樣？那樣豈止是醜……」是醜得慘絕人寰了！

江意惜說道：「不要聽信謠傳，以後我帶妳去見珍寶，親眼看看就知道了。」

五月十二這天上午，鄭婷婷、鄭晶晶、崔文君、趙秋月、薛青柳相約一起來武襄伯府玩，她們昨天下晌就遣人送了帖子過來。

江意惜猜測，她們八成是為了探聽李珍寶而來。按理，宜昌大長公主應該進宮見過李珍寶了，不知她們還想從她這裡知道什麼？

這麼多貴女要來自家，老太太喜極，讓江家幾位姑娘招待好貴客，又讓三夫人整治一桌好席面。

姑娘們先去如意堂拜見老太太，老太太還送了她們見面禮，每人一串珍珠手串。老太太愛面子，總想給外人留下豪爽大方的名聲，摳門是關起家門「摳」自己人，外人不知道。

幾個姑娘陪老太太說笑幾句，就由江家四姊妹領去灼園。

江意言哪怕再不甘，也只能跟著一起去。她昨天悄悄跟老太太說，伯府幾個姑娘就她的院子最好、最大，能不能在她那裡招待貴客？老太太只反問了一句「妳覺得可能嗎」，她只得住了嘴，心裡恨死這個老太太了。她十分不解，之前老太太最不客氣的人是江意惜，不知何時變成了她？

一群花枝招展的姑娘剛進灼園，啾啾就興奮地跳著腳喊：「佳人、佳人！花兒、花兒！北方有佳人，絕世而獨立……」

姑娘們大樂起來，都圍了上去。

啾啾喜歡美人，見這麼多美人圍著自己，更高興了，把會背的情詩都背了出來。

清脆的笑聲一浪高過一浪。

這讓花花不高興了，覺得受到了冷落。牠站在庭院中間大叫一聲，把姑娘們的目光都吸過去，就開始打滾作揖求擼擼。姑娘們又被牠逗樂了，圍了過去。

趙秋月喜歡得把花花抱進懷裡，花花摟著她的脖子叫得更嗲。

姑娘們見狀都搶著要抱，小小的鄭晶晶搶不過，都快急哭了。「我要抱、我要抱……」

鄭婷婷就把搶到手的花花交給鄭晶晶。

啾啾見自己的風頭瞬間就被花花搶了，極為不高興，跳著腳大罵。「壞人！滾、滾！回家，軍棍伺候……」

姑娘們又笑開懷。

這個聲音似曾相識，鄭婷婷走到啾啾面前好奇地看著牠，覺得自己聽過，卻又忘了是在哪裡聽過。

見她一臉狐疑，江意惜不好多做解釋。

鄭玉特地跟孟辭墨說了，鄭吉送鳥給孟國公的事不要跟大長公主說。一個是怕她老人家生氣，覺得兒子對外人比對母親還好；一個是啾啾只有罵人時的聲音像鄭吉，怕長公主聽到多心。

姑娘們又逗了一陣花花和啾啾，除了鄭晶晶還在院子裡逗著一鳥一貓外，其他人都進了屋。

趙秋月第一個發問。「江二姊姊，珍寶郡主的胳膊真有那麼長？」

薛青柳又問：「她的鼻子很大？」

鄭婷婷也好奇得緊。「她真的看上孟三公子了？」

崔文君沒發問，瞪著大眼睛等江意惜回答。

江意惜笑道：「宜昌大長公主應該進宮見過珍寶郡主了，她老人家怎麼說的？」她不好說鄭玉也見過李珍寶。而且，瞧鄭婷婷這麼好奇，鄭玉肯定沒跟她說過見過李珍寶的事。

鄭婷婷道：「自從珍寶郡主進宮後，太后誰都不見，兩人關著門說悄悄話。不只我伯祖母，其他宗親都沒見過，大概只有宮裡的娘娘、太子、公主和兩位未封王的皇子見過。」

江意惜笑說：「她的胳膊沒有那麼長，跟正常人一樣。長得也挺好，五官端正，個子大概有這麼高，偏瘦。至於她喜歡孟三公子，好像沒有吧，我沒聽說過。」江意惜儘量滿足著她們的好奇心。不能完全說實話，也不好太過誇獎。

正說笑著，江晉急急忙忙跑來灼園。「二妹妹，前院來了內侍，說有太后口諭！」

眾人一聽，都去了前院。

不僅來了兩個太監，素味也來了。

素味沒穿僧衣，穿得很素淨，卻別有韻味。上身是白底青花交領短襦，下身是淡青色長紗裙，頭髮只簡單在頭頂打了一個卷兒，用兩根長簪固定好。晃眼看跟其他姑娘穿的衣裳沒有多大差別，只是素雅些。但仔細看，領口、袖口、裙裾繡的花紋不一樣，小花小朵，極為簡單別緻。

老太太領著府裡所有的主子都來齊了。

一個太監高聲說道：「江二姑娘，跪下接旨吧。」

所有人都跪了下去，江意惜跪在最前面。

太監又唱道：「太后娘娘口諭。哀家聽聞江二姑娘聰敏賢淑，知理懂禮，跟小珍寶玩得甚好，哀家甚慰。今賜爾玉如意一柄，嵌寶金簪一支。」

這是太后娘娘借著江意惜給李珍寶撐腰了——看看哀家有多看重跟珍寶玩得好的手帕交！

江意惜朗聲說道：「謝太后娘娘！」

眾人起身。

素味又笑道：「這是我家郡主給江二姑娘的信和宮花。」她呈上一封信和一個錦盒。

江晉悄悄給傳口諭的太監和素味塞了銀子，送他們出去。

老太太這才紅著眼圈喃喃說道：「榮耀啊，江家的榮耀啊……」無論娘家還是婆家，這都是她第一次接太后的「口諭」。

想想江家的兩次榮耀，第一次是江洵接聖旨，再是這次接「口諭」，都是因著二房的人——之前自己最看不上的孤兒、孤女。老太太看看榮辱不驚的江意惜，這個孫女好，可惜馬上要成為別人家的人了，還會帶走那個扈莊……

姑娘們又回了灼園，都眼睛亮晶晶地看著江意惜。

江意惜打開李珍寶的信，信中說她很好，太后娘娘一直挽留她，她要再過幾日才能出宮。「食上」已經按照她畫的裝修圖建好，廚子也找好了，還請了兩個御膳房的廚子，會按時開業，她出宮後再帶江意惜一起去參觀。

江意惜不好多說，只笑道：「珍寶郡主說她在宮裡很好，太后娘娘非常寵愛她，過些日子才能出宮。」

姑娘們在灼園吃了晌飯，又開始議論素味身上的小花小朵。不是纏枝、不是折枝，簡簡單單，就是好看。

崔文君畫出花樣，又填上顏色，並不覺得出彩。「畫出來的圖樣不好看，她穿的衣裳看著怎麼就那麼好看呢？」

江意惜笑道：「這些花紋單看不出彩，繡在別處也不一定好看，但領口繡這種花配這種色，裙裾繡那種花配那種色，再是這麼大小，就不一樣了。小珍寶說過，這是設計……」

眾人玩到申時才各回各家。

客人一走，老太太就讓江意惜四姊妹去如意堂，再把太后賞的和李珍寶送的東西帶去給她看看。

宮花有十二朵，江意惜送了三位姑娘及江大奶奶各兩朵。

五月十九傍晚，夕陽西下，火紅的彩霞佈滿半個天際。

慈寧宮內，李珍寶正倚在太后的懷裡，時而拉著她的袖子撒撒嬌，時而又直起身給太后捶捶肩，嘴裡不停講著笑話，太后的笑聲就沒停過。

太后身旁的劉嬤嬤笑道：「太后娘娘，再晚，郡主就要在宮裡吃晚膳了。雍王爺不是跟您老人家說好了嗎？今兒雍王府擺郡主的接風宴。」

李珍寶直起身說道：「上次雍王府的接風宴我沒吃，這次不好不回去吃了。」

太后只得鬆了手，又囑咐道：「回家歇幾天再進宮陪哀家。」

李珍寶這才出了慈寧宮，又坐轎去了宮門。

那裡已經等了十幾輛馬車，車裡裝滿了皇上、太后、眾妃子賞賜的東西。

旁邊站了一隊護衛，其中有一個穿著四品武官服的軍官，他黑著臉、皺著眉，極不高興的樣子，此人正是鄭玉。

今天早上鄭玉突然接到命令，調他去給珍寶郡主當一等侍衛，必須保證珍寶郡主在京城的安全，直至珍寶郡主回去昭明庵為止。鄭玉都快氣死了！想他堂堂四品將軍，職責是保護皇上、保家衛國，卻被弄去給一個小丫頭當侍衛？

李珍寶下轎，衝鄭玉燦然一笑，坐上馬車。

雍王府離皇宮不遠，兩刻鐘便到了。

下馬車換轎之際，李珍寶向遠處的鄭玉勾了勾手指，又示意身邊的人離遠些。

鄭玉只得走了過去。

李珍寶問道：「給我當一等侍衛，你降品級了？」

鄭玉搖頭。「未降。」

「降奉祿了？」

「未降。」

「那就是大才小用，委屈鄭大將軍了？」

鄭玉沒言語，算是默認了。

李珍寶長長嘆了一口氣，譏諷道：「看來，鄭小將軍是想當駙馬嘍？既然這樣，算我多事，你現在就可以回去了。」

鄭玉一愣，忙搖頭否認道：「郡主請勿亂說，我鄭某人從來沒有那種想法。」

李珍寶說道：「趙貴妃求了我皇祖母兩次，想讓她老人家給你和升平公主賜婚。皇祖母有些猶豫，說結親是結好，她要先跟宜昌大長公主透個話再說。我雖然不瞭解你，但看得出來你很爺兒們，不會想吃軟飯。況且，升平的軟飯可不好吃，我在宮裡十幾天就跟她吵了兩架。我不願意看到相貌堂堂的鄭小將軍被她辣手摧花，才橫插一腳，不僅跟皇祖母說你們不適合，還要你來當我的侍衛。郡主要一個四品將軍當侍衛，這可是越矩，我幫你忙算是冒了風險的。」

鄭玉嚇了一大跳，他們鄭家已經尚了一位公主，可不能再尚第二位！

想到自己的大伯，那麼能幹的人，當了駙馬後，也只能悶在家裡享清福。

他不願意享清福，連待在京城都嫌悶，關在公主府還不得憋死？關鍵是，那升平公主性格囂張跋扈不說，她的生母是趙貴妃，尚了她就成了英王一黨。趙侯爺曾經暗示過他父親站隊，父親裝傻，沒想到他們想透過太后娘娘指婚來達到目的！

鄭玉感激地看了李珍寶一眼，抱拳說道：「謝郡主！之前是小將無禮了。」

李珍寶脆生生地說道：「你是孟大哥的好哥兒們，我是江二姊姊的好姊妹，你遇到難事，我當然要幫。好人做到底，送佛送到西，若他們不死心，或是還有人再打你的主意，你又實在推託不了，就說我對你已情根深種，你也願意等我還俗歸來。我李珍寶的人，沒人敢搶。我也會跟我皇祖母說一聲，不要隨意給你指婚。等我找到真命天——」她打了一下自己的嘴，又說：「等我找到我的真命良人，或者你找到你的真命良人，我們就一別兩寬，各自歡喜。當然，用不到我最好。」

鄭玉紅了臉，看著這個比自己胳肢窩高一點、又黑又瘦、嘴巴不停開合著的小丫頭。說她傻吧，有些地方賊精；說她精吧，有些話又說得讓人無語。而且，臉皮忒厚，什麼話都好意思說出口，對於別人的議論也一點都不在乎。

夕陽下，小姑娘身著淡藍色素裙，髮髻簡單，氣質清爽，目光清澈，五官雖然不是特別精緻，卻也不像別人傳的那麼不堪……

李珍寶如願看到猛男忸怩，很是滿意，心裡暗道：這個身材和長相，若是在現代，肯定要放翻一火車的小鮮肉。這樣的男人，當然不能讓升平禍害了！

她笑道：「你回家吧，讓你妹妹明天來雍王府玩，你也來，我還請了江二姊姊和孟大哥。男女搭配，幹活不累。」

鄭玉暗誹：前面還正常，幹麼要說後一句？妳不僅是姑娘，還是尼姑啊……

小姑娘幫了自己，鄭玉很想好心地提醒她一句，想想還是太唐突了，忍住沒說。

他朝李珍寶抱了抱拳，轉身騎馬走了。

望著那個遠去的高大背影，李珍寶頗有成就感。一出廟子就利用權勢做了一件好事，她李珍寶真是個好人！

鄭玉回到鄭府後，直接去了祖父的院子，跟他稟明這事。

鄭老少保氣得肝痛，長孫的大好前程暫時被一個小丫頭阻了。但讓他更肝痛的是，寧可被阻，也不能給升平當駙馬！否則，鄭家和鄭吉該何去何從就難辦了。

鄭老少保說道：「看皇上對你的重用，肯定不會有這個心思，就怕他們鼓動太后娘娘，來個先斬後奏。趙家如今行事是越來越蠻橫了……」

等到鄭副統領回來，祖孫三人又去了宜昌大長公主府商議。

宜昌大長公主雖然是公主，性格也有些強勢，但跟鄭老駙馬算是一輩子恩愛，也處處為鄭家著想。

宜昌大長公主聽了，冷哼道：「別說升平是趙貴妃生的，就是皇后生的都不能要！那丫頭不是個好的，特別好強、霸道、不講理，誰尚了她就家宅不寧了！」

鄭老駙馬也說道：「咱們鄭家不站隊，絕對不能跟英王和趙貴妃扯上關係。趕緊給玉兒說個媳婦，斷了他們的念想。」

鄭玉忙道：「這麼著急定下，誰知道姑娘好不好？」

鄭副統領氣得甩了他腦袋兩巴掌，罵道：「怎麼跟伯祖父說話的！」

鄭玉趕緊起身給鄭老駙馬作了個長揖。「姪孫言語無狀，請伯祖父見諒。」

鄭老駙馬又說道：「你不願意找媳婦，可珍寶郡主只能在京城待兩個月。她走了，你回宮覆命，他們又打那個主意怎麼辦？」

鄭玉臉色微紅，說道：「珍寶郡主說了，若他們還有那個心思，就放出風，說我和她相互有意。等她日後找到良人，或者我找到心悅的姑娘，我們……再把彼此的關係切割開。」他沒好意思說李珍寶的原話。

鄭老少保氣得咬牙罵道：「她李珍寶惦記的人，哪個姑娘敢撬？你已經十九歲了，老子還等著抱重孫子呢！李珍寶今年才十三歲，還在當姑子，她不著急，可我們等不得！」

待父親罵完，鄭副統領又摩拳擦掌想打人了。

大長公主攔道：「好了，莫打了。家裡已經跑出去一個了，你們還想再跑出去第二個嗎？小珍寶插在中間也不算壞事，咱們私下多尋摸，只要玉兒看上眼，就撇清他跟小珍寶的關係。從這件事來看，小珍寶真是個不錯的孩子，豪爽仗義！」

鄭玉笑道：「的確。她很直爽，雖然口無遮攔，卻沒有壞心思。」

鄭副統領狐疑地看看兒子，問道：「你怎麼這麼瞭解李珍寶？還有，她為什麼要幫你？」

鄭玉說了實話。「我之前就跟她認識了，進京前，孟大哥帶我去了江二姑娘的莊子，在那裡見過她。孟老國公和孟大哥都說她很好，就是有些口無遮攔。她幫我，是看在江二姑娘和孟大哥的面子上。明天她會請江二姑娘和孟大哥去雍王府做客，也請了我和妹妹。」

鄭家幾人對孟老國公絕對信任，想著他都說好，李珍寶的為人應該不像傳言那樣。若以後真有拒絕不了的親事，鄭玉也只能找這個藉口了。

大長公主又道：「讓婷婷跟小珍寶多交往，但也要注意尺度，切莫被她帶歪了。小珍寶雖然不錯，可性格太跳脫，假意承諾親事這種事也只有她敢做。咱們家的姑娘雖然不用太拘著，也不能像珍寶那樣沒個怕……」

江府，如意堂裡熱鬧非凡，眾人紛紛恭賀著江晉。

江晉終於候到一個實缺了，大理寺的八品評事。

這個官是江伯爺打著成國公府親家的名義謀來的，孟辭墨跟江意惜說過這事。

江意惜不會主動幫大房的忙，但江伯爺自己找的人，又只是一個八品小官，她也就由著他們了。

飯後，江意惜和江洵剛回灼園，素點就來了。

「我家郡主回王府了，明天請江二姑娘、江二公子、花花、啾啾去王府玩。她還請了孟世子和鄭玉將軍、鄭大姑娘。」

還請了孟辭墨，這真是意外的驚喜。江意惜和江洵都高興地接受了邀請。

素點走後，江意惜讓人把江意柔請來，她自作主張明天帶江意柔去玩。又讓水香去跟老太太告個假，明天他們幾人要去雍王府。

三夫人聽說後，趕緊趕來灼園，商量江意柔明天穿什麼好。

江意惜笑道：「珍寶性格豪爽隨興，穿著得體就好，太繁瑣了反倒不美。」

這件事又傳進了江意言耳裡。她先跑去如意堂跟老太太哭訴，說江意惜對待姊妹不一視同仁，沒把她這個妹妹放在眼裡。

老太太沒好話。「想想妳娘是怎麼對待惜丫頭的，再想想妳之前是怎麼對她的？只一味欺負人家，人家憑什麼要幫妳？」

江意言無法，又去找江伯爺哭訴。

江伯爺正高興兒子出仕，不願意得罪江意惜，便訓斥了她幾句。再看到她越長越像周氏的眉眼，心裡更是厭煩。

江意言討了個沒趣，回屋趴在床上哭。她就是想不通，她才是伯爺嫡女，這個府裡的姑娘中，她的地位最高，可現在不止江意惜踩在了她頭上，連江意柔都得意起來了！

次日辰時末，江意惜姊弟三人帶著花花、啾啾，及四食盒玫瑰水晶糕、一套素緞做的衣裳、一盆發財樹和一盆金錢榕去了雍王府。

李珍寶是財主，金銀珠寶都不稀罕，江意惜就送了這幾樣禮物。

到了雍王府西角門，他們又換成騾車去了李珍寶的院子——聚靈院。

之前江意惜覺得這個名字怪異又嚇人，後來知道是愚和大師取的，再想到李珍寶的前世今生，也就明白了其中含義。

聚靈院有三進，庭院繁花似錦，溪水環繞。屋裡堆金疊玉，富麗堂皇。

李珍寶正往外推著雍王爺。「父王，你在這裡，他們說話、行事都放不開，不好玩的！」

「我不說話，只在一旁看妳還不行？」

「不行！等以後他們熟悉這裡了，你再來玩。」

雍王無法，看看一臉得意地坐在那裡的李凱和李奇，只得沮喪地出了聚靈院。

雍王一走，李奇就跳了起來。「只有小姑姑治得了祖父，小姑姑一直在家就好了！」

李珍寶又問李凱。「把我傳得那麼不堪，是不是後娘和她兒子李占幹的好事？」

李凱回道：「有他們傳的，也有宮裡人傳的。」

李珍寶冷哼一聲。「宮裡的人，肯定少不了升平那個死丫頭，腦子有坑的太子也跑不了。這兩個月我忙，沒時間去收拾。李占那個小屁孩，我肯定要找機會揍他一頓！」

李凱安慰道：「我已經揙了他兩個大嘴巴。」

李珍寶氣道：「不夠，我還要揙！」

一個小丫頭跑進來稟報。「稟郡主、世子爺，江姑娘和江公子來了。」

李珍寶牽著李奇迎了出去。

她住在二進院，那幾人還沒走到二進，花花已經躥了進來，喵喵叫著向李珍寶撲來。

李珍寶格格笑著把花花抱進懷裡，打了打牠的小屁股嗔道：「我都要想死你了，你也不去庵裡看看我！」

又傳來啾啾的叫聲。「花兒、花兒，扎針針、扎針針……」

小東西一聽到李珍寶的聲音，就下意識想到她扎針的事。

江意惜和江洵走進了垂花門，向李珍寶恭賀著。

李珍寶看到長高一大截的江洵，嚇了一跳。「江弟弟，大半年不見，你怎麼一下子長這麼高？之前比我高大半個頭，現在卻比我高出一個頭！太沒天理了！」她極是不忿，之前還覺得自己這段時間長得快呢，可這小屁孩長得更快！

江洵紅了臉。「我比妳大，不是弟弟。」

李珍寶知道江洵比自己大一歲，但下意識就是覺得江洵比自己小，嘴硬道：「誰讓你長了一張娃娃臉！」

江洵很想說「我再是長了一張娃娃臉，看著也比妳大啊」，又覺得自己是男人，不能跟小姑娘一般見識，便笑道：「珍寶郡主也長高好多，像個大姑娘了。」

這話說得李珍寶眉開眼笑。

看到走出來的李凱，江洵心裡極不舒服。當時這個人可是攪了自己好一道，差點利用自己攪了姊姊和孟大哥的親事。

李凱像他們之間從未發生過任何事一樣，笑道：「江小弟，幾日不見，越發英武俊俏了！」

這就是成年人的世界，真真假假、分分合合、時好時壞……來虛的，誰不會？

江洵臉上立即堆滿了笑，抱拳躬身道：「李世子過譽了。」

江意惜把江意柔介紹給李珍寶，幾人進屋說笑，李奇在廊下逗著花花和啾啾。

屋裡擺了四盆冰，隔扇窗又開得大大的，還算涼爽。

不多時，丫頭又來報。「孟世子、鄭將軍、鄭大姑娘來了。」

從隔扇窗望出去，穿著戎裝的孟辭墨和鄭玉走在前面，俱是挺拔俊朗、英姿不凡。

李珍寶有些恍惚，想到前世那些古裝連續劇。

李凱坐著沒動。

江意惜姊弟都站了起來。

李珍寶也站起身悄聲問：「需不需要我創造機會讓你們單獨相處？」

江意惜紅了臉。「莫胡鬧！」

這麼多人在場，孟辭墨和江意惜只相視一笑，目光就移開了。覺得沒有人注意他們了，又會看對方一眼，再趕緊把目光移開。

四個姑娘擠去羅漢床上說笑，李凱、孟辭墨、江洵圍坐在圓桌旁聊天，只有鄭玉像門神一樣站在門口。

李珍寶不解地問：「還需要我請你坐下？」

鄭玉回道：「我是侍衛，站在這裡保護郡主是職責。」

李珍寶呵呵笑了起來。「現在你是朋友、客人，請隨意。」

鄭玉聽了，才坐去孟辭墨的身旁。

江意惜一臉詫異，她這才知道鄭玉居然當了李珍寶的一等侍衛。

李珍寶又大概講了幾句為什麼把鄭玉要來給她當侍衛。

江意惜笑道：「珍寶做得對。聽說那個人的脾氣不好，鄭大哥尚了她，可要吃苦頭了。」心裡暗道，還好鄭玉不願意，李珍寶又壞了他們的好事，否則若鄭玉成了英王一黨，孟辭墨同鄭家的關係就不好相處了。

鄭婷婷嘟嘴說道：「升平公主不知羞！之前我聽說她看上孟三公子，皇上和趙貴妃都不同意。後來又想尚今科探花當駙馬，人家都有未婚妻了，皇上自是不同意。現在又看上……怎麼能這樣！」又拉著李珍寶的手說：「謝謝妳幫了我大哥！我伯祖母還說妳豪爽仗義，像她老人家呢！」

李珍寶眨巴著眼睛說：「原來升平這麼奔放啊！下次她再敢當著我的面說鍾無豔，我就當著她的面說水性揚花倒追男……」

在皇宮裡，只要太后不在跟前，升平就喜歡跟李珍寶說鍾無艷如何如何。李珍寶先前不知道鍾無艷是誰，還跟著傻笑，只覺得別人都玩味地看她。後來知道鍾無艷是出名的醜女，氣壞了，找茬跟升平吵了兩次架。若不是在皇宮，她會去揍人。

吃完晌飯，李奇去廂房睡覺，李珍寶讓幾個人圍著圓桌玩「乾瞪眼」。

李凱不解道：「乾瞪眼還用玩？直接瞪眼不就得了？」

李珍寶拿出一沓桑皮紙，大概兩寸長、一寸半寬，兩張桑皮紙黏在一起，一面畫的圖案一樣，一面的圖案不一樣，還標了數字。

桑皮紙又厚又硬，主要用來做書皮和長牌。

李珍寶說道：「這是撲克牌，以後會在我開的『食上』的茶室推出。你們可以說撲克牌好玩，但絕對不能把撲克牌的樣式和玩法說出去。等到食上開業，再請你們的家人、同僚、同窗去玩。我們先玩簡單的，還有其他玩法，以後再說。」

除了江意惜，那幾人都好奇地看著她手裡的「撲克牌」。

前世，食上是一個大庭院，四層主樓，一二三樓吃飯，四樓是茶室，可以喝茶、玩牌。周圍還有十棟單獨的小廂房，裡面可以吃飯，也可以喝茶、玩牌。

江意惜是尼姑，又沒有多餘的錢，只在主樓一層買過吃食，連二樓都沒去過，更別提去那些地方了。不過，「撲克牌」她聽說過，今天還是第一次看到。

李凱指著撲克牌上的人問道：「這是妹妹畫的？」

李珍寶搶白道：「不是我畫的難道是你畫的？」

李凱好脾氣地笑道：「我就問問，沒想到妹妹的畫技也這般好。」

孟辭墨也說道：「不止畫技好，關鍵是想得出……」他就說李珍寶的腦子不太正常，跟常人不一樣。

鄭玉也是這種想法，點點頭。

這裡的人都是聰明人，玩一把基本上就會了。新奇、簡單、幼稚的玩法卻吸引了所有人，先是輪流玩，六個人玩，兩個人下。完全熟悉以後就是男人一桌、女人一桌玩。

玩到後面都放開了，歡笑聲此起彼伏，連最拘謹的江意柔都不再害羞了，格格笑聲尤為響亮。

孟辭墨雖然不像其他人那麼又說又笑，但玩得很專心，也非常認真。

玩到日落西山，還沒玩夠。

孟辭墨看看窗外橘紅色的霞光，起身道：「天兒晚了，必須得走了。」

眾人再不捨，也只能起身。

李凱挽留道：「姑娘們不好留，是爺兒們就去我書房，咱們玩一宿！」

李珍寶說道：「你以為都像你這個富貴閒人啊？人家明天要上衙、上學。下次再教你們不一樣的，更好玩！」

聽說還有更好玩的，眾人都是一臉嚮往，但也不得不走。

李凱只好建議道：「要不，只把鄭將軍留下，讓他今天值夜班，咱們三個繼續玩。人不夠，把老三、老五叫來！」

李珍寶搖頭。「不行。」

眾人出門，才看到李嬌也來了，正跟李奇、花花、啾啾玩得高興。

李嬌不認識李珍寶，但認識江意惜，上前拉著她的衣裳說：「姨姨，我還想跟花花和啾啾玩。」

江意惜笑道：「改天吧，現在天晚了。」

李奇挽留道：「二堂伯在看戲，他和嬌姊姊都要留下吃晚飯，你們也吃了晚飯再走吧？」

這麼晚了，幾位姑娘肯定不能留下吃飯，另幾個男人也就不可能留下，便都告辭回家。

直到上了馬車，江意柔還沈浸在興奮中。不只是因為撲克牌好玩，還因為有男子參與其中，竟是如此不一樣的感覺。

江意惜好笑，這就是李珍寶說的「男女搭配，幹活不累」吧。她囑咐江意柔道：「珍寶的性子隨意，她的話妳不要隨便傳出去，免得惹禍。」

江意柔忙保證道：「二姊姊放心，我不會說出去的。」想到李珍寶的樣子，又笑道：「珍寶郡主長得雖然不是很好看，但也不像傳言那樣。她性格討喜，又聰慧，那『撲克牌』極好玩呢！」

一起走過一條街後，鄭家兄妹走向另一條路，與孟辭墨和江家姊弟告辭。

還處在興奮中的鄭婷婷掀開車簾，把騎馬的鄭玉叫上車，她等不及想說心中的話。

鄭婷婷極為興奮，小臉紅撲撲的。「大哥，李珍寶身上充滿了矛盾點。看著長相一般，又鬧騰，但氣質獨特，不讓人生厭。看似沒有心眼、率真不羈，實際上有她的智慧，見解獨到，有些話一針見血。還有撲克牌，比伯祖母喜歡打的馬吊好玩，也比祖父喜歡打的長牌好玩……我喜歡跟她一起玩！」

鄭玉搖搖頭，笑道：「李珍寶有這麼多優點嗎？或許她自己都不知道。不過，還有一樣妹妹沒說，就是她的思維跟常人有異。之前我以為她少根筋，現在才知道是多了一根筋。那什麼乾瞪眼，只有她才想得出。」

鄭婷婷嘟嘴道：「口是心非！剛才你玩得比我還高興，而且還偷偷看了她好幾眼呢！」

鄭玉的眼睛瞪了起來。「欸，說話不能信口雌黃，我什麼時候偷看她了？我是看妳好不好！」

鄭婷婷又不確定起來，自己挨著李珍寶，或許大哥是在看自己？她笑道：「喔，那是我看錯了。還有孟世子，他真的比孟三公子還俊俏，人也穩重。」

鄭玉說道：「孟大哥不止比孟三長得俊，還比他有本事。別說孟三現在只是一個舉人，就是中了進士，也比不上孟大哥。我們打韃子的時候，幾次關鍵大戰都是孟大哥帶隊，連吉叔都誇他於軍事上有雄才大略。知道妳哥哥我為何跟他玩得好了吧？我們是志趣相投……」

孟辭墨同江意惜姊弟一起走了三條街才停下，如願看到姑娘打開車簾衝著他笑，暮光中的笑顏美如嬌花。他也衝江意惜笑了笑，才滿足地帶著孟青山向另一個方向而去。

孟辭墨沒有回家，而是去了南風閣。那個家沒有惜惜，祖父也不在，姊姊雖然回去了，卻跟他不親厚，所以他不願意回去。

在南風閣吃了飯，一直待到酒樓要打烊了，他才回了成國公府。

孟青山拍著角門，聲音在靜謐的夜裡特別突兀。「開門！世子爺回來了。」

睡在門房裡的小廝趕緊起來，確認是世子爺無誤後，才把門打開。

孟辭墨直接去了外院書房，聽丫頭臨香和臨梅稟報院子的裝修情況，以及家裡最近發生了哪些事。

孟辭墨還是想親眼看看院子裝修得如何，便翻牆進了內院。

院子聽江意惜的建議，叫浮生居，她說她想過恬淡的日子。

他們都知道，近幾年肯定過不成這種日子，但希望這種好日子能早些到來。

浮生居的裝修主要由孟高山在督辦。

去浮生居的路上，路過孟月住的閒院，孟月出嫁前就住在這裡，回娘家後也住這裡。

孟辭墨的腳步慢了下來。他回京這麼久了，跟姊姊說話的時間卻不超過半刻鐘。他有些不確定起來，讓姊姊回府居住是不是錯了？或者，應該讓她別居，哪怕生活單調無趣，也好過再被人利用……

浮生居只有兩進，跟孟家其他成了親的孫輩一樣，但是占地卻大得多。

第一進院子相當於別人的兩進，東邊月亮門過去還用柵欄圍了一個花園，前後與浮生居齊平，取名錦園。

這是愛花如癡的老爺子特別交代的。大孫媳婦會養花，他的絕大部分花草都要放來這裡養。

孟辭墨知道，這只是其中一個原因。另一個原因是要讓人們看到，他對這個長期不在家的長孫格外不同。

一進院子的中間有個池塘，水面上漂浮著幾朵睡蓮，在星光的照耀下格外嬌豔。已經移植過來了一部分花卉、樹木，房子也大致上裝修好了。

上房的東屋是臥房，裡面空空蕩蕩，要等成親前江家搬家具過來。

他愣愣地在屋裡站了許久，心中溢滿甜蜜。一個月後，無論他在哪裡，都會想著這個家。他躺去東側屋的炕上睡到凌晨，才翻牆去了外院。

兩天後，李珍寶約江意惜去看「食上」。

江意惜去如意堂跟老太太說：「珍寶郡主約我去街上玩。」

老太太問道：「怎麼這次不帶柔丫頭？聽說鄭小將軍被罰去給珍寶郡主當護衛了，咱們如今是成國公府的親家，妳又是珍寶郡主最好的手帕交……要不，把柔丫頭也一起帶去吧？」

她眼裡的精光讓江意惜心裡一沈。這是覺得鄭玉降了一級，自家升了一級，兩家可以當親家了？虧老太太敢想！即使鄭玉降職，也不是江家姑娘能高攀的，除非鄭玉心悅江家姑娘，主動求娶。

江意惜相信，江意柔不會有這種想法，只有對鄭玉「降職」一知半解的三夫人上心了，跟老太太說了什麼。為了給閨女找門好親事，三夫人有些魔怔了。

看來，李珍寶那套「男女搭配」的做法實在不好。

江意惜為難道：「珍寶郡主沒有邀請她們，我不好每次都擅作主張，下次吧。」

老太太又循循善誘道：「妹妹們有了好婆家，也是妳的一個幫襯。」

「我曉得。」

最後，江意惜帶著花花和水靈出門了。之所以帶花花，是因為今天廚子要試做好吃的，有好吃的怎麼能少得了牠？

「食上」位在京城最繁華的長順東大街的邊上，東臨大街，西邊是住宅。之前是兩個三進宅子，上年被雍王府的管事買下，併成一個大院子，按照李珍寶的設計改建成如今這樣。刻著「食上」的牌匾不是掛在門房上，而是立在主樓的房頂上。又大又高、金光閃閃，兩條街外就能看到。

最前面是一棟四層樓房，左右後面有單獨的十棟廂房，中間穿插著佳樹、瓊花及溪流。月亮門後還有一個小院子，這裡是食上辦公的地方和倉庫。

食上的閔大掌櫃之前是雍王府的二管家，三十幾歲，非常能幹，被李珍寶強行撬來。

此時閔大掌櫃正站在食上門前迎客。

聽說這位就是二東家江姑娘，閔大掌櫃拱手笑道：「江姑娘請屋裡喝茶稍候，我家主子一會兒就到。」

主樓前有假山石和許多盆栽，看到這似曾相識的景物，江意惜唏噓不已。

前世她來過這裡三次，都是為了饞嘴的師父買吃食。此時又來到這裡，已物是人非。不知這輩子能否再遇到師父他老人家……

「江姨！花花！」

李奇的聲音打斷了江意惜的回憶。

李珍寶不僅把李奇帶來了，鄭玉和鄭婷婷也來了。

李奇和花花被帶去天星閣玩，幾個大人在閔大掌櫃等人的陪同下先參觀了主樓，又參觀了庭院。

裝修和佈局、桌椅既精緻又別具一格，廚師和男女小二各自不同的統一服裝、帽子、圍裙，以及管事的服裝、送菜的木輪小車等等……彷彿讓人進入一個全新的世界。

此時的小珍寶一點都不像不懂世事的傻丫頭。江意惜見慣不驚，鄭玉詫異不已，鄭婷婷滿眼豔羨。

之前江意惜問過花花，不是說李珍寶前世不學無術嗎？怎麼有些方面能幹得緊，還把食上經營得那樣好？花花說，李珍寶雖然沒有好好學習，但對自己喜歡的美術、美食、美妝還是很用心的。唸那個什麼藝校學的是設計，雖然只學了一年，但因為喜歡，學得不錯，還得過什麼獎。

參觀途中，李珍寶先不吝溢美之詞，大大誇獎了閔大掌櫃和趙二掌櫃，她只給了他們不太有系統的圖紙，講了她的創意，沒想到他們做得這樣好。接著又提出了一些修改意見，不時同兩位掌櫃商議著。

江意惜不好意思白拿股份，自從知道自己得了兩成股後，就冥思苦想地想給食上提一點建議，結果還真讓她想出了兩條：一是女小二的圍裙過長，改短些更俐落，這是她自己想的；第二條是將淨房裡的線香改為香爐，雖然造價高些卻能防火，這其實緣於前世的經驗。前世食上開業三年後，主樓三樓的淨房因為線香著了火，雖然及時救下來了，卻也讓當時吃飯的人受到驚嚇，兩位女客跑下樓時還摔傷了，所以後來就改成了香爐。

這兩條李珍寶和閔大掌櫃商議後，都採納了。尤其是第二條，給李珍寶提了個醒，古代防火是大事。

眾人最後來到名為「天星閣」的廂房，這裡是李珍寶的私人地盤，只供她一人使用。

李珍寶說，江意惜是二股東，也讓她挑一棟廂房，供她自己使用。

江意惜有自知之明，自己白得了兩成股，怎麼好再占一棟房？她笑道：「別，留著賺錢好。」

李珍寶又道：「那我就給妳在主樓的三樓留一間包廂，專供妳一人使用。」

江意惜還是搖頭不要。

李珍寶笑道：「江二姊姊是這裡的二股東，過來吃飯不需要付錢，用記帳的，分紅時扣掉花費即可。」又遞上兩張刻了字的小銅片。「這是金卡，來這裡消費有七折優惠，送孟大哥和洵兒各一張。」

江意惜笑咪咪地接了一張卡。「洵兒沒多少錢，就接了。孟大哥就算了，他有銀子。」

李珍寶沒客氣，把要給孟辭墨的卡收了回來，又給了鄭婷婷一張卡。「妳是我的好朋友，送妳一張。鄭侍衛不缺銀子，就不送了。」

鄭婷婷笑得眉眼彎彎，保證開業當天帶家人來吃飯、玩牌。

鄭玉不服氣地說：「孟大哥比我還不缺銀子，妳還不是送了他？」

李珍寶道：「我送孟大哥那是客氣話，知道江二姊姊會推拒。我又不傻，食上主要針對的就是你們這些人傻錢多的公子哥兒，憑什麼給你們打折啊？」

雖然沒送出去，但還是送了啊！鄭玉被懟得語塞，氣悶地轉過頭去。小丫頭片子實在是氣人，跟他怎麼就不能客氣一下？自己又不是真的想要那什麼卡！

江意惜拉了一下李珍寶。

鄭婷婷忙笑道：「大哥以後跟我來吃飯，打七折。」

李奇急了。「小姑姑，我的卡卡呢？我是妳姪兒，妳怎麼能把我忘了！」氣得眼淚都湧了上來。

李珍寶大樂，把他抱在腿上坐著。「小傻瓜，你也說了你是我姪兒，你來吃飯，一文錢都不要！記帳，由姑姑買單！」

李奇高興地湊過嘴去親了她一下。

有李珍寶在，飯菜就不能放肉。

飯菜一端上來，又讓除了江意惜以外的人驚嘆不已。

餐具高矮錯落，形狀各異，居然還有一根棍子，棍上搭滿了吃食。

一桌子琳琅滿目，色香味俱全，還有隱隱的琴聲傳來，還沒開始吃，就已經挑起人的胃口了。

李珍寶見江意惜不像其他人那樣吃驚，問道：「江二姊姊怎麼不吃驚？」

江意惜笑道：「妳給了我那麼多意外，再吃驚的事也不吃驚了。」

李珍寶笑彎了眼，摟著江意惜的胳膊撒嬌道：「還是江二姊姊最瞭解我！」

鄭玉雖然是李珍寶的護衛，卻也是世家子、鄭婷婷的大哥，不好他們幾人吃，讓他站著看，特別是鄭婷婷也在這裡，因此李珍寶又讓人在側屋給他和幾個有臉面的下人開了兩桌。

花花蹲在茶几上吃，邊吃邊哼哼。牠覺得李珍寶就是一個傻大姊，若是不把自己打出去，強強聯合，這些東西會更好吃！

幾人說笑一陣，吃喝完才起身回家。

由於江意惜下個月二十八要出嫁了，這個月二十八起她不能再隨意出門，因此和李珍寶說好，出嫁前她就不來這裡了。

李珍寶過些日子又要進宮陪太后了，她要抓緊時間去食上處理一些事，幾乎天天都會過去一趟。她很喜歡鄭婷婷，偶爾會讓鄭玉把鄭婷婷帶來玩。

李占聽說李珍寶開了一家不一樣的食肆，還經常帶李奇去玩，就想跟李珍寶一起去。李珍寶不僅沒帶他去，還揪著他的耳朵轉了幾圈，罵道：「小屁孩，若是你再敢跟你那個後娘一樣去外面說我壞話，我不止揪你耳朵，還要打得你滿地找牙！」

李占被揪哭了也不敢還手，怕挨雍王和李凱的揍。他也不敢找雍王告狀，因為他和他母妃的確跟外人說了李珍寶長得醜又有鬥雞眼的話。

出嫁的日子一天天臨近，江意惜更忙了。她和孟辭墨也約定好，成親前不再見面，有事讓人帶話。

江家有針線房，但只有三個繡娘，要忙全家的針線活，還要做江意惜的嫁妝，再加上江意惜的婚期定得急，她們根本忙不過來。縫製花費不了多少時間，主要是得繡花。

因此外面的衣裳、被褥、帳子等大件由針線房做，小件大多出去買，江意惜及灼園的下人做鞋子和裡面穿的衣物。

期間，江意惜聽到三夫人和江意柔在華院臥房說的悄悄話，三夫人想請江意惜幫江意柔和鄭玉牽線。

「惜丫頭跟鄭大姑娘的關係好，跟鄭小將軍保護的珍寶郡主關係更好，鄭小將軍又跟孟世子的關係好……他已經十九歲了，又急著找媳婦，肯定會降低條件，請孟世子幫著說合，興許能成……」

江意柔都氣哭了。「他再急著找媳婦、再降低條件，也不是咱們能惦記的！若這事被二姊姊知道，我還有什麼臉見她？以後，我再也不跟二姊姊出去玩了，有些話也不敢再跟娘說了……」

月底三老爺回來後，江意惜聽花花實況轉播，說三老爺把三夫人訓斥哭了，還罵三夫人越來越拎不清。孟家的真正親家是二房，所有的人脈也在二房，以後一分家，自己這一房跟人家的關係根本一帽子遠。而且鄭玉再落魄都不是他們能惦記的，何況人家根本沒落魄，李珍寶一回庵堂，他照樣是御林軍四品將軍，比自己的官位還高！還說鄭副統領已經跟他透了話，過些日子就能給他挪挪位置。

江三夫人最大的優點就是聽丈夫的勸。閨女說破了嘴她聽不進去，被丈夫罵一頓就老實了。聽說丈夫馬上能升官，她又高興起來，心裡也後怕不已，還好沒冒失行動，若把丈夫升官的事攪黃，那就耽誤大事了。

三夫人自從起了那個心思後，江意柔就不好意思出門了，總託病在院子裡不出去。等三夫人絕了那個心思後，她的病也好了，又笑咪咪地來找江意惜說話，幫著她做針線。

江意惜打從心裡喜歡江意柔，小小年紀就通透明理，沒有被表面浮華蒙蔽心智。雖然三夫人偶爾會犯糊塗，但人還是不錯的，若以後能幫到小姑娘，江意惜還是願意幫。

六月初，灼園裡的番茄開始結果了。兩天後吳有貴來報，扈莊的紅果也開始結果了。江意惜讓吳有貴回去後送兩盆給孟家莊。當初她說過，紅果一結果就送老爺子兩盆。

雖然小果子還只有指腹那麼大，又青又小，花花還是高興得喵喵直叫，且無事就蹲在番茄前，有時候還會把鼻子伸到小果果上聞聞，盼望著果果快快成熟。

食上開業那天江意惜沒去，但開業的盛況仍源源不斷地傳進她的耳裡。

食肆的建築不一樣、裝修不一樣、碗碟不一樣，許多菜餚、點心的口味也不一樣，特別是獨家推出的撲克牌，實在太好玩了，人們趨之若鶩。甚至也有和尚跟尼姑去吃飯，或是買素食，因為那裡的素食專區和葷食專區是嚴格區分的，有專門的素食廚房和餐廳。

如今別說晚上了，連晌午都是滿座。

撲克牌和「乾瞪眼」、「鬥土匪」、「升級」的玩法也在晉和朝流傳開來，之後越傳越遠，傳去了番外。珍寶郡主的名聲也越來越盛，甚至有人稱她為「鬼才」，當然，這是後話的後話了。

江意惜偷著樂，哪怕只占兩成股，她也賺翻了。

江伯爺和同僚去吃過一次飯，回來後把食上吹到了天上。

江家人知道江洵有金卡，但這種卡不能轉借，必須金卡本人到場才能用，貼身下人去買菜餚都不行。

六月初十這天，江洵請江家幾個男人去食上喝酒、玩牌，又買了一個虎皮肘子和兩斤千層蛋撻、兩斤葡萄蛋糕回家請女眷吃。

六月十二晚上，江洵和三老爺都回了家，還請了一日假，因為明天孟家要來送聘。

江意惜已經把她先前買的田地劃給江洵三百畝，讓吳大伯悄悄去衙裡辦了契。江洵上學忙，那三百畝地依然由吳大伯幫忙管，等江洵長大後再交給他。然後再給他一千兩銀子，加上扈氏留下的地，江洵的身家也頗豐了。

晚上江洵來灼園，江意惜把書契和銀票交給他，他不願意收。

「應該是我要給姊姊掙嫁妝，我沒本事掙，娘留下的嫁妝我又拿走一大半，怎麼好再要姊姊的東西？我不要！」

江意惜把東西硬塞給了他。「你喊我什麼？喊我姊！以後二房就剩你一人了，凡事多想想，切勿急躁、魯莽，不要打架，要好好練本事。姊在婆家過得好不好，還要靠你撐腰呢……」又是一通碎唸，恨不得一下子把這個弟弟教成頂天立地的男子漢。

江洵的眼圈都紅了。「姊，我知道妳一直不放心我。姊放心，我不會再魯莽，遇事不再急躁，也不會隨便跟人打架。我已經十四歲了，是大人了，會把咱們二房撐起來的。我也會好好練本事，以後有出息了給姊姊撐腰，不許妳婆家欺負妳……」

門。

一番話說得江意惜落了淚。

在一旁的吳嬤嬤笑道：「看看你們，喜事也要哭。」說完，紅了眼圈，抹著眼淚走出

姊弟兩個絮叨著到要關二門了，江洵才離開。

次日，江晉、江洵、江斐三兄弟在大門口迎接，江伯爺、三老爺坐在前院廳堂，老太太帶著三夫人、大奶奶、江意言、江意珊坐在如意堂。

江意惜沒好意思出來，由江意柔陪著躲在灼園。

巳時初，成國公府的聘禮就送來了，孟辭墨帶著二爺孟辭閱、四爺孟辭晏來送聘。

聘禮共計六十四抬，包括聘餅、海味、三牲、綢緞布疋、各種禮盒等等，還有一千畝地和一個鋪子的書契，聘金一萬兩銀子。這些加起來共計二萬五千兩銀子。

一擔擔的聘禮抬進來，擺滿了前院。

江斐歲數小，一會兒就一趟地跑去灼園報信——

「聘禮送來了，外面來了好多看熱鬧的人，胡同口都堵滿了！」

「聘禮好多，擺了一院子！」

「孟姊夫來了，穿得像個新郎官，俊俏得緊！還來了孟二爺和孟四爺。他們去廳堂裡跟大伯和我爹說話了，過會子還要去如意堂給祖母見禮！」

江意柔聽得極興奮，也不陪江意惜了，抬腳跑去了如意堂。

孟家三兄弟在江家吃完晌飯才離開。

江意惜又被請去如意堂，讓她看了聘禮和聘單。

聘禮中除了一些吃的，所有東西和一萬兩銀子的聘金都充進嫁妝。由府裡一個寫字寫得好的管事寫好嫁妝單子，一式三份。江家留一份，江意惜一份，之後會送去衙門一份存檔。

嫁妝共計一百二十八抬，田地、莊子、鋪子若干，外加一萬一千兩裝箱銀子。

江意惜不喜歡裝箱銀子這個數目，曾經跟花花唸叨過，想減一千兩，或是加一千兩，聽著吉利，但花花說「現代社會的小情侶就喜歡兩個一，有一心一意的意思」，江意惜聽了才沒有添減。

看著厚厚的嫁妝單子，不說江意言和江大奶奶眼紅，連三夫人的心肝都顫了顫。

日後其他的江家閨女，嫁妝不會超過這些的一小半。

老太太面上笑得高興，心裡還是有些肉痛。高興的是江家閨女出嫁十里紅妝，在京城也算好的，面子是足足的了；肉痛的是……這麼多東西都搬去別人家啊！

——未完，待續，請看文創風1171《棄婦超搶手》3

福運當道，情財雙至／灩灩清泉

2018年11月出版

春到福妻到

批命說她命裡帶福，恰好她名中也有福字，
兩世為人，在這雙福的加持下，
老天這回，總得讓她有機會翻盤一次，
過一把勝利組的人生吧？

文創風 685 1

現世的情場失意，讓她不止丟了人，還丟了命，
卻怎麼也料想不到意外成了「穿越女」?!
只不過……這原主陳阿福是個患癡病的傻女，
不僅自個兒帶著生父不詳的身世，
且年紀輕輕就有養子喚她娘親，
再看上頭的雙親近乎是窮困潦倒的農家貧戶，
綜觀所有條件，她莫不是穿成跑龍套的苦情女配吧？

文創風 686 2

看她這麼會掙錢，在小村子裡富貴起來了，
難免招來一些人眼紅忌妒，開始謠傳起她的真正身世，
一聽之下可不得了，她竟是知府陳大人的私生女！
再聽當年是陳老夫人狠心拆散她的原生父母，
如今她是根本不想跟這個陳大人有任何關聯。

文創風 687 3

他楚令宣，在外縱使有永安侯世子的顯赫身世，
對內也僅是個面對呆傻女兒而束手無策的鰥夫，
不承想會在這等偏鄉遇見陳阿福這奇女子；
初見時僅是個有癡病的農女，再遇時竟聰慧得令人側目。
她不僅將呆傻的嫣姊兒視作正常人，循循善誘地教導著，
還有一身好手藝，烹飪的小點滿口生香，
設計的盤釦獨特好看，縫製的玩偶更是標新立異……

文創風 688 4

本以為古代人的門第觀念極重，
縱使她認祖歸宗，從農戶翻身成官家千金，
地位還是沾不上貴族的邊，再加上帶了拖油瓶「大寶」，
怎麼看都入不了世家大族的眼，更遑論進門做媳婦？
沒想到，他倆婚事能如此順遂，竟是內裡有秘辛！

文創風 689 5 完

老和尚曾經批命，說她這輩子是有福的，
而楚家冥冥之中的劫難，還真託她的福將大事化無。
儘管朝中的二皇子仗著重生優勢，
為了逆改命運的軌跡而不時對楚家伸出毒手，
偏偏遇上她這福妻坐鎮，又有金燕子的神助加持，
任他怎麼出謀算計，都在因緣俱足下被一一化解。

未了情緣穿越再續　古今交錯情生意動／灩灩清泉

2020年6月出版

豪門小農女

前生英勇殉職，怎麼再醒來卻變成弱不禁風的農村小丫頭？
連門檻都跨得喘吁吁，手無縛雞之力，怎麼在異世活下去？
而且她不僅自己穿來，連警犬小夥伴與前世戀人也一起來了——

文創風 854 1

夏離沒想到自己為了緝毒而英勇殉職，在別人眼裡是個真英雄，
卻穿到這個不知何處的小農村，只能當個連門檻都跨不過的弱丫頭！
弱就算了，這戶人家雖是孤女寡母，偏又有點銀錢，惹得村裡人人覬覦，
不是想娶她母親當續弦，就是想塞個童養婿給她，連自家親戚都想分一杯羹；
看似柔弱的母親心志雖然堅定，但能支撐多久？不行，自己前世是警察，
雖然沒什麼能在異世賺錢的才華，但總能走穿越女的老路子——做料理！
如願賺到了第一張銀票，她正打算好好來應付家裡的極品親戚，
誰知竟然遇上前世的小夥伴——警犬元帥！原來狗也可以穿越，驚！

文創風 855 2

以為早已失去的愛竟能尋回，對夏離來說比重活一次更教人激動！
只是，眼前的葉風不知是穿越還是投胎轉世？雖是長相一樣，卻又異常陌生，
見他似乎認不得自己，只把她當成一個農村丫頭，夏離的心又酸又澀；
但如今有機會再續前緣，管他是皇親國戚還是大將軍，
自己即使再平凡，也要想個法子讓他上心，成為能配得上他的女子！
不過越是壯大自己，她越是覺得自家疑雲重重，
母親夏氏從不提早逝的父親，對她的教養卻是按照大戶人家的規格，
她出身農村，即使未來經商賺錢也做不了貴女，為何母親如此盡心？

文創風 856 3

雖然早知意外救回的小男孩出身不同，夏離卻沒想到真相竟是如此——
他不但是名門公子，更是她同父異母的親弟弟！
誰會隨手救人就救到自己弟弟，她這手氣……等等，若他倆是姊弟，
那她夏離的父親根本不是什麼京城的秀才，而是鶴城總兵邱繼禮啊！
這下她的身世更曲折了，原來夏氏是生母最信任的丫鬟，
受主子之託，帶著襁褓中的她逃離邱家，隱姓埋名地養育她長大；
那個邱家究竟發生了什麼事，竟逼得主母連女兒都護不住，
而她那個渣爹一得知真相，竟急匆匆地找上門，到底是何居心？

文創風 857 4 完

原來自己不只是當朝將軍之女，因著早逝的母親，還跟皇室有關係呢！
但就算是半個皇家親戚又如何，母親被太后齊氏所害，父親遠遁邊城，
外祖家楊氏一族流放的、死去的，加上被圈禁十多年的大皇子表哥，
她實在看不出自己的身世尊貴在哪裡，根本活得小心翼翼、如履薄冰；
不能曝光她的真實身分，可若是她膽怯了不敢回京，
又要怎麼為冤死的生母復仇、討回公道、洗刷楊氏的冤屈？!
只是她身分特殊，當朝的皇子又個個蠢蠢欲動，自己像個朝廷的未爆彈；
眼看朝堂風波將起，她真能藉機為楊家翻案，更為自己正名嗎……

文創風
1170

棄婦超搶手 2

國家圖書館出版品預行編目資料

棄婦超搶手 / 灩灩清泉著. --
初版. -- 臺北市 : 狗屋出版社有限公司, 2023.06
冊 ; 公分. --（文創風 ; 1169-1174）
ISBN 978-986-509-431-7（第2冊 : 平裝）. --

857.7　　112006627

著作者　灩灩清泉
編輯　黃淑珍　李佩倫
校對　吳帛奕
發行所　狗屋出版社有限公司
地址　台北市104中山區龍江路71巷15號1樓
電話　02-2776-5889～0
發行字號　局版台業字845號
法律顧問　蕭雄淋律師
總經銷　知遠文化事業有限公司
電話　02-2664-8800
初版　2023年6月
國際書碼　ISBN-13　978-986-509-431-7

本著作物由起點中文網（www.qidian.com）授權出版

定價280元
狗屋劃撥帳號：19001626
網址：love.doghouse.com.tw　E-mail：love@doghouse.com.tw